Younger

Abonneer u nu op de Karakter Nieuwsbrief.
Ga naar www.karakteruitgevers.nl;
www.facebook.com/karakteruitgevers;
www.twitter.com/UitKarakter en:
* ontvang regelmatig informatie over de nieuwste titels;
* blijf op de hoogte van speciale aanbiedingen en kortingsacties;
* én maak kans op fantastische prijzen!
www.karakteruitgevers.nl biedt informatie over al onze boeken,
Nova Zembla-luisterboeken en softwareproducten.
Kijk op www.karakteruitgevers.nl/errata voor eventuele
aanpassingen of aanvullingen op deze titel.

Pamela Redmond Satran

Younger

Karakter Uitgevers B.V.

Oorspronkelijke titel: *Younger*
© 2005 Pamela Redmond Satran
Voor het eerst uitgegeven door Pocket Books, Downtown Press, New York.
Vertaling: Saskia Peeters
© 2015 Karakter Uitgevers B.V., Uithoorn
Opmaak binnenwerk: ZetSpiegel, Best
Omslagontwerp: Mariska Cock
Omslagbeeld: Ilina Simeonova/Trevillion Images

ISBN 978 90 452 0480 2
NUR 302

Voor mijn dochter,
Rory Satran

'Oké,' zei Maggie met een besluitvaardige hoofdknik. 'Volgens mij ben je klaar.'

Ze leidde me weer door de loft naar de spiegel.

Echt, ik herkende mezelf eerst niet. Ik draaide me om om achter me te kijken, omdat ik dacht dat er iemand anders naar binnen was geslopen toen ik het niet in de gaten had.

Een blond iemand. Een sexy iemand. Een heel erg jong iemand.

'Niet te geloven,' zei ik terwijl ik met mijn ogen knipperde.

Maggie grijnsde. 'Je kunt zo voor tweeëntwintig doorgaan!' kraaide ze.

Toen ik echt tweeëntwintig was, was ik bijna klaar met mijn studie naar Jane Austen en de Brontë-zusjes aan Mount Holyoke College, met mijn haren naar achteren in een strakke paardenstaart, mijn lichaam gehuld in baggy kleding en een bril met dikke glazen die maar van mijn ongepoederde neus bleef glijden. Ik had er in elk geval nog nooit zo uitgezien: strak en blond, met lipstick en een decolleté en een verzorgde, maar ietwat slettige uitstraling.

'Wie is dat?' fluisterde ik.

Maar Maggie, die op haar horloge stond te kijken, hoorde me niet. 'Het is bijna middernacht,' zei ze. 'Het is tijd om je nieuwe jij te testen.'

Hoofdstuk 1

Ik was bijna niet op de veerboot gestapt.

Ik was bang. En zenuwachtig. En overweldigd door hoe slecht ik me op mijn plek voelde tussen alle jongelui die in de rij stonden voor de boot naar New York.

Niet zomaar naar New York, maar naar New York City op oudejaarsavond. Alleen al de gedachte bezorgde me zweethanden en tintelende voeten, net zoals toen ik ooit boven op het Empire State Building stond en probeerde naar beneden te kijken. In de onvergetelijke woorden van mijn dochter Diana, deed mijn plasser er pijn van.

Ik had me het liefst omgedraaid om weer naar mijn veilige burgerlijke huis te rijden – *ik kan het moment van aftellen op tv ook veel beter zien!* – maar ik kon Maggie niet op de ijskoude kade in Manhattan laten staan. Maggie, mijn oudste en nog altijd beste vriendin, geloofde niet in mobieltjes. Ze geloofde ook niet in computers, of auto's, of in New Jersey blijven op oudejaarsavond. Ze moest hoe dan ook weg uit New Jersey. Maggie, die op haar zestiende al uit de kast was gekomen voor haar extreem katholieke ouders en de kost verdiende als kunstenaar, geloofde niet in de makkelijke weg bewandelen. En daarom kon ik ons avondje uit niet afzeggen, maar moest ik wel doorlopen naar mijn potentiële ondergang.

Ik stond in elk geval vooraan in de rij voor de volgende boot.

Het was kil die avond, maar ik had de beste plek bemachtigd – ik hing aan de slagboom, zodat niemand kon voordringen. De burgerlijke types die zich op de pier om me heen verdrongen, hadden allemaal al leren voordringen op de kleuterschool.

Toen gebeurde er iets vreemds. Hoe langer ik daar stond en mijn best deed om vooraan te blijven, hoe meer zin ik kreeg om de stad in te gaan – niet alleen voor Maggie, maar voor mezelf. Toen ik over het donkere water uitkeek op de sprankelende lichten van Manhattan aan de overkant, begon ik te denken dat Maggie gelijk had, en dat oudejaarsavond vieren in New York precies was wat ik nodig had. De boel wakker schudden, had ze gezegd. Iets doen wat je nog nooit hebt gedaan. Had altijd alles op dezelfde manier doen – een veilige, in theorie betrouwbare manier – me niet in de huidige puinhoop doen belanden? Absoluut, en niemand wilde liever dat daar verandering in zou komen dan ik.

Dus toen de slagboom naar de veerboot omhoogging, rende ik voor iedereen uit. Ik was vastberaden om als eerste de trap omhoog te nemen, om voor alle anderen op het voordek te staan vanwaar ik New York steeds dichterbij kon zien komen. Ik voelde dat ze me op de hielen zaten, maar ik was als eerste de deur door en voor op de boot, waar ik de metalen reling vastgreep en probeerde om weer op adem te komen. De motor van de veerboot kwam brullend tot leven, de dieselgeur overstemde de zilte havenlucht, maar ik bleef diep inademen toen we wegvoeren van de pier. Daar sta ik dan, dacht ik: springlevend en klaar voor de toekomst, op een avond dat alles mogelijk is.

Pas toen merkte ik dat ik er alleen stond. Alle anderen stonden opeengepakt in de binnenruimte, waar hun adem de ruiten liet beslaan. Ik was blijkbaar de enige die niet bang was voor een beetje kou, voor een beetje wind, voor een beetje ijskoude motregen – vooruit, het was eigenlijk heel *veel* ijskoude motregen – terwijl de boot als een mechanische rodeostier over de golven stuiterde. Het was het me waard, mits ik niet in het inktzwarte water zou vallen, vanwege het fantastische uitzicht op het groen oplichtende Vrijheidsbeeld en de fonkelende wolkenkrabbers daarachter.

Toen ik de reling nog steviger vastgreep en mezelf prees om mijn geweldig stoere gedrag, vertraagde de boot en leek hij midden in de haven tot stilstand te komen terwijl de motor loeide. Net toen ik me begon af te vragen of we zouden zinken, of dat we naar open zee zouden varen op het bevel van een vogelvrij verklaarde kapitein die op de vlucht was voor de politie, begon de boot achteruit te varen. Achteruit te varen en om te keren. Gingen we terug naar New Jersey? Misschien had de kapitein evenveel weerzin tegen Manhattan op oudejaarsavond als ik.

Maar nee. Toen de boot was omgekeerd, begon hij weer richting de stad te varen. Waardoor ik geen spectaculair uitzicht had op Manhattan, maar op de grote klok en de afbrokkelende pier van Hoboken en het pikdonkere New Jersey daarachter. Ik keek over mijn schouder naar de felverlichte, gezellige kajuit, waar ze nu het beste uitzicht op New York hadden, maar die stond zo bomvol dat ik er niet meer bij had gekund. Ik stond in mijn eentje in de kou naar New Jersey te staren. Zo ging het nou altijd.

Een halfuur later strompelde ik arm in arm met Maggie door de straten van Soho, mezelf vervloekend dat ik zo ijdel was geweest om pumps aan te trekken en fantaserend dat Maggies comfortabel uitziende hoge groene veterschoenen aan mijn voeten zaten. Maggie liep naast me in een comfortabele spijkerbroek, een donsjack dat eruitzag als een grote slaapzak, en een muts met luipaardprint, met de flappen over haar oren en een fluwelen strik onder haar kin.

'Zijn we er al bijna?' vroeg ik. Mijn tenen deden pijn van mijn schoenen.

'Deze kant op,' zei ze terwijl ze me wegtrok van de drukke stoep van West Broadway naar een donker, leeg zijstraatje. 'Dit is sneller.'

Ik bleef staan en keek vol afgrijzen naar de verlaten straat. 'Straks worden we nog verkracht.'

'Wees toch niet zo'n angsthaas.' Maggie lachte en trok me mee.

Dat kon zij makkelijk zeggen: Maggie was op haar achttiende naar de Lower East Side verhuisd, in de tijd dat Ratner's nog blini's verkocht en er crackverslaafden in haar trappenhuis bivakkeerden. Nu was het hele gebouw van haar en had ze de bovenverdieping verbouwd tot atelier waar ze woonde en werkte aan haar beelden – meer dan levensgrote springende, wervelende vrouwen van ijzerdraad en tule. Al die jaren in New York hadden Maggie gehard, terwijl ik nog altijd de softe kleinsteedse moeder was die teerde op het geld van haar man, of liever gezegd op het geld van binnenkort haar ex-man.

Mijn hart bonsde in mijn oren terwijl Maggie me door het donkere straatje sleurde, en ging iets minder hard tekeer toen ik me op de enige lichtstraal in het hele blok concentreerde, dat om de een of andere vreemde reden roze leek te zijn. Toen we de winkel waar het licht vandaan kwam bereikten, zagen we waarom: in de etalage stond een felroze neonverlichting met de woorden 'Madame Aurora'. De gloed werd versterkt door een gordijn van roze en oranje glazen kralen dat het licht vanuit de winkel filterde. Achter de kralen zagen we vaag een vrouw die wel Madame Aurora moest zijn. Een gouden tulband stond scheef op haar grijze haar en er kringelde rook op uit de sigaret tussen haar lippen. Ineens keek ze ons recht aan en gebaarde ze dat we moesten binnenkomen. Op het raam zat een handgeschreven bord geplakt: 'Nieuwjaarswensen, $ 25.'

'Laten we naar binnen gaan,' zei ik tegen Maggie. Ik had altijd een zwak gehad voor wensen en waarzeggerij, dus een combinatie van de twee was onweerstaanbaar. Bovendien wilde ik weg uit de kou en mijn voeten laten rusten, al was het maar voor even.

Maggie trok een gezicht, haar 'ben je nou helemaal gek geworden?'-gezicht.

'Kom op,' zei ik. 'Dit is leuk.'

'Lekker eten is leuk,' zei Maggie. 'Iemand kussen op wie je verliefd bent, is leuk. Je goeie geld uitgeven aan een nep-waarzegger is *niet* leuk.'

'Toe nou,' probeerde ik vleiend, zoals ik ook altijd deed als ik haar opbelde om een positieve horoscoop voor te lezen of vroeg om samen een wens te doen bij het zien van een vallende ster. 'Je zei zelf dat ik eens wat meer risico's moest nemen.'

Maggie aarzelde net lang genoeg om me het zelfvertrouwen te geven een stap naar voren te doen en Madame Aurora's deur open te duwen, waardoor Maggie me wel moest volgen.

Het was bloedheet binnen, en rokerig. Ik wapperde met mijn handen voor mijn gezicht om aan te geven dat ik last had van de rook, maar dat moedigde Madame Aurora alleen maar aan om een nog diepere trek van haar sigaret te nemen en de rook recht in mijn gezicht te blazen.

Ik keek weifelend naar Maggie, die alleen haar schouders ophaalde en weigerde me recht aan te kijken. Door mij waren we hier binnen; zij was niet van plan ons hier weer uit te krijgen.

'En, lieverd,' zei Madame toen ze eindelijk de sigaret uit haar mond had gehaald. 'Wat is je wens?'

Wat was mijn *wens*? Ik had niet verwacht dat ze me dat zomaar in het wilde weg zou vragen. Ik had gedacht dat er nog een soort inleiding aan vooraf zou gaan, een paar opmerkingen na het bestuderen van mijn handpalm, schudden van tarotkaarten, dat soort dingen.

'Tsja,' aarzelde ik. 'Mag ik er maar één doen?'

Madame Aurora haalde haar schouders op. 'Je mag er zoveel doen als je wilt, voor vijfentwintig dollar per stuk.'

Iedereen weet dat het niet netjes is om meer wensen te hebben.

Ik probeerde Maggies blik weer te vangen, maar zij keek stug de andere kant op. Ik deed mijn ogen dicht en probeerde me te concentreren.

Wat wenste ik meer dan wat dan ook? Dat mijn dochter Diana terugkwam uit Afrika? Absoluut, dat wilde ik, maar ze zou deze maand toch al naar huis komen, dus daar kon ik beter geen wens aan verspillen.

Dat ik een baan zou vinden? Natuurlijk. Toen mijn man me verliet was ik zo vastbesloten geweest mezelf te onderhouden dat ik het eigendom van het huis had verkozen boven alimentatie. Daarna had ik mezelf de helft van het jaar voor schut gezet tijdens sollicitatiegesprekken bij uitgeverijen. Het leek erop dat niemand zat te wachten op een vierenveertigjarige vrouw die welgeteld vier maanden op de arbeidsmarkt had vertoefd voordat ze fulltime moeder werd. Ik had ze geprobeerd te vertellen dat ik de afgelopen twintig jaar alles had gelezen wat ik in mijn handen kon krijgen, en dat ik als geen ander wist wat kleinburgerlijke vrouwen uit de voorsteden – vrouwen zoals ik, die de meeste romans kochten – wilden lezen.

Maar niemand had interesse in mijn ervaring als doorgewinterde lezeres. Ze zagen alleen een huisvrouw van middelbare leeftijd met een graad in Oudengels en een cv met 'baantjes' als vicevoorzitter van de boekenbeurs op de basisschool van mijn kind. Ik had niet de papieren om redacteur te worden, en hoewel ik altijd uitlegde dat ik graag als assistent wilde beginnen, kwam ik nooit in aanmerking voor startersbanen. Niemand zei het, maar ze vonden me gewoon te oud.

'Ik wens dat ik jonger was,' zei ik.

Afgaand op de gezichtsuitdrukkingen van Madame Aurora en Maggie had ik dat hardop gezegd.

Madame barstte in lachen uit.

'Waarom zou je jonger willen zijn?' vroeg ze. 'Al die zorgen, met wie moet ik trouwen, wat ga ik doen met mijn leven? Dat wil niemand.'

Maggie viel haar bij. 'Wat bedoel je, dat je terug wilt naar al die onzekerheid? Nu je eindelijk de kans hebt om iets van je leven te maken?'

Ik kon niet geloven dat ze tegen me samenspanden. 'Als ik jonger was, zou ik een aantal dingen anders doen,' probeerde ik uit te leggen. 'Meer nadenken over wat ik wil, serieuzer aan mijn carrière werken...'

Maar Maggie schudde haar hoofd. 'Je bent wie je bent, Alice,' zei ze. 'Ik ken je al sinds je zes was, en toen plaatste je al iedereen vóór jezelf. Voordat je ging spelen, moest je er zeker van zijn dat je knuffelbeesten het gezellig hadden. Toen we net op de middelbare school zaten en iedereen zijn best deed om cool te zijn, bood jij je als vrijwilliger aan om dat gehandicapte meisje in die rolstoel rond te duwen. En toen Diana er was, bekommerde je je alleen nog maar om haar.'

Ik moest toegeven dat ze gelijk had. Ik had mijn baan bij Gentility Press opgegeven omdat ik bloedingen kreeg en de baby bijna had verloren. Maar toen Diana was geboren, bleef ik thuis omdat ik dat zelf wilde. En toen ze ouder werd, bleef ik mezelf voorhouden dat ik niet kon gaan werken omdat ik dat jaar misschien eindelijk nog een keer zwanger zou worden. Maar de waarheid was dat Diana mijn hele leven in beslag had genomen.

Wilde ik dat nu ongedaan maken? Wenste ik nu dat ik terug in de tijd kon gaan en Diana naar een kinderdagverblijf kon brengen om een werkende moeder te worden, of dat ik Diana helemaal niet had gekregen?

Het idee deed me huiveren, alsof alleen de gedachte eraan al een vloek legde op mijn dochter, mijn moederschap, het belangrijkste in mijn leven. Ik zou haar nooit uit mijn leven willen bannen, ik had geen enkel moment met haar willen missen.

Maar ik dan? Mocht ik na al die jaren van toewijding aan mijn kind geen leven voor mezelf opeisen? De ware reden waarom ik toen anders had willen zijn, was dat ik nú ook anders wilde zijn: pittiger, brutaler, in staat om de wereld bij de strot te pakken en naar mijn hand te zetten.

'Wat wordt het?' vroeg Madame Aurora.

'Ik wil meer lef hebben,' zei ik. 'En als u misschien ook iets aan mijn cellulitis kunt doen...'

Maggie rolde met haar ogen en sprong overeind.

'Dit is belachelijk,' zei ze terwijl ze mijn arm vastpakte. 'Kom, Alice. We gaan.'

'Maar ik heb geen wens gedaan,' zei ik.

'Ik heb geen geld gekregen,' zei Madame Aurora.

'Jammer dan,' zei Maggie. 'Wij gaan.'

Nu liep Maggie heel snel. Ik probeerde haar te overreden rustiger te lopen, maar in plaats van te luisteren, bleef ze doorstappen en verwachtte ze dat ik haar bijhield. Uiteindelijk bleef ik gewoon staan, zodat ze moest terugkomen en luisteren.

'Geef me jouw schoenen,' zei ik.

Ze keek verward.

'Als je van me verwacht dat ik in dit tempo zo'n eind loop, wil ik van schoenen ruilen.'

Maggie keek omlaag naar mijn voeten en barstte in lachen uit.

'Je hebt meer hulp nodig dan ik dacht,' zei ze.

'Waar heb je het over?'

'Dat zal je wel zien.' Ze maakte de veters van haar groene schoenen al los.

'Waar gaan we naartoe?' Ik zag Maggie altijd als mijn gids in New York, liep haar klakkeloos achterna, als een klein meisje, waar ze ook naartoe ging. Vanavond dacht ik bijvoorbeeld dat ze had gezegd dat we naar een cool nieuw restaurant gingen, maar nu ik in haar schoenen stapte en om me heen keek naar de lage bakstenen gebouwen in de allesbehalve coole buurt, begon ik daaraan te twijfelen.

'We gaan naar mijn huis,' zei ze.

'Waarom?'

'Dat zal je wel zien.'

Zelfs op mijn pumps liep ze sneller dan ik, maar mijn voeten deden tenminste geen pijn meer. En toen we uit het niemandsland tussen de Italiaanse wijk en Maggies buurt waren, begon ik me te ontspannen. De buurt rond haar gebouw was vreselijk geweest, maar de afgelopen jaren flink opgeknapt. Vanavond waren de straten vol mensen, en in alle hippe restaurants en cafés was het druk. Alles zag er lekker uit – ik besefte dat ik rammelde van de honger – maar Maggie hield haar poot stijf.

'Daarna gaan we uit,' zei ze.

'Waarna?'

Ze lachte geheimzinnig en herhaalde het zinnetje dat haar mantra begon te worden: 'Dat zal je wel zien.'

We moesten vijf trappen op naar Maggies loft. Dat kostte me vroeger altijd moeite, maar nu ging het gemakkelijk, dankzij alle uren op de crosstrainer in het afgelopen jaar. Na een leven als bankzitter was ik gaan bewegen, wat het enige was wat ik kon bedenken om me een goed gevoel te geven in een jaar vol vreselijke gebeurtenissen. En na jaren van diëten ontdekte ik dat de kilo's verdwenen zonder dat ik iets deed – behalve dan elke dag twee uurtjes bewegen. Ik had zelfs een of twee keer iets gevoeld van die roes die je zou krijgen van sporten, maar ik gaf nog altijd de voorkeur aan een cosmopolitan.

Voor iemand uit de voorstad, waar de Pottery Barn trendsetter was op het gebied van woninginrichting, was Maggies loft best een schok. Het was in feite één gigantische ruimte die de hele bovenverdieping van het gebouw in beslag nam, met aan alle vier de kanten ramen en een felrode zijden tent precies in het midden van de bijna driehonderd vierkante meter open ruimte – de kast. De enige meubelstukken waren een reusachtig smeedijzeren bed, ook felrood, en een sierlijke paarsfluwelen ligstoel, wat meteen de enige zitplaats was, tenzij je de met verfspatten bezaaide vloer meetelde. En dat deed ik niet.

'Goed,' zei Maggie toen ze de deur achter ons met drie grendels had afgesloten. 'Laat me je eens bekijken.'

Maar ik was te afgeleid door de verandering in Maggies loft om stil te blijven staan. Al haar beelden, al haar tweeënhalf meter lange vrouwen van kippengaas, met hun borsten in maat 130 zzz en balletrokjes als bloeiende kersenbomen, waren in de hoek geschoven, waar ze opeengepakt stonden als gedetineerden in een gevangenis voor kunstwerken. Midden in Maggies werkgedeelte stond nu een blok beton zo groot als een koelkast.

'Wat is dat in hemelsnaam?' vroeg ik.

'Iets nieuws dat ik wil proberen,' zei Maggie luchtig. 'Kom, trek je jas uit. Ik wil zien wat je aanhebt.'

Nu had ze mijn aandacht. Het was nooit goed als Maggie mijn kleding wilde bekijken. Ze had altijd, vanaf het moment dat we onszelf konden aankleden, geprobeerd me een metamorfose te geven. En ik had me er altijd tegen verzet. Begrijp me niet verkeerd, ik vond dat Maggie zich fantastisch kleedde, maar fantastisch voor *haar*, niet voor mij. Haar haar was al wit geworden toen ze nog in de twintig was, en elk jaar leek het korter en rommeliger te worden. Het stond nu in plukjes op haar hoofd. Naarmate haar kapsel mannelijker werd, werden haar oorbellen vrouwelijker, weelderiger en talrijker. Vanavond droeg ze hangers met groene stenen. Maggie, wier lichaam nog net zo slank en soepel was als dat van een tiener, moest de ziel van een Française hebben. Ze kon de vreemdste combinaties van kledingstukken aantrekken – vanavond droeg ze een vale spijkerbroek die ze al sinds de middelbare school had onder een crèmekleurige zijden bloes met kanten ruches en een lange grijsgroene sjaal om haar hals – en er toch jaloersmakend perfect uitzien.

Ze liep om me heen, wreef over haar kin en schudde haar hoofd. Uiteindelijk stak ze haar hand uit en bevoelde ze de veel te grote beige sweater die ik aanhad.

'Waar heb je deze vandaan?' vroeg ze.

'Die is van Gary geweest,' gaf ik toe. Een van de vele kledingstukken die hij had achtergelaten toen hij me exact een jaar geleden verliet voor zijn mondhygiëniste. Kleding die ik had bewaard omdat ik er lange tijd van uitging dat hij terug zou komen. En die ik nog langer bewaarde omdat hij, in elk geval de eerste paar maanden, de hypotheek betaalde voor het huis waar ik samenwoonde met zijn kleding.

'Wat een vod,' zei Maggie. 'En die rok?'

De rok was een keuze waar ik echt blij mee was. Hij had dezelfde beige kleur als de sweater, viel mooi over de heupen en hing tot boven de knie, en was aanzienlijk sexyer dan de combat- en joggingbroeken die ik de afgelopen twee decennia had gedragen.

'Die is van Diana geweest,' zei ik trots. 'Ik was stomverbaasd dat hij me paste.'

'Natuurlijk past hij jou!' riep Maggie uit. 'Je bent broodmager! Kom hier.'

Ze draaide me om en probeerde me vooruit te duwen.

'Waar breng je me naartoe?'

'Ik wil dat je jezelf bekijkt.'

Ze leidde me door de loft tot we voor een ovale spiegel met een krullerige gouden rand stonden, zo eentje als de Boze Stiefmoeder heeft in *Sneeuwwitje*.

'Spiegeltje, spiegeltje aan de wand,' zei ik lachend, in een poging Maggie ook aan het lachen te maken. Maar ze keek met een strak gezicht over mijn schouder en weigerde te glimlachen.

'Ik ben serieus,' zei ze terwijl ze haar kin in de richting van de spiegel stak. 'Vertel me eens wat je ziet.'

Het was lang geleden sinds ik met enig enthousiasme in een spiegel had gekeken. Soms, vooral toen Diana nog klein was, verstreken er dagen zonder dat ik in een blik in een spiegel wierp. En naarmate de jaren verstreken en ik zwaarder werd en mijn haar grijs, ontdekte ik dat ik me beter voelde als ik er helemaal niet in keek. In mijn verbeelding was ik altijd een volwassen vrouw van neutrale leeftijd – ergens rond de drieëndertig – met een vrouwelijk en neutraal gewicht – rond de zestig kilo – die er acceptabel dan wel knap of sexy of mooi uitzag. Ik schrok altijd als ik mijn spiegelbeeld zag in een etalage of autodeur en gedwongen werd te erkennen dat ik aanzienlijk ouder en zwaarder was dan ik geloofde.

Maar nu ik verplicht naar mijn spiegelbeeld stond te kijken, aandachtig, voor het eerst in het jaar dat mijn leven overhoop was gegooid, voelde ik het tegenovergestelde. Ik tilde mijn kin op en draaide mijn hoofd opzij; zonder erbij na te denken maakte ik mezelf groter en glimlachte ik.

'Goed zo,' zei Maggie. Ze trok het rugpand van mijn sweater in haar handen bij elkaar zodat de stof strak om mijn sinds kort afgetrainde lichaam zat. 'Wat zie je?'

'Ik zie...' zei ik terwijl ik nadacht over hoe ik het moest zeggen. Ik was het, die me aankeek vanuit het spiegelglas, maar het was een versie van mezelf van vóór mijn kind, vóór mijn man, vóór alle jaren die mijn blik hadden vertroebeld. '... mezelf,' zei ik ten slotte.

'Ja!' riep Maggie uit. 'Dat ben jij! Dat is de Alice die ik al jaren ken en liefheb, de Alice die onder een laag vet en ellende was verdwenen.'

'Het was geen ellende.' Ik fronste.

'Kom op, zeg,' zei Maggie. 'Het was doffe ellende. Je man was nooit thuis, je dochter werd groot en ging het huis uit, je moeder kwijnde weg, je had niets te doen...'

Ik voelde me gekwetst. 'Ik moest het huishouden doen,' zei ik. 'Voor mijn moeder zorgen. En dat Diana groot was en ging studeren, betekende niet dat ze me niet meer nodig had.'

'Dat weet ik,' zei Maggie op verzoenende toon. 'Ik wil ook niet afgeven op wat je allemaal hebt gedaan. Ik probeer je te laten inzien hoeveel lichter je er nu uitziet. Hoeveel jonger.'

'Jonger?' zei ik terwijl ik me weer op mijn spiegelbeeld concentreerde.

'Het is voor een deel het gewicht,' zei Maggie peinzend, terwijl ze naar mijn spiegelbeeld tuurde, 'maar het is ook iets anders, alsof er een of andere last van je af is gevallen. Bovendien zag je er altijd al veel jonger uit dan je was. Weet je niet meer dat jij in de bovenbouw op de middelbare school als enige nog met een kinderkaartje naar de film kon? En zelfs toen je in de dertig was, en allang moeder, moest je je nog legitimeren in cafés.'

'Ik denk niet dat dat nu nog zal gebeuren.'

'Misschien niet. Maar je zou er veel jonger uit kunnen zien dan je bent. Een stuk jonger dan je er nu uitziet.'

'Hoe bedoel je?'

'Ik bedoel dat je met een kleurtje in je haar, wat make-up, kleren die goed passen, nog zou kunnen doorgaan voor een twintiger!' barstte Maggie uit. 'Dat is waarom ik je uit die stomme voodootent heb gehaald! Alleen wijzelf hebben de macht om onze dromen waar te maken.'

Ik keek Maggie met een zelfgenoegzaam lachje aan. Zij was gewoonlijk de eerste om wat zij 'de macht van positief denken-nonsens' noemde de grond in te boren. Ik was degene die wensen deed bij vallende sterren en kaarsjes op de verjaardagstaart, die geloofde wat Assepoester zei in de Disney-film die ik zeker tweehonderd keer had gezien terwijl Diana tegen me aan hing: 'Als je meer dan eens van iets droomt, dan komt het zeker uit.' Maar in plaats van mee te lachen, keek Maggie me nu alleen maar aan met een blik vol overtuiging.

'Dus jij denkt,' begon ik uiteindelijk, 'dat ik de macht heb om mezelf jonger te maken door het alleen maar te wensen?'

'Niet door het *alleen* maar te wensen,' zei ze. 'We hebben wat hulp nodig van Lady Clairol. Laten we aan de slag gaan.'

Toen ik op de paarse ligstoel zat te knabbelen aan een koude pizzapunt die voor avondeten moest doorgaan, met een vuilniszak over de chemische troep in mijn haar gebonden, vertelde Maggie me over haar droom. Ze wilde een kind.

'Dat meen je niet,' zei ik terwijl ik mijn best deed om mijn mond niet te laten openvallen.

Ze keek beledigd. Zo beledigd dat me duidelijk werd dat ze het wel degelijk meende. Het was alleen dat ik Maggie al zo lang kende als ik me kon herinneren en ze nog nooit interesse had getoond in kinderen of het moederschap. Toen ik mijn poppen wiegde en mijn knuffelbeesten instopte, zat Maggie op de vloer nieuwe vingerverftechnieken uit te proberen. Toen ik ging babysitten om wat extra geld te verdienen, maaide Maggie gras en hielp ze mensen hun zolder uit te mesten – alles om maar niet voor haar zeven jongere broers en zussen te hoeven zorgen. Ze zei altijd dat ze in haar jeugd voor haar hele leven genoeg luiers had verschoond.

En nu was ze op haar vierenveertigste ineens van gedachten veranderd.

'Wat is er gebeurd?' vroeg ik.

'Er is niets gebeurd. Ik heb gewoon het gevoel dat ik lang genoeg kind ben geweest. Het is tijd om volwassen te worden en de ouderrol te vervullen.'

'Maar een baby,' zei ik. Ik woonde in een voorstad, dus ik werd de hele dag omringd door moeders en baby's – de kinderen in het huis achter me, die dag en nacht krijsten; de jonge moeders in de supermarkt, stoeiend om hun wriemelende peuters in de winkelwagen te houden. Na twintig jaar van hopen op en dromen van een tweede kind, van jaloers en verlangend kijken naar zwangere vrouwen en moeders met kleine kinderen, was ik eindelijk in een stadium beland waarin ik baby's, net als jonge tijgers of beren, schattig maar angstaanjagend vond – je kon er het beste van een afstandje naar kijken. Door glas.

Ik vond het moeilijk om Maggie te vertellen hoe ik erover dacht, zonder haar recht voor zijn raap te zeggen dat op deze leeftijd een kind krijgen, na een geheel onafhankelijk volwassen leven, het slechtste idee was sinds ze haar hoofd kaal had geschoren.

Ik pakte Maggies hand, ruw als die van een timmerman na jaren van ijzerdraad buigen.

'Weet je,' zei ik, op de vriendelijkste toon die ik naar boven kon halen, 'een baby is ontzettend veel werk, helemaal als je alleen bent. Midden in de nacht wakker worden, de kinderwagen de trap op en af slepen, de luiers, het huilen...'

'Daar ben ik mee opgegroeid, weet je nog?' beet Maggie me toe terwijl ze haar hand terugtrok.

'Precies!' zei ik. 'Maar toen hielp je je moeder. Het was niet allemaal jouw verantwoordelijkheid. Je woont in een buurt waar bijna niemand kinderen heeft, geen van je vrienden heeft kinderen, in je leven is gewoon geen plaats voor kinderen. En het is niet alleen maar een baby krijgen – je krijgt te maken met kinderopvang, schoolgeld, puberteit. Als dat kind is afgestudeerd, zit jij in de bijstand.'

'Dus dat is het,' zei Maggie op doffe toon. 'Je vindt me te oud.'

'Je bent ook te oud!' riep ik uit. 'We zijn allebei te oud!'

'Ik dacht dat jij mijn verlangen naar een kind wel zou begrijpen,' zei Maggie terwijl ze tranen weg knipperde. 'Na alles wat je hebt doorgemaakt om Diana te krijgen, na al die jaren dat je hebt geprobeerd nog een kind te krijgen.'

De gedachte aan hoe sterk mijn eigen verlangen was geweest, stemde me milder. Maar ik wist ook hoe een baby, zelfs de wens om een baby te krijgen, je leven volledig kan beheersen. Hoe uitputtend het ouderschap kon zijn, zelfs als je twintig jaar jonger was dan Maggie en ik nu waren.

'Ik begrijp het wel,' zei ik terwijl ik probeerde haar hand weer te pakken. 'Maar soms kom je op een punt in je leven dat je dingen gewoon moet loslaten. Dan is het te laat.'

Ik wist dat dat ongevoelig was, zoals Diana zou zeggen. Maar Maggie en ik hadden lang geleden in de vierde klas gezworen om elkaar altijd de ongezouten waarheid – de OW – te vertellen, ook al wisten we dat de ander die eigenlijk niet wilde horen. Toen ik Gary mijn jawoord gaf, nadat ik hem vier maanden eerder op de huwelijksdag van Charles en Diana voor Buckingham Palace had ontmoet, had zij mij verteld dat ik gek was om al zo jong te gaan trouwen. En toen ik een paar maanden later al zwanger was, net als prinses Diana, had Maggie er geen geheim van gemaakt dat ze geschokt was, helemaal toen ik moest stoppen met werken.

Maggie was altijd dol geweest op mijn dochter, maar van een afstand. Ze stuurde haar vreselijk meisjesachtige jurken uit Parijs en nam haar eens per jaar mee naar kunstgaleries en een absoluut ongeschikt restaurant, waar ze ontzet had moeten aanzien dat Diana kokhalzend haar paling opat. En vanaf de dag dat ik met Diana thuiskwam uit het ziekenhuis had ze me gevraagd wanneer ik weer aan het werk ging.

Nu keek ze me aan met een blik die ik maar al te goed kende. Het was de blik die ze kreeg als ze iets tegen me ging zeggen waarvan ze wist dat ik het niet leuk zou vinden.

'Net zoals het voor jou te laat is om weer bij een uitgeverij te gaan werken?' zei ze. 'Net zoals het voor jou te laat is om nog carrière te maken?'

Nu moest ik mijn best doen om niet te gaan huilen. En het was Maggies beurt om mij een kneepje in mijn arm te geven.

'Dat geloof ik eigenlijk niet,' zei ze. 'Ik denk *niet* dat het voor jou te laat is. En dat is exact mijn punt. We zijn geen oude wijven die de boel moeten inpakken om richting het verzorgingstehuis te schuifelen. We hebben allebei nog een heleboel tijd. Kom op.'

Ik mocht van Maggie pas weer in de spiegel kijken als ze klaar was. Ze had mijn haren gewassen en geföhnd. Ze was een eeuwigheid bezig geweest met haar make-upkwast. Ze had me ingesnoerd in extreem ondergoed en me in een strakke spijkerbroek geperst. Het was alsof we weer tieners waren die kleren uitwisselden en elkaar opmaakten.

'Hoe kom je aan al die meisjesspullen?' vroeg ik aan Maggie.

'Ik ben lesbisch,' zei ze. 'Geen vent.' Ze spoot wat parfum op mijn hals en bekeek me aandachtig.

'Oké,' zei ze met een besluitvaardige hoofdknik. 'Volgens mij ben je klaar.'

Ze leidde me weer door de loft naar de spiegel.

Echt, ik herkende mezelf eerst niet. Ik draaide me om om achter me te kijken, omdat ik dacht dat er iemand anders naar binnen was geslopen toen ik het niet in de gaten had.

Een blond iemand. Een sexy iemand. Een heel erg jong iemand.

'Niet te geloven,' zei ik terwijl ik met mijn ogen knipperde.

Maggie grijnsde. 'Je kunt zo voor tweeëntwintig doorgaan!' kraaide ze.

Ik bleef maar naar mezelf staren. Maggie had mijn wens laten uitkomen – mijn wens om niet alleen jonger te zijn, maar om terug in de tijd te gaan en tevoorschijn te komen als een andere persoon. De vrouw in de spiegel zag er wel ongeveer uit zoals ik, maar als een andere versie van mij die in het echte leven nooit had bestaan. Toen ik echt tweeëntwintig was, was ik bijna klaar met mijn studie naar Jane Austen en de Brontë-zusjes aan Mount Holyoke College, met mijn haren naar achteren in een strakke paardenstaart, mijn lichaam gehuld in baggy kleding en een bril met dikke glazen die maar van mijn ongepoederde neus bleef glijden. Toen ik vierentwintig was, was ik de moeder van een peuter, nog altijd met een paardenstaart en de bril en de baggy kleding, alleen was die nu nog ruimer en rook ze vaag naar baby-spuug. Op mijn achtentwintigste maakte ik er soms werk van en trok ik een legging en ruime trui aan om een kraam te bemannen op de rommelmarkt van de kleuterschool.

Ik had er in elk geval nog nooit zo uitgezien: strak en blond, met lipstick en een decolleté en een verzorgde, maar ietwat slettige uitstraling.

'Wie is dat?' fluisterde ik.

Maar Maggie, die op haar horloge stond te kijken, hoorde me niet. 'Het is bijna middernacht,' zei ze. 'Het is tijd om je nieuwe jij te testen.'

Hoofdstuk 2

Het café bij Maggie op de hoek zat stampvol mensen en buiten stond een rij, maar de lange, elegante vrouw die iedereen bij de deur tegenhield, wuifde Maggie en mij naar binnen.

'Ze vindt me leuk,' schreeuwde Maggie in mijn oor.

'Ik hoop dat ze nu niet denkt dat je bezet bent.'

'Ze weet dat jij hetero bent.'

Ik keek Maggie vragend aan. 'Hoe kan ze dat weten?'

'Ze is helderziend,' zei Maggie met een uitgestreken gezicht. En toen: 'Nee, echt, lieverd. Je kunt motorlaarzen en een T-shirt van Melissa Etheridge aantrekken, en dan zie je er nog uit als hetero. Het is gewoon je uitstraling.'

Maggie begon zich een weg naar de bar te banen. Ze draaide haar nek alle kanten op om om zich heen te kijken terwijl we ons door de mensenmassa begaven.

'Wie wil je?' vroeg ze.

'Wie?'

Ik moet er meer geschrokken hebben uitgezien dan ik me voelde, want Maggie begon hard te lachen. 'Zoenen!' schreeuwde ze. 'Zie je iemand die je om twaalf uur wilt zoenen?'

Ik was zo lang getrouwd geweest dat ik me niet kon herinneren ooit over deze vraag te hebben nagedacht. De vorige jaarwisseling was ik nog met Gary geweest en hadden we op het jaarlijkse nieuwjaarsdiner bij onze vrienden Marty en Kathy gezeten.

Ik zoende Gary altijd als eerste. Ik had toen nog geen idee dat hij me twaalf uur later zou vertellen dat hij wilde scheiden. Ik had in geen triljard jaar kunnen bedenken dat ik de volgende oudejaarsavond in een menigte in een café in Manhattan zou staan, op zoek naar een vreemde die ik wilde zoenen.

En toen zag ik hem. Hij stond aan de bar met een half oor te luisteren naar een magere roodharige man die op de kruk naast hem zat te praten, maar besteedde meer aandacht aan het afspeuren van de ruimte, met een kleine glimlach om zijn lippen. Zijn haar was lang en donker, zijn huid bleek. Hij leek van gemiddelde lengte en bouw te zijn, maar had bijzonder brede schouders – breed genoeg om op te zitten. Zijn ogen leken te dansen, alsof hij zich net een heel goede mop had herinnerd en die dolgraag aan iemand wilde vertellen.

Op dat moment draaide hij zich om, alsof ik had geschreeuwd dat hij de mop aan mij mocht vertellen, en keek hij me recht in mijn ogen. Er verscheen een brede lach op zijn gezicht, dus ik moest wel terug lachen. Het was alsof we oude vrienden waren, ex-geliefden die heel goed uit elkaar waren gegaan en elkaar herkenden in de menigte.

Toen zei de roodharige man iets op meer dringende toon en wendde mijn vent zijn blik af.

'Hem wil ik wel zoenen,' zei ik tegen Maggie.

'Wie?'

'Aan de bar,' zei ik. 'Naast die roodharige man. Die met dat kunstzinnige haar.'

Toen keek hij weer naar me en begon Maggie me naar voren te duwen. En toen schreeuwde er ineens iemand en kwamen twee televisieschermen boven de bar flikkerend tot leven. We zagen de bal op Times Square, en een klok in beeld telde af tot Nieuwjaar: minder dan vijf minuten.

'Perfect!' schreeuwde Maggie in mijn oor terwijl ze me verder duwde. 'Wat een jonkie!'

Ik bleef staan. 'Hoe bedoel je?' Nu probeerde ik hem, zonder dat hij het zag, beter te bekijken. Ik had hem niet ingeschat als iemand van middelbare leeftijd, maar hij zag er ook niet uit als een student.

'Hij is absoluut in de twintig,' zei Maggie, en ze porde me in mijn rug.

Ik fronste. 'Volgens mij in de dertig.'

'Echt niet. Kom op. Eens kijken of je slaagt.'

Verdergaan? Of gillend naar buiten rennen? Maggie hakte de knoop voor me door toen ze me een flinke duw gaf, waardoor ik praktisch in de armen van de jongen met de dansende ogen belandde.

'O,' zei ik. Mijn borsten drukten tegen het gesteven katoen van zijn overhemd, de zepige geur van zijn hals drong mijn neus binnen. 'Sorry. Mijn vriendin...'

'Geeft niks,' zei hij. 'Ik vroeg me al af of ik dicht genoeg bij je in de buurt kon komen om met je te praten. Je hebt iets bekends. Ken ik je niet ergens van?'

Alleen als je rondhangt bij de vrouwensportschool vlak bij mijn huis in New Jersey, wilde ik zeggen. Of naar bijeenkomsten van de Homewood Tuinierclub gaat.

Maar aan de andere kant kon hij me onmogelijk ergens van kennen, omdat ik nooit ergens kwam – niet de versie van mij die voor hem stond, in elk geval.

'Tien,' begon de menigte af te tellen. 'Negen. Acht...'

'Eh, nee,' zei ik.

'Niet?' Hij keek verbaasd.

'Het is gewoon...'

Het was gewoon dat ik Maggie vlak achter me voelde, wachtend op onze zoen als een pooier die zijn auto nog moest afbetalen. En ik wilde hem ook wel zoenen, maar ik was bang.

'Vijf. Vier...'

Bang om iemand te zoenen die ik niet kende, ik bedoel om *echt* iemand te zoenen die ik *echt* niet kende, voor het eerst in tweeëntwintig jaar. Bang dat ik niet meer wist hoe het moest. Bang omdat het duidelijk was, nu ik zo dicht bij hem stond, dat hij de laatste keer dat ik dit had gedaan waarschijnlijk nog in de luiers zat. Bang dat het me niets kon schelen.

Er werd geschreeuwd. Er werd gejoeld. Ik staarde hem aan en voelde me als het konijn dat oog in oog staat met de vos. En ook een beetje als de vos. Hij keek terug, weer met glinsterende ogen om die mop.

En toen besefte ik iets wat me, in mijn angst om de stad in te gaan en in mijn concentratie om de juiste wens te doen en tijdens mijn metamorfose door Maggie, was ontgaan. Het jaar was voorbij. Dit moment markeerde het einde van het ergste jaar van mijn leven – het jaar dat mijn man me had verlaten en mijn moeder was overleden en mijn enige kind aan de andere kant van de wereld was gaan wonen. Het was voorbij, en het leek even onweerlegbaar als de wetten van de natuur dat het jaar dat zojuist was begonnen alleen maar beter kon worden.

Ik werd vervuld door zoveel blijdschap en opluchting dat ik diep zuchtte en hem lachend aankeek. Meer aanmoediging had hij niet nodig om naar voren te leunen en zijn lippen op de mijne te drukken. En ze pasten perfect – zijn gewelfde bovenlip paste precies in de ruimte tussen mijn lippen en zijn onderlip kwam keurig onder de mijne terecht. Hij smaakte naar suiker; ik kon de korreltjes zelfs voelen.

Toen we eindelijk uit elkaar gingen, zei ik het eerste wat in me opkwam: 'Dank je wel.'

Hij barstte in lachen uit. 'Graag gedaan, maar ik moet je vertellen, dat ging niet vanzelf.'

Ik voelde dat mijn gezicht begon te gloeien. 'Het is gewoon...' zei ik. 'Ik bedoel...'

'Het is goed,' zei hij zachtjes terwijl hij zijn vinger op mijn lippen legde.

En toen bewoog hij zich naar voren, alsof hij me weer ging kussen.

'Nee!' riep ik, en ik sprong naar achteren.

Hij keek verbaasd. 'Nee?'

'Ik ben niet op zoek naar een relatie.'

Hij lachte weer. 'Ik ben ook niet op zoek naar een relatie,' zei hij.

'Niet?'

'Nee,' zei hij. 'Ik heb net mijn verloving verbroken.'

'Nu...' zei ik, '... net?'

Hij glimlachte. Hij maakte veel oogcontact en dat was fijn, maar ook iets wat ik niet gewend was bij een man.

'Nou ja, afgelopen juni,' zei hij. 'Ik besefte dat ik niet wilde trouwen, in elk geval nog niet. Ik ben nog niet klaar voor een snelle carrière, hypotheek en kinderen.'

'Dat is mooi,' zei ik.

Om ons heen stonden mensen te joelen en elkaar te omhelzen.

De donkerharige man leunde dichter naar me toe en keek me indringend aan met die bruine ogen van hem. 'Meen je dat? Want de meeste meisjes die ik tegenkom, lopen meteen weg als ik dat zeg. Ze vinden het een enorme afknapper.'

'Nee, ik vind het juist verstandig,' zei ik. 'Dit is de tijd in je leven dat je echt vrij kan zijn, dat je kan experimenteren, doen wat je wilt, en daar moet je van profiteren. Je hoeft je echt nog niet te settelen.'

Het was hetzelfde als ik mijn dochter Diana had verteld, die mijn advies zo serieus had genomen dat ze achtduizend kilometer verderop was gaan wonen. Hij zei weer iets tegen me, maar ik werd zo opgeslokt door mijn gedachten aan Diana dat ik hem niet had gehoord. Het enige woord dat ik had verstaan was 'Williamsburg', maar hij wachtte duidelijk op een reactie.

'Al die malle kostuums,' zei ik, denkend aan een schoolreisje dat Diana in groep acht had gemaakt.

Hij keek me raar aan. 'Ik weet daar een leuke club waar het waarschijnlijk rustiger is dan hier. Ik vroeg me af of je mee daarnaartoe wil.'

Ik kon mijn oren niet geloven. 'Helemaal naar Virginia?' vroeg ik. 'Vannacht?'

Er verscheen een glimlach op zijn gezicht en hij schudde zijn hoofd. 'Ik bedoel Williamsburg in Brooklyn. Daar woon ik.'

'Ohhh,' zei ik. Ik voelde me ineens alsof ik uit een ander tijdperk stamde.

Of ik mee wilde? Natuurlijk zou ik mee willen, als ik echt de persoon was die hij blijkbaar voor zich zag staan. Maar in werkelijkheid had ik wel zijn moeder kunnen zijn. Ik had alleen niet de behoefte om hem dat te vertellen en zijn jaar al te verpesten nu het pas enkele minuten oud was.

Waar was Maggie als ik haar nodig had? Ik had haar tot de kus om twaalf uur ergens achter me gevoeld, maar nu was ze nergens te bekennen. Eindelijk zag ik haar bij de deur, waar ze iets in het oor van de aardige vrouwelijke uitsmijter stond te fluisteren. Zij had duidelijk geen hulp nodig.

'Ik dacht dat je geen relatie wilde,' zei ik.

'Dit is geen relatie,' zei hij. 'Het is gewoon... gewoon een...'

'Een onenightstand?' zei ik. 'Want daar heb ik ook geen behoefte aan.'

Dat was toch zo?

'Nee,' zei hij. 'Ik bedoel, als we samen...'

Zijn schouders zakten omlaag en hij staarde naar de grond. Toen keek hij me weer stralend aan.

'Luister,' zei hij. 'Ik vind je leuk. Dat is alles. Ik wil je graag beter leren kennen.'

Ik aarzelde. 'Ik denk niet dat je blij zal worden van wat je dan ontdekt.'

Hij kwam een klein stukje dichterbij, net genoeg om me een ongemakkelijk gevoel te geven. 'Waarom laat je mij dat niet uitmaken?'

Ik voelde weer gefladder in mijn borstkas, gevaarlijk dicht bij mijn hart. Toen ik mijn blik van de zijne afwendde, keek ik naar zijn lippen, en toen ik mijn blik afwendde van zijn lippen, kwam ik uit bij zijn schouders, die ik me heel goed naakt kon voorstellen. Een jaar zonder wat voor seks dan ook, een jaar waarin ik een

31

hechte vriendschap had opgebouwd met de vibrator die Maggie me lang geleden had opgedrongen, had ervoor gezorgd dat mijn fantasie snel op hol sloeg. Nu ik een expert was in het krijgen van een elektronisch opgewekt orgasme wanneer ik maar wilde – iets wat me met een mens van vlees en bloed nooit was gelukt – dacht ik dat ik er nu ter plekke een zou krijgen.

Ik voelde zijn hand op mijn heup. Zijn heup duwde licht tegen de mijne.

Maar toen sloeg de grote stalen klok boven de bar eenmaal – kwart over twaalf – en kwam ik weer bij mijn positieven.

Ik herinnerde me iets wat enkele mannen eens tegen mij hadden gezegd, iets wat ik altijd al tegen iemand had willen zeggen, alleen zou niemand me ooit hebben geloofd. Nu had ik het gevoel dat het misschien zelfs wel waar kon zijn. 'Geloof me,' zei ik terwijl ik me ineens veel cooler voelde dan ik me ooit in mijn leven had gevoeld. 'Ik breng alleen maar problemen.'

Maar in plaats van hem af te schrikken, leek mijn opmerking hem alleen maar meer te prikkelen. Nu ik eraan dacht, had ze ook altijd dat effect op mij gehad.

'Geef me je mobieltje eens,' zei hij.

'Je krijgt mijn nummer niet.'

'Geef het gewoon.'

Hij hield zijn hand op. Ik had mijn telefoon in de zak gestopt van de strakke spijkerbroek die Maggie me had opgedrongen, en voelde hem nu tegen mijn bovenbeen drukken. Met tegenzin haalde ik hem uit mijn zak en overhandigde hem.

'Wow,' zei hij toen hij mijn mobiel bekeek. 'Je hebt Tetris.'

Dat klonk als een ziekte. Een ziekte van de mobiele telefoon.

Hij moest de vragende blik op mijn gezicht hebben gezien, want hij legde uit: 'Dat is een van de oudste computerspellen. Dat is wat ik doe. Ik ontwerp games. Of in elk geval leer ik ervoor.'

'O,' zei ik terwijl de alarmbellen nog harder afgingen. 'Zit je nog op... school?'

'Ik ga dit voorjaar in Tokio naar een opleiding voor game designers,' zei hij. 'Maar ik heb mijn MBA al. Toen ik besloot om nog niet te trouwen, heb ik ook besloten dat ik geen baan in de zakenwereld wilde. En jij?'

'Wat is er met mij?'

'Wat doe jij?'

'Ehhh,' zei ik, me afvragend of wassen, stoffen, of de vaatwasser uitruimen het vermelden waard waren. 'Op het moment niet veel.'

'Dus je zit op school?'

'O, nee,' zei ik. 'Ik ben al heel lang van school af.'

Ik bleef mezelf voorhouden dat er niets aan de hand was zolang ik hem geen echte leugen vertelde.

'Maar heb je dan... gereisd?'

Dat was niet helemaal waar, maar wel een beetje. Ik knikte. 'Ik ben weg geweest.'

'Naar Frankrijk of zo?'

'Zoiets.' Ach, maakte ik mezelf wijs, er zal vast wel *iemand* zijn die New Jersey net zoiets als Frankrijk vindt.

Hij begon op de toetsen van mijn telefoon te drukken.

'Wat doe je?'

'Ik zet mijn nummer in je contactenlijst,' zei hij. 'Ik heet trouwens Josh.'

'Alice,' zei ik.

'Ali?'

'Nee. Alice.'

'Oké, Alice, noem een getal tussen de een en eenendertig.'

Het getal dat meteen in me opkwam, was wat volgens mij zijn leeftijd was. 'Vijfentwintig,' zei ik.

Hij zuchtte. 'Kon je geen lager getal kiezen?'

O, god. Ik hoopte van niet. 'Nee,' zei ik tegen hem.

'Goed dan.' Nog meer drukken op knopjes. 'We hebben een date op vijfentwintig januari.'

'Is dat zo?'

'Ja. Ik heb het alarm ingesteld om je eraan te herinneren. We gaan iets drinken bij... Noem eens een café.'

'Wat als ik niets met je wil drinken?'

'Je hebt vijfentwintig dagen om erover na te denken. Als je besluit dat je het niet wilt, kan je altijd afzeggen. Kies een café.'

Het enige café dat ik kon bedenken was de beroemde tent Gilberto's, op de hoek bij mijn enige werkgever van heel lang geleden, Gentility Press. Dat was de laatste keer dat ik een echte reden had gehad om in de stad wat te gaan drinken. Er kwam even een vlaag van paniek opzetten toen ik me afvroeg of Gilberto's daar nog wel zat, maar Josh zei dat hij het kende en zette de naam en het adres in mijn telefoon voordat hij hem aan me teruggaf.

'Ik weet niet hoe het alarm op mijn telefoon werkt,' waarschuwde ik hem.

'Je hoeft niets te doen,' zei hij. 'Op de vijfentwintigste gaat het alarm om vier uur af, en de telefoon vertelt je dan alles wat je moet weten. Tot dan.'

Hoofdstuk 3

Mijn rinkelende mobiel rukte me uit een diepe slaap. Het eerste wat ik dacht, met mijn warrige hoofd na de late avond en door het onbekende licht van Maggies loft, was dat het alarm afging voor mijn date met Josh. Ik had over hem gedroomd, iets vaag erotisch dat snel vervloog toen mijn telefoon maar bleef overgaan.

Ik slaagde er eindelijk in wakker te worden – met een stijve nek van het slapen op de paarse ligstoel – en de telefoon te lokaliseren in de zak van de spijkerbroek die ik had gedragen en die nu verkreukeld op de grond lag. Nadat ik hallo had gezegd, hoorde ik alleen gekraak op de lijn, gekraak en stilte, en ik wilde net ophangen toen ik eindelijk, blikkerig en heel ver weg, de stem van mijn dochter Diana hoorde.

'Mam?' zei ze. 'Mama? Ben jij dat?'

'Ik ben het, lieverd,' zei ik, plotseling klaarwakker. Diana kon niet vaak bellen. De dichtstbijzijnde telefoon bevond zich op zestien kilometer lopen van het dorp waar zij als vrijwilliger bij het Peace Corps werkte. Anders dan de meeste mensen geloofden, bestonden er nog plekken – best veel plekken – waar mobiele telefoons en het internet nog niet waren doorgedrongen.

'Je klinkt niet als mama,' zei Diana.

Ik ging met mijn hand door mijn haren en herinnerde me toen alles wat de vorige avond was gebeurd – mijn metamorfose door

Maggie, de ontmoeting in het café. Ik stond op van de stoel om naar de ovale spiegel te lopen en mezelf te bekijken. Zonder make-up leek ik meer op de oude Alice. Maar het nieuwe, lichtgekleurde haar en de ruige coupe die Maggie me had gegeven hadden wonderen verricht. Zelfs op de vroege morgen zag ik eruit als een jonge vrouw.

Maar niet als een jonge vrouw die mijn dochter ooit te zien zou krijgen. Net als mijn wietperiode en enkele dronken en half-anonieme seksuele uitspattingen, was dit iets wat ik Diana nooit zou vertellen. 'Ik ben het,' verzekerde ik haar. 'Is alles goed met je?'

'Met mij is alles goed, mam,' zei ze met een toon in haar stem die me liet weten dat ik haar toestand niet in twijfel moest trekken. Natuurlijk ging het goed met haar. Ze was volwassen en had mij niet nodig om voor haar te zorgen.

'Mooi,' zei ik. 'Ben je vandaag in de stad?'

Het bleef zo lang stil dat ik dacht dat de verbinding was verbroken, maar toen zei Diana: 'Nee, ik ben met een paar andere vrijwilligers een paar dagen naar Marokko geweest. Ik dacht dat ik dat had verteld.'

Het was alsof ze me een klap had gegeven. Ze had het me zeer zeker niet verteld, en dat wist ze. Ik had gewild dat Diana thuis Kerstmis zou vieren en ze was tegen me tekeergegaan over dat ze onmogelijk weg kon uit het dorp nu haar tijd daar er bijna op zat, en dat het feit dat het in de Verenigde Staten Kerstmis was daar totaal geen betekenis had, dat armoede en behoeftigheid geen vrij *konden* nemen, enzovoort, totdat ik me aan het verontschuldigen was over hoe ik zo egoïstisch had kunnen zijn om een vliegticket naar huis voor haar te willen kopen.

Niet boos worden, zei ik tegen mezelf. Het is het niet waard, ze komt binnenkort toch thuis, dit is helemaal niet belangrijk.

'Dat kan ik me niet herinneren,' zei ik. 'Hoe was het?'

'Je onthoudt nooit wat ik je vertel,' zei ze. 'Ik snap niet waarom ik nog bel.'

Lieve hemel. Zo ging het al een jaar, sinds haar vader en ik uit elkaar waren gegaan. Hij was degene die was vertrokken, maar Diana was woedend op mij, misschien omdat dat veiliger was, misschien omdat ze met mij de nauwste band had en ik haar nooit in de steek zou laten. Vorig jaar januari, twee weken na het vertrek van Gary, had ze aangekondigd dat ze niet terug ging naar NYU om haar laatste jaar af te maken, maar zich had aangesloten bij het Peace Corps en voor een jaar naar Afrika vertrok. Nu, na een leven vol liefde en intimiteit – Diana had niet eens een moeilijke puberteit gehad – belde ze me van achtduizend kilometer ver weg om ruzie met me te maken.

'Ik ben blij dat je hebt gebeld,' verzekerde ik haar. 'Ik kan niet wachten tot ik je weer zie.'

Meer stilte. Ik nam aan dat ze even nodig had om een rotopmerking te bedenken over wat ik had gezegd.

'Nou, je zal nog iets langer moeten wachten,' zei Diana uiteindelijk. 'Ik heb besloten om een paar maanden langer hier te blijven.'

Mijn ademhaling stokte. Ik had alles op de lange baan kunnen schuiven – mijn angst, mijn zorgen, mijn alles overweldigende verlangen om haar, in fysiek en emotioneel opzicht, weer bij me te hebben – door mezelf voor te houden dat ze in januari terug zou zijn. En nu kwamen alle gevoelens die ik had ingehouden er in één keer uit, en er kwam een schreeuw uit mijn mond die veel harder klonk dan mijn bedoeling was geweest. In het rode gietijzeren bed aan de andere kant van de kamer schoten Maggies ogen open, en aan de andere kant van de telefoonlijn hoorde ik Diana klagen.

'Hoe durf je hier zo moeilijk over te doen?' zei ze. 'Ik heb mijn eigen leven. Dat jij alleen maar in dat huis in New Jersey wilt zitten, betekent niet dat dat genoeg is voor mij.'

Ik voelde dat ik verstijfde. Maggie zat nu rechtop in bed en keek me aan met een bezorgde blik op haar gezicht. Ze bewoog haar handen en schouders omhoog alsof ze me wilde vragen wat er aan de hand was, en ik moest me met mijn rug naar haar toe draaien om niet in tranen uit te barsten.

'Mam?' zei Diana. 'Ben je er nog?'

'Ik ben er nog.'

'Ik weet dat je niet alleen maar zit te zitten. Je hebt je tuiniersclubje of wat dan ook. Maar nu ik hier ben, wil ik gewoon wat langer blijven. Dat kan je toch wel begrijpen?'

Natuurlijk kon ik dat begrijpen. Wat ik niet kon begrijpen, was waarom ze zo kwetsend tegen me moest doen.

'Diana,' zei ik. 'Als jij wilt blijven, moet je dat natuurlijk gewoon doen. Ik ben alleen een beetje teleurgesteld, meer niet.'

'Dat is dus het probleem,' zei mijn dochter. 'Ik vind niet dat je het recht hebt om teleurgesteld te zijn. In plaats van dat je gaat zitten wachten tot ik terugkom, moet je eens aan je eigen leven gaan werken.'

Nu kon ik bijna geen lucht meer krijgen. En ik kon al helemaal geen woord uitbrengen.

'Hoor eens,' zei ze. 'Dit gesprek kost jou – of papa of wie dan ook – een miljoen dollar. Ik weet nog niet hoe lang ik precies blijf, zeker nog een paar maanden. Ik hoop dat je dat oké vindt.'

'Mm-hm,' wist ik uit te brengen.

'Goed. Ik bel je weer zodra het kan. Hou van je.'

Ik wilde zeggen dat ik ook van haar hield, maar de lijn was dood. Ik stond daar even diep in te ademen voordat ik me omdraaide naar Maggie, die me aankeek en meteen uit bed sprong om naar me toe te rennen en me in haar armen te nemen. Nu liet ik mezelf gaan en ik viel snikkend tegen haar schouder. Het was niet het feit dat ze daar bleef waar ik zo kapot van was. Natuurlijk, ik vond het jammer, maar ik kon me wel een paar maanden langer redden, hoe lang ze maar wilde blijven. Wat ik onverteerbaar vond, was de afstand die er op alle andere vlakken tussen ons bestond, en hoe onmogelijk het was om haar te bereiken.

'Het is goed,' zei Maggie troostend terwijl ze op mijn rug klopte.

Ze hield me vast en troostte me terwijl ik haar vertelde wat er aan de hand was, wat Diana had gezegd, hoe ik me voelde.

Toen ik eindelijk was gekalmeerd, deed ze een stap naar achteren en dwong ze me haar aan te kijken. 'Weet je,' zei ze, 'dit is misschien juist wel een zegen.'

'Hoe bedoel je?'

'Voor wat je gisteravond in gang hebt gezet,' zei Maggie. 'Dit geeft je de kans om ermee door te gaan.'

'Met die jongen?' vroeg ik. 'Ik wil echt niet...'

'Ik heb het niet over die jongen,' onderbrak Maggie me, 'hoewel hij er onderdeel van kan uitmaken. Ik heb het over er jonger uitzien. Je kunt ermee doorgaan en kijken wat er gebeurt.'

'Kijken hoeveel vijfentwintigjarige gozers ik om de tuin kan leiden zodat ze me zoenen?'

'Als je wilt doen alsof je jonger bent,' zei Maggie, 'moet je geen woorden als *gozer* meer gebruiken.'

'Wat is er mis met *gozer*?'

'Het is ouderwets. Niet meer van deze tijd.'

'Wacht eens even,' zei ik. 'Wie zegt dat ik wil doen alsof ik jonger ben?'

'Luister naar me,' zei Maggie. 'Wat er gisteravond in het café is gebeurd, was geen stom geluk. Sinds ik je heb aangepakt zie je er fantastisch uit. En nu belt Diana om te vertellen dat ze voorlopig nog niet thuiskomt. Dit is je kans! Niets houdt je nog tegen om jezelf op de kaart te zetten, te solliciteren op een paar banen, en, waarom niet, misschien met wat jongens uit te gaan...'

'Dat is absurd.'

'Wat is er absurd? Je zei zelf dat je jonger wilde zijn. Je moet een baan zoeken, of je nou wilt of niet.'

'Dat wil ik wel,' verzekerde ik haar.

'Goed dan. Dat gaat vast makkelijker als een vrouw van achtentwintig dan als een van vierenveertig.'

'Ik hou niet van liegen,' zei ik. 'Ik draag dan wel strakke kleding en een berg make-up, maar ik ben nog steeds gewoon mezelf. Waarom moet ik een bepaalde leeftijd hebben?'

'Precies,' zei Maggie. 'Waarom moet je zeggen dat je vierenveertig of achtentwintig of wat dan ook bent? Je hoeft de waarheid niet te vertellen en ook niet te liegen.'

Ik knikte. 'Juist.'

'Als je er jonger uitziet, en mensen aannemen dat je jonger bent, kan je ze toch gewoon in de waan laten?'

Ik bleef knikken, maar er doemden weer problemen op.

'Ik bedoel,' zei Maggie terwijl ze me naar haar minuscule keukentje leidde waar ze koffie begon te maken in haar ieniemienie koffiepot, 'dat als jij op een sollicitatiegesprek vertelt dat je vierenveertig bent, ze allerlei dingen over je aannemen die niet per se waar zijn. Toch? Dat je van middelbare leeftijd bent, dat je eruit bent, dat je te oud bent voor een baan op beginnersniveau.'

Ik moest toegeven dat ze gelijk had.

'Dus als ze aannemen dat je ergens in de twintig bent,' ging Maggie verder, 'zullen ze sneller denken dat je graag wilt leren, dat je het prima vindt om onderaan te beginnen, dat je het geen probleem vindt om voor de een of andere snotjongen te werken.'

'Maar ik ben niet in de twintig.'

'Maar dat hoeven zij niet te weten,' zei Maggie. 'Ze mogen je er niet eens naar vragen. Antidiscriminatiewet.'

'Weet je niet meer wat zuster Miriam Gervase ons heeft geleerd?' vroeg ik. 'Het is de zonde van weglating.'

'Wat niet weet, wat niet deert.'

'Zonde. Zonde.'

'Ach, kom op, Alice. Je bent al niet katholiek meer sinds je bent getrouwd onder een choepa.'

Daar had ze me. Ondanks mijn jaren van ononderbroken katholiek schoolonderwijs ging ik niet meer naar de kerk sinds ik het huis uit was gegaan om te studeren, en ik had mijn band met de paus helemaal opgegeven toen ik met een jood trouwde. Maar ondanks het feit dat Gary na de geboorte van Diana zijn geloof herontdekte en mij probeerde over te halen om me te bekeren zodat Diana honderd procent joods zou zijn, had ik geweigerd. Ik kon niet zeggen dat ik geloofde dat Jezus God was. Maar ik kon ook niet zeggen dat het niet zo was.

Het afgelopen jaar had ik zelfs geprobeerd om weer naar de kerk te gaan. Ik had behoefte aan spirituele steun, een gevoel van saamhorigheid. Het probleem was alleen dat de protestante kerken die ik had bezocht net speelgoedkerken leken, met predikanten die niet alleen getrouwd waren maar ook nog eens vrouw – moeders! – en kale heiligdommen zonder enige geheimzinnigheid of verhevenheid. Ik voelde me geen unitariër, congregationalist of presbyteriaan, maar kon ook het katholicisme niet meer omarmen, gezien hun verwerping van de belangrijkste dingen in mijn leven: mijn huwelijk, de wettigheid van mijn dochter, zelfs mijn scheiding.

En dat was wat me zo tegenstond aan Maggies idee dat ik me voordeed als een jonger iemand, besefte ik nu. Niet het liegen of de ethische gevolgen zaten me dwars, maar het idee dat ik door al die jaren van mijn leeftijd af te halen ook alle mensen en dingen die ik liefhad uit mijn leven wiste.

'Dus ik moet doen alsof mijn dochter nooit heeft bestaan?' vroeg ik, terwijl ik me liet neervallen op de ligstoel en de rode satijnen quilt om mijn schouders sloeg. 'Dat ik nooit getrouwd ben geweest, dat ik nooit in mijn huis heb gewoond?'

'Je hoeft niet te doen alsof,' zei Maggie. 'Het is niet zo dat je elke avond naar je huis met Diana en Gary gaat, alsof je een dubbelleven leidt. Je hoeft zelfs helemaal niet terug te gaan naar New Jersey en je anders voor te doen voor je oude vrienden en buren. Je kunt je huis een paar maanden onderverhuren, hier bij mij intrekken...'

'Ho, stop,' zei ik. 'Ik dacht dat jij alles solo moest doen.' Maggie had in de loop der jaren een aantal langdurige relaties gehad, maar haar vriendinnen mochten nooit bij haar intrekken. Op reis wilde ze niet eens een hotelkamer met hen delen.

Maggie grijnsde. 'Dat zal ik moeten veranderen,' zei ze, 'nu ik moeder word.'

'En je gaat op mij oefenen.'

'Het kan goed zijn voor ons allebei.'

Ik wist wel zeker dat Maggie er goed aan zou doen om te leren haar leefruimte en leven te delen met een ander mens voordat haar theoretische kind ter wereld kwam. En nu we het er toch over hadden, misschien kon ik wel wat verzorging gebruiken.

'Dus jij vindt dat ik een compleet ander persoon moet worden?' vroeg ik aan haar.

'Zie het als een toneelstuk. Je gaat zover als je kan – je koopt nieuwe kleren, kijkt of je een baan kunt vinden – en niet verder.'

'En stel dat ik een baan vind? Dan wordt dat zogenaamde toneelstuk mijn echte leven.'

'Ik dacht dat je zei dat je meer risico's zou nemen en egoïstischer zou zijn als je jonger was,' zei Maggie toen de espresso begon te pruttelen. 'Zie je wel, ik wist dat je het niet zou kunnen.'

'Ik kan het wel.'

'Doe het dan,' zei Maggie. 'Kom op, ik daag je uit.'

Hoofdstuk 4

Ik stond in de rij met jonge vrouwen – ik bedoel echte jonge vrouwen –, allemaal met ons cv in de hand en wachtend tot we aan de beurt waren voor een gesprek met de piepjong ogende eigenaar van wat het hipste nieuwe restaurant in Manhattan zou moeten worden, Ici. We zullen met zijn vijftigen zijn geweest, in de strijd om de felbegeerde functie van serveerster, en voor zover ik het kon beoordelen, maakte ik geen schijn van kans.

Ik was misschien wel blond, ik was misschien wel slank, ik kon misschien wel doorgaan voor jong – niemand had een spier vertrokken. Maar die vrouwen kwamen van een andere planeet dan ik, een land waar grote tieten en jongensachtige heupen samengingen in hetzelfde lichaam, waar tanden zo wit waren als papier en waar voeten zich net zo prettig voelden in tien centimeter hoge pumps als in helemaal niets.

Ik, een gewone sterveling, kon gewoon op de kale betonnen vloer gaan zitten. Ik kon glimlachen, ik kon enthousiasmeren, ik kon heupwiegen met de jongste meiden die er waren. Maar ik kon mijn oude voeten niet laten wennen aan hoge hakken.

'Juffrouw Green?' riep de piepjonge restauranthouder. 'Ali Green?'

Ik wankelde zijn kant op en probeerde het eruit laten zien alsof ik schreed. Dit was mijn vierde gesprek van de dag. In de eerste week had ik alle uitgeverijen afgewerkt – allemaal, behalve mijn ouder werkgever Gentility Press, waar ik afgelopen jaar niet één, maar twee keer was afgewezen. Hoewel ik nog steeds het liefst bij Gentility wilde werken – ze gaven al mijn favoriete boeken uit en de oprichter, mevrouw Whitney, was een van mijn idolen – was ik bang dat ze me zouden herkennen of me een derde keer zouden afwijzen. Of allebei.

Nadat ik de boekenuitgevers had gehad, ging ik verder met de landelijke tijdschriften, daarna de handelsbladen, daarna de pr- en reclamebureaus, tot en met onsterfelijke publicaties als *Drugstore Coupons Today*.

Overal was het hetzelfde liedje. Er waren maar weinig startersbanen, en de meeste werden ingevuld door stagiaires, niet door betaald personeel. Ik had een paar keer een positie-voor-ervaring-niet-voor-geld aangeboden gekregen, maar dat kon ik me niet veroorloven.

Deze week was ik op zoek gegaan naar een baantje als serveerster. Hierna kwam inpakker in de supermarkt – maar als het zover kwam, moest ik doen alsof ik vierentwintig was, zodat ik in elk geval makkelijke schoenen aan mocht en niemand naar mijn borsten zou staren.

'Alice,' zei ik toen ik hem mijn cv overhandigde. 'Ik heet Alice.'

Hij keek me aan alsof hij die naam nooit eerder had gehoord.

'Je weet wel,' probeerde ik hem te helpen. 'Van *Wonderland*.'

Hij vertrok geen spier.

'Zou je je naam willen veranderen?' vroeg hij.

Misschien als hij me de hoofdrol in een Oscar-waardige film aanbood. Maar om cosmopolitans uit te delen in een tent in Tribeca?

Maar toch, dit was te intrigerend om zonder meer de grond in te boren.

'Welke andere naam stel je dan voor?' vroeg ik. 'Ali?'

'Of Alex,' zei hij. 'Of misschien Alexa. Of, ik weet het: Alexis!'

'Zoals in *Dynasty*,' zei ik.

'Alexis is geil,' zei hij, mijn verbandlegging negerend. Of waarschijnlijk begreep hij het niet.

'Is dit zoiets als de Mayflower Madam?' vroeg ik. 'Zij had lijsten met alternatieve namen voor de meisjes, namen die zij geil vond. Of misschien noemden ze het toen nog niet "geil". Waarschijnlijk noemde zij het "sexy".'

Hij keek me met een lege blik aan en ik probeerde net zo uitdrukkingsloos terug te kijken. De waarheid was dat ik niet meer tegen deze onzin kon. Deze knul – ik had hem zelfs gegoogeld, in de idiote veronderstelling dat het doen van mijn huiswerk zwaarder woog dan de geiligheid van mijn naam – beschouwde zichzelf als een culinair genie. Maar wat, zo vroeg ik me af, kon een peuter in een spijkerbroek met maatje zesentwintig in hemelsnaam weten van koken? Hij deed peper in zijn ijs. Het was anders, maar was het ook te eten?

Ik miste het om te koken. Ondanks het feit dat ik alleen was, ondanks het feit dat ik was afgevallen, maakte ik nog steeds mijn favoriete recepten, zette ik mijn beste porselein en mijn oma's tafelzilver dat ze uit Italië had meegenomen op tafel, stak ik kaarsen aan en zette ik een mooie cd op. In de paar weken dat ik bij Maggie logeerde, waarin ik uitzocht of ik überhaupt een baan kon vinden voordat ik mijn huis verhuurde, had ik geprobeerd voor haar te koken, maar zij was rond etenstijd meestal druk bezig met haar werk – ze slurpte noedels uit een koffiemok terwijl ze naar haar reusachtige blok cement stond te staren.

'Ik ben heel erg geïnteresseerd in eten,' vertelde ik het piepjonge genie in een poging het gesprek weer terug naar aarde te brengen.

Hij gaapte. 'Leuk. Ben je actrice?'

'Nee,' zei ik.

Toen had ik zijn aandacht. Hij bekeek me aandachtig, met opgetrokken wenkbrauwen. 'Je wil toch niet in de keuken werken?' zei hij. 'Want ik wil geen meisjes in mijn keuken, hoor.'

Over oneerlijk gesproken! Ik schudde van nee, maar dit soort openlijke discriminatie maakte dat ik me minder schuldig voelde over mijn leeftijdsleugentje.

Alsof hij mijn gedachten kon lezen, vroeg hij: 'Hoe oud ben je, Alexis?'

Bij een ander had ik de vraag waarschijnlijk ontweken. Of zelfs de waarheid verteld. Maar ik keek hem recht in de ogen en zei: 'Zestien.'

Eindelijk een lach. 'O, een komiek. Ik snap het. Goed, hoor. Laat me je tieten zien.'

Ik wachtte op nog een lach, maar die kwam niet. In plaats daarvan keek hij me afwachtend aan.

'Dat meen je niet,' zei ik.

Hij bleef gewoon zitten en meende het klaarblijkelijk wel.

Ik herinnerde mezelf eraan dat ik deze baan ontzettend hard nodig had. Wat zou ik doen als ik echt tweeëntwintig of zevenentwintig was geweest, vroeg ik me af. Er een grapje van maken? Ze aan hem laten zien, en me er de rest van mijn leven om schamen? Of het gewoon doen, zoals de jonge vrouwen in de MTV-videoclips die Diana altijd keek, of die op de omslagen van brute nieuwe mannenbladen, en het de gewoonste zaak van de wereld vinden?

Maar zo was ik niet. Hoeveel make-up ik ook op deed, ik zou nooit zo jong zijn of dezelfde houding hebben als die generatie. En ik werd al assertiever.

'Wat hebben mijn tieten, zoals jij ze noemt, te maken met mijn bekwaamheid als serveerster?' vroeg ik aan hem.

Zijn antwoord: 'Alles.'

Ik wilde er net iets tegen inbrengen toen ik dacht: hij heeft gelijk. Om hier aangenomen te worden en een goede serveerster te zijn en dikke fooien te krijgen, hoef je alleen maar knap en sexy te zijn. Dit wordt een van die onechte hippe tenten waar ik niet eens een tafel kan krijgen. Hij zal me niet aannemen, of ik hem mijn borsten laat zien of niet. Hij heeft absoluut geen interesse in mijn borsten; hij wil me alleen maar vernederen. Nou, ik ben er klaar mee.

Ik griste mijn cv terug. Ik wilde nog geen velletje papier bij hem achterlaten.

'Ik wil niet voor jou werken,' zei ik. 'En mijn naam is Alice.'

Buiten op straat deden mijn voeten geen pijn meer. Ik liep te snel, voortgedreven door het bonzen van mijn hart. Ik kon hier niet mee door blijven gaan, zoveel moeite doen voor banen die ik niet wilde hebben en doen alsof ik iemand was die ik niet eens mocht. Als er jonger uitzien me zou helpen een geweldige baan te krijgen, het soort baan waar ik van droomde toen ik vorig jaar begon met solliciteren, het soort baan die ik lang geleden had gehad bij Gentility Press, dan was ik bereid om door te gaan met dit toneelspel. Maar tot dusverre vond ik jong zijn nog erger dan oud zijn.

Terwijl ik daar liep, begon ik te denken dat ik er misschien mee moest stoppen. Ik was uitgeput doordat ik nog steeds op Maggies ligstoel sliep, met de dekens over mijn hoofd tegen het licht en lawaai dat ze maakte als ze 's avonds laat nog aan het werk was. Ik had geld, dat ik in principe niet had, uitgegeven aan werkkleding die ik niet kon dragen. Ik wilde eigenlijk gewoon naar huis.

Maar.

Maar Gentility was er nog. De keuzes die ik overhad waren naar Gentility gaan en de kans lopen dat ik niet zou slagen, of teruggaan naar New Jersey en zeker niet slagen.

Toen ik het zo bekeek, werd het me duidelijk dat ik terug moest naar Gentility. Dan zou ik Maggie in elk geval laten zien dat ik brutaal en assertief kon zijn. Ik voelde me zelfs brutaal en assertief toen ik richting het kantoor van Gentility beende. Alleen droeg ik kleding die ik had uitgekozen voor mijn sollicitatie als serveerster – een rode zijden blouse en zwart-wit geruite minirok, plus veel make-up. Misschien moest ik me eerst gaan omkleden. Ach, wat maakte het uit. Het was een brutale, assertieve look die perfect bij mijn gemoedstoestand paste.

Een halfuur later zat ik met rode wangen van mijn snelle wandeling door de stad in het kantoor van de personeelsafdeling van Gentility het mij al bekende sollicitatieformulier in te vullen. Maar goed dat ik geen bijzondere naam had. Mijn cv was vrijwel hetzelfde als het altijd was geweest, maar zonder data of de vermelding dat ik twintig jaar lang vrijwilligerswerk had gedaan. Ik gebruikte Maggies adres in plaats van mijn eigen adres in New Jersey, en mijn mobiele telefoonnummer in plaats van mijn vaste nummer thuis, en hoopte vurige dat het gesprek zou plaatsvinden bij de assistent en niet bij Sarah Chan, het hoofd HR.

Tevergeefs. Ik kon wel door de grond zakken toen de o zo bekende juffrouw Chan, ergens in de dertig en beeldschoon en zonder enige humor, over het grijze tapijt naar me toe schreed, met een uitgestoken, perfect verzorgde hand.

Ik stond op en zette mezelf schrap voor de blik van herkenning op haar gezicht. Sarah Chan was veel te jong om bij Gentility te hebben gewerkt toen ik er werkte. De eerste keer dat we elkaar hadden ontmoet was afgelopen februari geweest, kort nadat ik mijn tranen had gedroogd na de scheiding van Gary en Diana's vertrek naar Afrika. Ik was Gentility binnengelopen in het broekpak maat tweeënveertig dat ik zeven jaar eerder had gekocht voor de uitreiking van de prijs voor Ouder van het jaar op Diana's school, ervan uitgaande dat ik de baan die ik had opgegeven toen ik zwanger werd automatisch zou terugkrijgen. Ondanks dat het gesprek na twintig minuten al voorbij was, ondanks dat juffrouw Chan, zoals ze zich aan me voorstelde, zei dat ze me 'iets zou laten horen' in plaats van het salaris en de functie te bespreken, verwachtte ik toch dat ze me snel zou bellen.

Toen ik in juni nog niets van haar had gehoord, was ik teruggegaan, in hetzelfde broekpak – dat toen iets te ruim was geworden – en met een zakdoek in mijn handen vanwege het zweten. Misschien was ik de vorige keer niet duidelijk geweest, zei ik tegen haar. Ik had Gentility niet bezocht om herinneringen op te halen. Ik was op zoek naar een redacteursbaan, had een baan *nodig*. Ik wist wel dat het *leek* alsof ik niet had gewerkt, maar ik had veel dingen gedaan waarvoor ik al mijn organisatietalent en leidinggevende kwaliteiten had moeten inzetten. En boeken, met name de klassiekers voor vrouwen die Gentility uitbracht, waren toch niet veranderd?

Toen was Sarah Chan directer geweest. Ze had eerder al begrepen dat ik een baan wilde. Helaas waren alle redacteursfuncties al ingevuld. Er was misschien iets op de afdeling publiciteit, als ik...? Maar op dat moment wilde ik niets anders dan een redacteursfunctie. Redactiewerk, werken met schrijvers, met woorden, was wat ik wilde en goed kon. Al het andere was tijdverspilling, vond ik nog maar een paar maanden geleden. Hoe dom van me.

Nu hield Sarah Chan midden in onze handdruk stil om me nieuwsgierig, met het hoofd scheef, aan te kijken.

'Kennen wij elkaar?' vroeg ze.

Ik kon alles opbiechten, zeggen dat ik was verhuisd, dat ik terug was voor een derde poging, dat ik duidelijk nog steeds niet wist wat het woordje nee betekende.

Of ik kon het zien als een toneelstukje, zoals Maggie had gezegd. Niet echt liegen, maar de situatie zo ver mogelijk uitspelen.

'Geen idee,' zei ik terwijl ik mijn hoofd ook scheef hield zodat ik Sarah recht kon aankijken. 'Is dat zo?'

Toen ik hier eerder was, had ik het gevoel dat ze me niet echt zag staan. Dat ze me, zoals zoveel jonge, professionele vrouwen, had gezien en opgeslagen als oude, dikke huisvrouw. En daarmee was alle interesse verdwenen.

Nu perste ze haar lippen op elkaar en schudde ze haar hoofd en keek ze nadenkend. 'Je komt me vreselijk bekend voor.'

'Jij mij ook,' zei ik terwijl ik haar verwarde uitdrukking nadeed.

'Ach ja,' zei ze toen ze het met een ferme hoofdknik opgaf. 'Kom binnen en vertel me alles over jezelf.'

Dit keer was het alsof ze het echt wilde horen. Ze vroeg naar de literatuurlessen die ik had gevolgd op Mount Holyoke, naar mijn interesse in Gentility. Hoewel ik vrijwel hetzelfde vertelde als ik vorig jaar – twee keer – had verteld, leek ze nu echt te luisteren. En ik was in de tussenliggende maanden ook slimmer geworden. In plaats van te stellen dat ik alleen interesse had in een baan als redacteur, vertelde ik nu dat ik in alle aspecten van het uitgeversbedrijf geïnteresseerd was.

Juffrouw Chan tikte met haar potlood op mijn cv en zei dat ze misschien iets voor me had op de marketingafdeling. Marketing? Maar natuurlijk? Ik vond marketing *geweldig*, of dacht dat ik het misschien wel leuk zou vinden (dit zei ik niet hardop) als ik wist wat het was. Jazeker, ik had wel tijd voor een gesprek met Teri Jordan, hoofd van de marketingafdeling.

Toen we door de gangen liepen en ik Sarah Chan langs de werkplekken volgde, viel het me op hoe weinig de kantoren in al die jaren waren veranderd – ze oogden hetzelfde, maar minder welvarend. Ik had hier gewerkt op het hoogtepunt van het feminisme in de jaren zeventig, toen vrouwen feministische traktaten en klassiekers van grote vrouwelijke auteurs kochten zo snel als Gentility ze kon drukken. Nu lazen mensen nauwelijks nog en Gentility voelde de klap duidelijk.

Afgezien van de beschadigde verf en versleten vloerbedekking zag Gentility er nog precies zo uit als toen ik er eerder had gewerkt, alleen waren alle mensen anders. Niet alleen anders, maar *jonger*, hoewel we waarschijnlijk ook allemaal jong waren geweest toen ik hier werkte. De enige uitzondering was de boven alles en iedereen uittorenende, witharige oprichter van het bedrijf, Florence Whitney, die ik nu alleen maar van een grote afstand zag. Ik beschouwde mevrouw Whitney nog steeds als een godheid, een besluitvaardige visionair die alle vrouwen die voor haar werkten enorm had geïnspireerd, en ik was blij dat ik niet te dicht bij haar in de buurt mocht komen. Ik was wellicht in aanbidding voor haar op de knieën gegaan en dan zou ik zeker door de mand zijn gevallen.

De plek voor de assistent van hoofd marketing Teri Jordan zag er erg leeg uit. De stoel werd duidelijk gebruikt als dumpplaats voor boeken, en het bureau was stoffig. Dat was het goede nieuws: deze vrouw moest wel smachten naar een assistent.

Het slechte nieuws was Teri Jordan zelf. Toen we elkaar de hand schudden werd me al duidelijk waarom deze vrouw geen assistent kon krijgen, waarom ik zo naar binnen kon lopen en meteen bij haar op gesprek kon. Alles aan haar was streng, van het korte, glad naar achteren gekamde zwarte haar tot haar zwarte pak en de strakke lijn die haar mond vormde. Sarah Chan wist in elk geval niet hoe snel ze weer moest wegkomen. Het was alsof ze me als een stuk rauw vlees in de tijgerkooi gooide.

Ik hoorde Maggies stem in mijn hoofd – 'Laat je niet door haar intimideren' – maar het was te laat, ik was al geïntimideerd. Ik was geïntimideerd toen haar hand de botjes in mijn hand vermorzelde, geïntimideerd toen ik de foto's van haar drie jonge kinderen op haar vrijwel lege bureau zag staan. Verder lagen er alleen drie potloden met perfect geslepen punten op, die allemaal naar mij wezen.

'Waarom denk je dat jij voor mij kunt werken?' beet Teri me toe.

Mijn mond werd droog. Omdat, hoe vervelend je ook wordt, je me waarschijnlijk niet zult vragen om mijn tieten te laten zien? Omdat deze baan mijn beste kans is om het leven dat ik wil te krijgen?

Brutaal zijn, hoorde ik Maggie me aansporen. Lef tonen.

Maar ze deed me denken aan Gary, die thuiskwam na een lange dag van wortelkanaalbehandelingen. Als hij gestrest was, werd hij agressief, net als Teri nu, en ik had altijd gereageerd door op een verzoenende toon tegen hem te praten in de hoop dat hij zou vertellen wat hem werkelijk dwarszat.

'Wat vindt u dat nodig is om met succes voor u te kunnen werken?' vroeg ik.

'Nou,' zei Teri, 'de persoon moet honderd procent betrouwbaar zijn. Ik heb geen zin meer in meisjes die zich om de haverklap ziek melden vanwege buikpijn of een snotneus.'

'Ik ben al twintig jaar niet ziek geweest,' verzekerde ik haar.

Ze keek me vreemd aan. 'Je mag ook niet te laat komen,' ging ze verder. 'Ik ben hier om acht uur. Dat verwacht ik niet van jou, maar ik wil wel dat je er elke dag ruim voor negen uur bent.'

'Ik sta meestal om zes uur op,' zei ik. 'Al sinds...'

Ik had willen zeggen dat ik sinds Diana er was niet meer kon uitslapen. Maar dat was waarschijnlijk geen goed idee.

'Ik sta altijd om halfvijf op,' vertelde ze me, voor het geval ik me superieur voelde omdat ik om zes uur opstond. 'Dan ga ik sporten en regel ik het huishouden voordat ik de kinderen wakker maak om dag te zeggen.'

Ik keek naar de foto's van de kinderen – een meisje van een jaar of zes, zonder voortanden en met een lange bruine paardenstaart, een jongen van drie of vier met een keurige scheiding in zijn haar en de uitstraling van een kandidaat van een politieke partij, en een peuter van onduidelijk geslacht met een rond gezicht. Het was moeilijk te geloven dat Teri's graatmagere lichaam deze drie zachte schepseltjes had voortgebracht.

'Ik werk op vrijdag vanuit huis in Long Island,' vertelde Teri. 'Maar vergis je niet, ik speel niet met mijn kinderen en lees ook niet elke paar uur mijn e-mail. Ik ben dan echt aan het werk.'

Ik stelde me haar slaapkamer voor met een enorm bureau en een complete verzameling elektrische apparatuur die stond te zoemen en piepen, als een soort commandocentrum. Ik vroeg me af of haar man thuisbleef bij de kinderen. Of misschien had ze een heel leger van kindermeisjes en huishoudsters onder zich. Ik kon me niet voorstellen dat Teri Jordan het deed met een matig efficiënte au pair of kinderopvang en het huishouden liet versloffen.

'Onderdeel van jouw baan,' zei ze, 'is dat je fungeert als mijn ogen, oren en handen op kantoor op de dagen dat ik vanuit huis werk. Is dat duidelijk?'

Ze had het over 'mijn baan'. Betekende dat dat ik was aangenomen?

'Welnu,' zei ze. 'Wat zijn jouw ideeën voor het op de markt zetten van de Gentility-reeks?'

O-oh, blijkbaar wilde ze toch weten of ik gekwalificeerd was voor de baan voordat ze me aannam. Klein probleem. Mijn enige ervaring in de uitgeverswereld, bij Gentility zelf, kon ik niet aandragen als bewijs. Bovendien had ik nog steeds geen idee wat marketing precies inhield.

Maar ik kende de boeken van Gentility waarschijnlijk even goed als Florence Whitney zelf. Ik was het bedrijf al die jaren blijven volgen, had de impressums bijgehouden en had geprobeerd om alles wat ze uitgaven te lezen. Als voorzitter van de boekenmarkten op Diana's school, bestuurslid van de bibliotheek en deelnemer aan twee leesclubs wist ik bovendien veel over hoe boeken werden gegroepeerd en verkocht.

'Gentility publiceert een aantal van de beste boeken van vrouwelijke auteurs,' begon ik voorzichtig. 'Er is altijd een markt' – ik klopte mezelf in gedachten op de schouder omdat ik een manier had gevonden om dat woord te gebruiken – 'voor Jane Austen en de zusjes Brontë.'

'Ja, ja,' zei Teri, met een afwijzend handgebaar. 'Maar dat is een klein deel en wij willen er een groter deel van uitmaken. Hoe doen we dat?'

'Ehhh...' Ik was doodsbang dat ik iets verkeerds zou zeggen, bang dat ik mijn kans op de baan zou verprutsen en ook dat Teri Jordan over het bureau zou springen en haar kleine, scherpe tanden in mijn hals zou zetten. Maar niets zeggen was *zeker* verkeerd. Als ik in elk geval zei wat ik echt dacht, al was het maar als toegewijde lezer en niet als professionele marketingdeskundige, was er nog een minuscule kans dat ik het goed had.

'Er zijn tegenwoordig zoveel meer factoren die om onze aandacht vragen,' zei ik, 'en het algemene beeld dat men van vrouwen heeft is zoveel sexyer en meer geïdealiseerd. De kleding, de lichamen – jonge vrouwen hebben het gevoel dat ze eruit moeten zien als Paris Hilton om nog mee te tellen.'

Zelfs ik had de afgelopen weken geprobeerd ergens aan te voldoen, op manieren die nooit eerder in me waren opgekomen.

Toen ik met Maggie op zoek was naar een nieuwe, jongere garderobe, had ik kleding gezien die zowel strakker – was deze kleding soms gemaakt voor kinderen van dertien? voor *mannen*? – als onthullender was dan alles wat ik ooit had bezeten. Ik had het gevoel gehad dat ik zowel vrouwelijker als professioneler moest zijn, minder dreigend en ambitieuzer, en dat ik veel meer geld moest uitgeven om minder te verdienen. En hoe goed ik ook met die tegenstrijdige druk omging, ik kon toch geen baan krijgen.

Teri schudde haar hoofd. 'Wat heeft dat te maken met het verkopen van boeken?'

Ik was zo nerveus dat ik zelf ook niet meer zeker wist wat mijn punt was.

'Ik denk gewoon dat klassiekers niet langer met klassieke omslagen kunnen worden verkocht,' zei ik. 'Je weet wel, altijd dezelfde aquarellen en portretten van negentiende-eeuwse dames. Om jonge vrouwen aan te spreken, moet je inhaken op moderne idealen in het leven van de vrouw, erop inspelen met fellere kleuren, opwindendere advertenties...'

Nu zat Teri zo hard met haar hoofd te schudden dat haar haren ervan bewogen, terwijl ik had gedacht dat dat fysiek onmogelijk was.

'Ik wil dat je begrijpt,' zei Teri, 'dat ik op deze afdeling de enige ben met ideeën. Kan je daarmee leven?'

Ik knikte en hield mijn mond stijf dicht.

'Kan je voldoening halen uit kopiëren en dingen versturen en ervoor zorgen dat er koffie – zwart, zonder suiker – door mijn aderen blijft stromen?'

Ik knikte weer.

'Goed dan,' zei Teri terwijl ze opstond en – godzijdank – niet haar hand uitstak om mijn botjes weer te vermorzelen. 'Dan zie ik je maandagochtend vroeg.'

Ik hield me in tot ik alleen op het damestoilet van Gentility was. Voor ieder ander voelde die plek waarschijnlijk niet als een tempel voor emotionele uitingen, maar ik had daar zoveel emotionele gebeurtenissen verwerkt dat alleen al de aanblik van de zachtroze tegels mijn hart verwarmde. Ik was hier meteen naartoe gegaan toen Gary me tijdens een lunch ten huwelijk had gevraagd. Had in een van deze hokjes ontdekt dat ik zwanger was van Diana. En op deze plek ontdekte ik ook dat ik bloed verloor en de zwangerschap misschien wel misging.

Nu ging er een blijdschap door me heen, trots en opwinding dat ik de baan echt had gekregen. 'Yes,' fluisterde ik terwijl ik mijn vuisten in de lucht sloeg. Daarna volgde een zelfvoldane grinnik en een juichgeluid, compleet met uitgestrekte armen in de lucht.

Dat voelde zo lekker dat ik begon te dansen. Dat had ik ook gedaan na het aanzoek van Gary – ik had in deze toiletruimte rondgedanst met ons liedje, 'Red Shoes' van Elvis Costello, in mijn hoofd. Het was me altijd bijgebleven als een van de mooiste momenten van mijn leven, en nu voelde ik me weer bijna net zo goed. Ik deed mijn ogen dicht toen ik overging op een echte dans, met de stem van Elvis de Tweede in mijn hoofd: 'Red shoes, the angels wanna wear my red... RED SHOES...'

En ik denk dat ik mezelf toestond om een stukje hardop te zingen, want toen ik mijn ogen opendeed en in de spiegel keek, zag ik dat er iemand achter me stond met een enorme grijns op haar gezicht.

'Goede dag?' vroeg ze, toen ze nog altijd lachend naar voren stapte om haar handen te wassen.

Ze zag er zo hemels uit dat ze evengoed een geest had kunnen zijn. Haar lichtrode haar had bijna dezelfde tint als de tegels op de muur en haar albasten huid zag er nog witter uit door het contrast met haar zwarte kleding.

'Ik ben hier net aangenomen,' vertelde ik haar.

'Joh,' zei ze terwijl ze haar fijne wenkbrauwen optrok. Haar ogen hadden de lichtgroene kleur van jade. 'Wat ga je doen?'

'Ik word assistent op de marketingafdeling,' zei ik in één adem.

Ze staarde me even aan en alle sporen van de glimlach verdwenen van haar gezicht.

Ten slotte zei ze: 'Ga je voor Teri Jordan werken?'

'Ja,' zei ik.

'O.' Ze had alleen die ene neutrale lettergreep geuit, maar keek erbij alsof ze heel veel niet zei.

Mijn hart kromp ineen. 'Wat is er?'

'Niets,' zei ze. 'Je komt er wel.'

'Wat?' hield ik vol.

Ze bekeek me aandachtig, waarschijnlijk om vast te stellen of ik het nieuws zou aankunnen. 'Nou,' zei ze uiteindelijk terwijl ze de ruimte rondkeek, zoals ik ook had moeten doen. Ze liet haar stem dalen tot een fluistering: 'Ze heeft de vorige drie meisjes die voor haar werkten ontslagen.'

'Echt waar?' zei ik. Ik had in deze ruimte allerlei emoties gevoeld, maar was nog nooit zo snel van het ene naar het andere uiterste gegaan.

'Volgens mij heeft de laatste het nog geen dag gered.'

'Echt?' Ik voelde mijn schouders omlaag zakken toen mijn hart op de grond viel. 'Hoe komt dat?'

'Mevrouw Whitney – je weet wel, de directeur van het bedrijf – is er blijkbaar van overtuigd dat Teri Jordan briljant en geweldig is. Ze schijnt behoorlijk veeleisend te zijn en niet erg gewetensvol.'

'Niet erg gewetensvol?' zei ik terwijl ik met een schuldgevoel aan mijn eigen slechte geweten dacht. 'Wat bedoel je daarmee?'

'Ik ken de details niet,' zei ze schouderophalend. 'Ik zit op de redactie.'

'De redactie,' zei ik ademloos. 'Daar wilde ik eigenlijk een baan.'

'Je kunt je veel sneller opwerken aan de zakelijke kant,' zei ze. 'Als je Teri Jordan weet te overleven.'

Ik slaakte zo'n diepe zucht dat het leek alsof hij jarenlang in me gevangen had gezeten. Het afgelopen jaar had ik mijn scheiding, het vertrek van mijn enige kind en de dood van mijn moeder overleefd. Ik was zowel sterker als angstiger geworden, had meer vertrouwen gekregen in mijn vermogen om met pijn om te gaan, maar was banger geworden om er meer van toe te laten.

'Ik weet het niet,' was alles wat ik kon uitbrengen.

'Maak je geen zorgen,' zei de roodharige jonge vrouw terwijl ze haar hand op mijn schouder legde. 'Ik zal wel op je passen.'

Dit meiske zou wel op me passen? Ik liet een slap lachje zien.

'Ik ben trouwens Lindsay.'

'Alice.'

'Ah,' zei ze. 'Net als Munro. Of Walker.'

Ik kon haar wel zoenen. 'Iedereen zegt altijd "van *Wonderland*",' zei ik tegen haar.

'Ik ben niet iedereen,' zei ze. 'Maar ik zal jouw Witte Konijn zijn.' En na die woorden verdween ze in het doolhof van gangen van Gentility Press, mij nerveuzer dan ooit over de komende week achterlatend – en meer opgewonden dan ooit.

Hoofdstuk 5

Mijn huis in New Jersey zag er vreemd uit, alsof ik jaren was weg geweest in plaats van enkele weken. Ik stond op de stoep – mijn gedeelte was het enige in het blok dat glad was van ijs en aangestampte sneeuw – en keek ernaar alsof ik thuiskwam na een lange reis. Alles aan deze plek – de hoge bomen, de brede voortuin met het dubbele hek erlangs, de zwarte luiken tegen het frisse wit van de kozijnen en het warme beige van de geverfde bakstenen – leek rustig en vredig, als een tekening in een oude roman, met het bijschrift 'Thuis'.

De oude meneer Radek die naast me woonde schuifelde over zijn oprit, met de sneeuwschuiver als kruk om overeind te blijven, en toen hij me zag bleef hij staan om te zwaaien. Dat was waarom ik de afgelopen weken niet naar huis wilde: ik wilde niets hoeven uitleggen over mijn nieuwe kapsel, mijn nieuwe kleding, wat ik in de stad had gedaan, of ik voorgoed terugkwam. Maar meneer Radek zwaaide alleen maar naar me en keek totaal niet nieuwsgierig.

'Hallo, Diana,' riep hij.

Diana. Hij dacht dat ik mijn eigen dochter was. Jongere buren met betere ogen zouden niet zo makkelijk om de tuin geleid worden. En als mijn twee goede vriendinnen uit de buurt er waren geweest, had ik heel wat moeten uitleggen. Maar Elaine Petrocelli en haar man Jim hadden, nu hun kinderen allemaal het huis uit waren, een oude droom in vervulling laten gaan en woonden voor een jaar in Italië, en mijn vriendin Lori was, op de een of andere manier geïnspireerd door mijn scheiding van Gary, uit haar ongelukkige huwelijk gestapt en teruggegaan naar haar geboorteplaats Little Rock.

In plaats van dat ik meneer Radek corrigeerde, zwaaide ik vriendelijk naar hem en liep ik mijn tuinpad op. Door alle post die op de mat lag, kreeg ik de voordeur bijna niet open, en het was binnen ijskoud omdat ik de verwarming had uitgezet voordat ik was vertrokken voor wat nu een eindeloos nieuwjaarsweekend bij Maggie leek.

Het plan was nu dat ik dit weekend als een wervelwind door het huis zou gaan om het gereed te maken voor een huurder. De makelaar die ik had gebeld, had me verzekerd dat er veel vraag was naar per maand beschikbare huurhuizen voor mensen die naar Homewood trokken of hun eigen huis lieten opknappen en een tijdelijk, gemeubileerd onderkomen nodig hadden. Op deze manier kon ik mijn spullen op zolder opslaan, mijn auto in de garage zetten en de maanden tot Diana's terugkeer bij Maggie logeren.

Maar toen ik in de gang stond en keek naar de dingen waar ik van hield – de gedeukte tinnen beker die ik uit meneer Radeks vuilnisbak had gered, de aquarel van de Ierse heuvels gemaakt door een vriendin van de leesclub die aan borstkanker was overleden, het eerste briefje dat Diana had geschreven toen ze op kamp was ('Ik hou van je als van pannenkoeken met stroop'), dat ik had ingelijst en opgehangen – wilde ik mezelf op de grond werpen en alles zo stevig vasthouden dat niemand me hier nog weg kreeg. Hoe kon ik, al was het maar voor even, in Maggies tochtige loft bivakkeren, alleen door de (in elk opzicht) kille straten van New York dwalen, terwijl ik dit heerlijke huis had?

De gedachte was zo overweldigend dat ik hem aan de kant schoof door druk aan de slag te gaan, zoals ik altijd had gedaan als ik hier thuiskwam: mijn jas ophangen, de verwarming aanzetten, de post sorteren, een kop thee zetten, een vuur maken met het hout dat goed was gedroogd in de grote mand naast de open haard in de woonkamer.

Maggie had haar beeldhouwwerken, maar dit – deze gesjabloneerde muren, de blauwwitte schalen achter kastdeurtjes met glas, de grote verzameling boeken, en de donkere, geboende vloeren – was mijn kunstwerk. Gary's ouders hadden ons na de geboorte van Diana geholpen dit huis te kopen. Het hoorde bij de afspraak: ik moest stoppen met werken en een groot deel van mijn zwangerschap in bed doorbrengen waardoor Gary, die hard had gewerkt om een bekend dichter te worden, een lucratievere carrière moest zoeken. Gary's ouders hadden aangeboden het huis voor ons te kopen en onze rekeningen te betalen *mits* Gary de opleiding tandheelkunde ging doen, zoals ze altijd hadden gedroomd. Hoewel hij al bij een tandheelkundeopleiding was aangenomen voordat hij naar Oxford ging om te studeren en gedichten te schrijven, was hij nooit van plan geweest om tandarts te worden. Maar nu was hij van gedachten veranderd. Van mij hoefde hij het dichten niet op te geven voor tandheelkunde, maar uiteindelijk moest ik toegeven dat we geen keus hadden.

Gary bleef lange tijd schrijven terwijl hij studeerde en later een praktijk begon, maar toen werd hij zo meegesleept door de tandheelkunde – zijn specialiteit was endodontologie, wortelkanaalbehandelingen – dat hij ermee stopte. Hij zei altijd dat een heel goede wortelkanaalbehandeling uitvoeren hetzelfde was als een heel goed gedicht schrijven: een zaak van concentratie waarin het kleinste detail het verschil kon maken tussen genot en pijn. Misschien was dat het probleem; hij ging te hartstochtelijk op in de techniek van de tandheelkunde. Ik bewonderde hem omdat hij een manier had gevonden om van zijn werk te houden, maar hij hield zichzelf ook voor de gek en verweet, volgens mij, diep in zijn hart mij, zijn ouders en zelfs Diana dat we hem dit mindere bestaan hadden opgedrongen.

En ik stortte me met evenveel enthousiasme op het huishouden en het moederschap, met, dat zag ik nu in, dezelfde gevoelens. Na de dreigende miskraam, Diana's vroeggeboorte en broze gezondheid, en mijn herhaaldelijke mislukte pogingen om nog een kind te krijgen, was het voor mij het best haalbare leven geworden, en ik genoot ervan met dezelfde hartstocht die ik eens had gehad voor analyses van *Jane Eyre*.

Ik had zelfs genoten van het zware werk toen we het huis opknapten: het oude linoleum van de planken vloeren trekken, het gebarsten pleisterwerk repareren en schilderen, gordijnen naaien voor de ramen van golvend antiek glas. Later, toen we meer geld hadden, had ik een keuken ontworpen die eruitzag alsof hij bij het huis hoorde en een tuin met overblijvende planten aangelegd, die nu bedekt was onder een laag sneeuw.

Het huis was, samen met Diana's opvoeding, mijn domein geweest. Gary maakte lange dagen en liet alle beslissingen over inrichting en verbouwingen – evenals de opvoeding – aan mij over. Dat zag ik als een voordeel, tot ik besefte dat het symbool stond voor hoe ver onze levens van elkaar verwijderd waren geraakt. We deelden zeer beschaafde avonden onder hetzelfde dak, maar we hadden evengoed op verschillende planeten kunnen leven.

De kern van het probleem was dat Gary en ik onze romantische ontmoeting in Londen en de geweldige eerste weken samen hadden opgevat als teken dat we de rest van ons leven bij elkaar moesten blijven. Dat effect had het huwelijk van Charles en Diana op meer mensen gehad.

Ik wist dat ik niet gelukkig was, maar ik dacht dat het huwelijk, na twintig jaar, nou eenmaal zo was. De huwelijken van veel van onze vrienden waren net zo. We hadden zelden seks, we vertelden elkaar nog minder vaak de waarheid over belangrijke dingen, maar we maakten ook geen ruzie. Het was acceptabel; ik hield van mijn leven en ik was echt niet van plan om bij hem weg te gaan, want ik wist niet of er daarbuiten iets beters was.

Maar Gary vond wel iets beters, in de gedaante van Gina, zijn mondhygiëniste. Ik weet het, het is een cliché, maar waar moet je buiten het werk een ander ontmoeten (en als je geen werk had, zoals ik, waar moest je dan überhaupt iemand ontmoeten)? Ik was geschokt, vernederd, jaloers, woest – maar diep in mijn hart was ik ook opgelucht. Gary had me ergens een plezier gedaan door me te dwingen mijn leven te veranderen terwijl ik te schijterig was geweest om het zelf te doen.

Ik was meer geschokt geweest door Diana's vlucht naar Afrika en daarna, afgelopen zomer, mijn moeders dood. Mijn moeder had al jaren de ziekte van Alzheimer en herkende me op het laatst niet meer, maar niets is zo definitief als de dood, en na haar overlijden voelde ik me, voor het eerst in mijn leven, echt alleen.

Ik zat nu, zoals ik zo vaak had gezeten, voor het haardvuur te genieten van mijn eigen pleziertjes, met een glas witte wijn naast mijn lege theekop, een stapel tijdschriften op mijn schoot. Voor de rest van de wereld zag ik er blijkbaar uit als een nieuw persoon, maar nu ik daar zat voelde ik me mijn eigen vertrouwde zelf: op mijn gemak, bang om dit knusse nest te verlaten.

En toch had ik, om terug in een jonger leven te stappen, een hang naar avontuur nodig, evenals een geloof in de toekomst, in de mogelijkheid van mogelijkheden, die ik nieuw leven moest inblazen. Nieuw leven inblazen en cultiveren, alsof ik een vampier was, en de mogelijkheden mijn verse bloed.

Pas toen ik de volgende middag laat weer bij Maggie was, uitgeput van al het werk dat ik had verzet, en van het gesleep met mijn koffers in de bus en de metro en door de ijskoude straten, barstte ik in tranen uit. Maggie was met nat cement voor een nieuw blok bezig geweest, maar stopte toen ze me zag. Ze trok haar lange rubberen handschoenen uit en snelde op me af.

'Wat is er?' vroeg ze.

'Ik denk niet dat ik het kan.'

'Wat is er gebeurd?'

'Ik mis mijn huis. Ik mis mijn dochter. Ik wil mijn moeder, godsamme.'

Toen begon ik echt te grienen en Maggie trok me tegen zich aan en hield me vast, op mijn rug kloppend alsof ik een peuter was, terwijl ik huilde en op haar schouder kwijlde. Het kwam in me op, nog terwijl ik haar kleding vies maakte, dat zij de enige was die me in een heel jaar had vastgehouden, echt goed had vastgehouden.

'Het gaat wel,' zei ik ten slotte. 'Ik heb alleen' – hier pauzeerde ik voor een diepe zucht – 'twijfels.'

'Twijfels?' zei ze.

'Angsten.'

Maggie aarzelde. 'Wat is het nou, angsten of twijfels?'

'Angsten *en* twijfels.'

'Vertel,' zei ze.

'Ik ben bang dat het me niet lukt om me jonger voor te blijven doen. Ik bedoel, ik *zie* er misschien wel jonger uit, maar kan ik ook echt jonger *zijn*?'

'Je hoeft helemaal niet jonger te zijn,' zei Maggie. 'Dat is het mooie van de nieuwe jij: je hebt het lichaam van een lekker ding en het verstand van een volwassen vrouw. Je bent de perfecte vrouw.'

'Maar wat als ik door de mand val?' zei ik.

Maggie blies lucht tussen haar lippen door in de universele taal voor 'Doe niet zo idioot'. 'Waarom zou je door de mand vallen?' zei ze. 'En dan nog? Het is toch onschuldig?'

'Niet helemaal,' zei ik. 'Ik heb die baan echt nodig. Ik heb het geld nodig. Als dit niets wordt, kan ik het huis kwijtraken.'

'Wat maakt het uit als je het huis kwijtraakt?' zei Maggie.

Dat voelde als een klap in mijn gezicht. 'Maggie, jij was lang geleden al klaar met New Jersey,' zei ik. 'Maar het is nog altijd mijn thuis. Ik ben dol op dat huis.'

'Goed, goed,' zei Maggie sussend. 'Maar voorlopig is dit je thuis.'

Ik keek om me heen. Ik had op de fluwelen ligstoel gebivakkeerd, maar nu ik hier echt introk, had ik een iets meer permanente slaapplek nodig. Als ik op die stoel bleef slapen, zou mijn nek binnen de kortste keren vastzitten in een pijnlijke bocht, en dan zag ik er met alle haarverf van de wereld nog niet jonger uit dan honderddrie.

'Ik moet een echt bed hebben,' zei ik, denkend aan mijn eigen hoogwaardige kingsize matras met donzen topper en laken van Egyptisch katoen en een donzen dekbed.

Er gleed een tevreden blik over Maggies gezicht. Ze gebaarde dat ik haar moest volgen en ze leidde me door de kamer naar de rode zijden tent die dienstdeed als haar kledingkast. Ze trok de stof weg die als deur fungeerde. Daar, in de rode gloed binnen in de tent, stonden in plaats van de rekken en schappen vol met Maggies kleren een smal bed met erop een rode satijnen quilt en een nog smallere kast.

'Wat is dit?' vroeg ik.

'Dit is jouw kamer,' zei Maggie trots.

'Ik dacht dat het jouw kast was.'

'Klopt. Maar ik heb hem leeggehaald en een snoer onder de deur door gelegd, zodat je een beetje licht hebt.'

Voor Maggie was dit een *enorme* stap. Ze liet me niet alleen toe in haar huis, maar gaf me ook mijn eigen ruimte. Sinds ze het overvolle huis van haar jeugd was ontvlucht, had ze nooit iemand willen toelaten in haar zwaar bevochten privacy. Maar nu leek ze mij met open armen te ontvangen. Ik moest zeker weten dat ze er honderd procent achter stond.

'Maggie,' zei ik toen ik op het bed ging zitten en er een beetje op wipte. 'Weet je zeker dat je mij hier wilt hebben? Ik ben bang dat ik in de weg zal lopen.'

'Ik wil je hier,' zei ze vastberaden. 'En nu je in de rode tent slaapt, hebben we 's nachts minder last van elkaar. Ik ben helemaal op dreef met het nieuwe stuk.'

'Je hebt me nog steeds niet verteld hoe het zit met dat beton,' zei ik. Het blok waarmee ze bezig was geweest toen ik hier kwam, was nog steeds geen echt blok. Het was een brok ter grootte van een basketbal geweest waar ze stukken op bleef plakken tot het zo groot was als een wasmachine.

'Ik ben aan het experimenteren,' zei ze.

'Waarmee?' hield ik vol.

Ze zuchtte diep en keek omhoog naar het plafond van de tent. 'Koeienharten,' zei ze ten slotte.

'Pardon?'

'Ik was bang dat je het walgelijk zou vinden. Het idee is om een koeienhart met cement te omhullen en er dan een blok omheen te bouwen. Dat ziet er natuurlijk uit als een gewoon blok, maar het bevat een geheim – het hart, letterlijk. Net zoals het hart van Chopin in die pilaar in Warschau is gevat.'

'Dat wist ik niet.'

'Chopins hart is natuurlijk geen geheim,' ging Maggie verder, die nu helemaal opging in haar verhaal over haar kunst. 'Maar het idee is dat mijn betonnen blokken een kracht uitstralen. Je weet misschien wel niet waar die vandaan komt, maar het organische materiaal dat erin verstopt zit, geeft het blok een mysterieus waas van leven.'

Ik moet net zo dom hebben gekeken als ik me voelde, want Maggie keek me eindelijk aan en zei: 'Het gaat over zwangerschap. Over hoe er een onzichtbaar nieuw leven in een vrouw kan groeien, en hoe dat haar onuitsprekelijk zal veranderen.'

Ik was degene met een graad in de Engelse taal, dus ik wilde niet toegeven dat ik niet precies begreep wat onuitsprekelijk betekende. Maar ineens bedacht ik dat Maggie het misschien wel over zichzelf had.

'Wil je nou zeggen,' zei ik terwijl mijn hart sneller begon te kloppen, 'dat jij...'

'Nee, nee,' zei ze, en haar gezicht werd nog roder dan het al leek door het licht dat door de stof van de tent scheen. 'Nee, nee, nee, nee, nee. Maar dat herinnert me eraan dat je iets voor me moet doen. Ik heb deze week de eerste inseminatie en jij moet dan mijn partner zijn.'

'Bedoel je dat je je dokter hebt verteld,' vroeg ik, 'dat ik je...'

'Nee,' zei ze. 'Nee, nee, nee. Het is gewoon dat mijn dokter denkt dat inseminatie meer kans van slagen heeft als er een geliefde bij je is waarmee je naderhand rustig kunt samenzijn. En op dit moment kom jij voor mij het dichtst in de buurt van een geliefde.'

'O,' zei ik terwijl ik voor me zag hoe we van champagne nipten en lachten – rustig, uiteraard – in een sfeervol verlichte onderzoekskamer. 'Goed, hoor. Wanneer is het?'

'Dinsdagochtend om tien uur.'

'Dinsdagochtend! Dat is mijn tweede werkdag. Teri Jordan laat me nog niet vrij nemen voor mijn eigen inseminatie. Kan het niet 's avonds? Of voor mijn part in de lunchpauze?'

'Ik maak de planning niet, dat doet mijn lichaam,' zei Maggie. 'Dat zegt mijn dokter. Het moet 's morgens gebeuren.'

'O, Maggie,' zei ik terwijl ik haar hand in mijn zweterige hand pakte. Het idee dat ik Teri Jordan om een vrije ochtend moest vragen, riep beelden op waarin ze boven me uittorende, met een zweep. Of, wat waarschijnlijker was, waarin ze me gewoon ontsloeg, zoals ze voor mij met zoveel anderen had gedaan. 'Kan het niet op een andere manier?'

Maggie schudde haar hoofd. 'Zo moet het. En afhankelijk van mijn hormonen, is dit misschien wel mijn enige kans.'

Het hele jaar had ik Maggie nodig gehad. Het hele jaar was ze er voor me geweest, had ze midden in de nacht de telefoon opgenomen als ik over Gary wilde praten, had ze me op de been gehouden tijdens mijn moeders begrafenis. En nu vroeg ze, voor het eerst, iets van mij.

'Natuurlijk,' zei ik met een kneepje in haar hand. Toen het beeld van Teri met haar zweep weer verscheen, sloeg ik het terug. 'Komt goed; ik bedenk wel iets.'

Hoofdstuk 6

'**A**lice!'

Mijn billen raakten net de stoel toen Teri me alweer terugriep naar haar kantoor. Zo ging het al de hele ochtend.

Ik haastte me naar haar bureau.

'Mijn koffie is koud,' zei ze zonder op te kijken.

'Maar ik heb net een verse kop ingeschonken.' Net, als in anderhalve seconde geleden. 'Ik heb hem zelfs in de magnetron gezet, zodat hij superheet zou zijn, zoals je het lekker vindt.'

Deze vrouw dronk haar koffie zo heet dat haar mond moest zijn bekleed met een laag asbest.

'Magnetronheet is niet hetzelfde als echt heet,' zei Teri. Nog steeds zonder me aan te kijken, pakte de ze kop op en liet ze hem in haar prullenbak vallen – ik bedoel een echte koffiekop, niet van papier, vol hete koffie, die nu op de vloer sijpelde.

'Je zult dit moeten opruimen,' zei Teri. 'En breng me een nieuwe kop koffie.'

Toen ik met de druppende prullenbak de kamer uit liep, zei ik tegen mezelf dat als ik het baantje van een jongere wilde hebben, ik gedienstig en gehoorzaam moest zijn – dat ik me dus moest gedragen als een jong iemand. Een extreem gedwee, zichzelf wegcijferend jong iemand, eigenlijk zoals de jongere die ik zelf was geweest.

Alleen had ik me voorgenomen om anders te zijn – en feit was dat ik ook echt anders was. Al die levensjaren hadden me kordater gemaakt, meer in staat om te weten wat ik vond en meer bereid om het hardop te zeggen. Dat was het karakter dat ik mijn nieuwe jonge ik wilde meegeven.

Maar mijn nieuwe baas zou dat niet pikken, dat had ik wel door. Ze wilde een werknemer die nog stiller en banger was dan de echte Alice Green in haar eerste baantje was geweest.

Ik kon dit, hield ik mezelf voor. Als ik in staat was deze baan te krijgen, moest het me ook lukken om hem te houden, wat daar ook voor nodig was. Teri Jordan gedroeg zich als een verschrikking, maar in werkelijkheid was ze jonger, meer overstelpt, en een veel grotere trut dan ik. Ik kon haar echt wel aan.

Ik zette een nieuwe pot koffie, deed een extra schep koffie in het filter, liet het water stromen tot het goed koud was en wachtte tot de hele pot was doorgelopen, zodat Teri's kop zo sterk mogelijk zou zijn. Toen toverde ik een glimlach op mijn gezicht en bracht ik hem naar haar toe.

'Fuck,' mompelde ze.

'Ik heb een hele nieuwe pot gezet,' zei ik, me afvragend wat ik nu weer verkeerd had gedaan.

'Nee, het is dit verslag,' zei ze. 'Net als elke andere uitgeverij willen we verkopen aan de dames in leesclubs, en net als elke andere uitgeverij hebben we geen flauw idee van wat ze willen.'

Dat vond ik grappig, want Teri Jordan zou zelf ook een van de 'dames in leesclubs' kunnen zijn. Ze had kinderen, woonde in een buitenwijk, ze combineerde een baan met een gezin en huwelijk. En, zo nam ik aan, ze hield van boeken. Maar om de een of andere reden zag ze de vrouwen in leesclubs als 'zij', heel andere wezens dan 'wij' hier in ons bolwerk van uitgeverskennis.

'Ik denk dat ze willen wat we allemaal willen,' zei ik. 'Een boek dat ze langer dan een halve bladzijde wakker houdt na een lange, drukke dag. Een boek dat voor hun gevoel de vijftien of twintig dollar waard is die ze ook hadden kunnen uitgeven aan een nieuw shirt of een gezellige lunch met een vriendin, omdat het ze voor een paar uur uit hun levens rukt. Een boek dat genoeg inhoud heeft voor de avond van de leesclub – misschien wel de enige avond dat ze zonder man of kinderen het huis uit komen – een van de meest stimulerende, leukste avonden van de maand.'

Ik had me niet gerealiseerd dat ik zoveel te zeggen had over het onderwerp, maar een paar decennia als lid van leesclubs hadden mijn mening wel gevormd. Ik kon er absoluut over uitweiden, en Teri zat me aan te gapen, met haar mond een stukje open waardoor de punten van haar kleine, scherpe tanden te zien waren.

'Wij zijn geen redacteurs,' zei ze. 'Wij hebben niets te maken met de kwaliteit van de boeken.'

Ik voelde dat ik een kleur kreeg. Wat ik had gezegd, had zeker te maken met redactie, niet met marketing.

'Onze taak,' zei Teri, duidelijk articulerend alsof ik slecht kon horen, en niet een slecht inzicht had in wat marketing inhield, 'is dat we de boeken in de handen van de leesclubs krijgen. En niemand weet wat een effectieve manier is om dat te doen: niet via internet, niet door middel van etaleertechnieken, niet in de boeken zelf.'

'Misschien moeten we met speciale aanbiedingen werken,' flapte ik eruit.

Teri keek me aan alsof ik Kroatisch sprak.

'Je weet wel, bulkkorting. Als een boek in de winkel achttien dollar kost, kan je het aan boekenclubs die acht of meer exemplaren bestellen voor vijftien dollar per stuk aanbieden.'

Teri wendde haar hoofd af.

'Mijn leesclub lette altijd erg op de prijs,' probeerde ik uit te leggen. 'We wilden nieuwe boeken, maar we wilden niet de volledige prijs betalen voor hardbacks of zelfs paperbacks.'

Nu zat ze met haar hoofd te schudden. 'Ik ben niet geïnteresseerd in wat een armoedige studentenleesclub doet,' zei ze. 'Wij maken boeken voor volwassen vrouwen met gezinnen en huishoudens en echte banen.'

Ik deed mijn mond open om me nader te verklaren, maar besefte toen dat ik dat niet kon zonder mezelf in een lastig parket te brengen.

'Ik dacht dat ik duidelijk had gezegd dat ik op deze afdeling de enige ben met ideeën,' zei Teri. 'Ik dacht dat je zei dat je daarmee kon leven. Ben je van gedachten veranderd?'

Ik perste mijn lippen op elkaar en schudde nee, en bedwong mijn tranen door naar de engelachtige, lachende kinderen op de foto's te kijken, voor mij het enige bewijs dat Teri Jordan menselijk was.

'Goed dan,' zei ze. 'Mevrouw Whitney heeft om halfvier vanmiddag een stafvergadering gepland. Ik zou niet weten wat assistenten daar te zoeken hebben, maar zij wil ze erbij hebben. Jouw taak is dat je daar een stoel bezet.'

Ze pakte de nieuwe kop koffie op en nam een slokje.

'Jakkes,' zei ze en ze spuugde alles terug in de beker. 'Dit is verschrikkelijk. Je zult echt moeten leren hoe je fatsoenlijke koffie maakt als je deze baan wilt houden.'

Toen ik met zo'n beetje iedereen die bij het bedrijf werkte – zeker vijftig personen – het enorme beige en goudkleurige hoekkantoor van mevrouw Whitney binnenliep, probeerde ik me achter een van de andere assistenten te verstoppen en koos ik een stoel in de verste hoek van de kamer, zo ver mogelijk verwijderd van waar mevrouw Whitney zat. Ik pakte mijn opschrijfblok en keek omlaag, blij dat ik me door Maggie had laten overhalen om een lange pony te laten knippen die, indien nodig, de helft van mijn gezicht bedekte. Ik boog mijn hoofd en liet de pony omlaag hangen, maar toen iedereen zat en stil was en de vergadering eindelijk begon, keek ik op en ontdekte ik dat mevrouw Whitney me zat aan te staren.

Mevrouw Whitney zag er nog precies zo uit als ik me haar herinnerde: indrukwekkend lang en fier, zelfs als ze op haar stoel zat. Haar kapsel was kort en wit, en de kuiltjes in haar wangen waren zelfs zichtbaar als ze haar lippen op elkaar geperst hield.

Ze leek geen dag ouder dan toen ik er twintig jaar eerder had gewerkt. Ze droeg zelfs dezelfde kleding – misschien wel exact dezelfde kleding – die ze had gedragen toen ik voor de laatste keer een vergadering in dit kantoor bijwoonde: zwarte leren Ferragamo-schoenen, parels, en een bordeauxrode wollen jurk die ze ergens in de afgelopen veertig jaar moest hebben gekocht.

Het feit dat ze zo minimaal was veranderd, maakte dat ik me kwetsbaar voelde, alsof ik er ook exact hetzelfde uit moest zien als ik altijd had gedaan en iedereen me zou herkennen. Ze bleef naar me staren en ineens kon ik mezelf niet bedwingen en glimlachte ik naar haar. Ineens wilde ik alleen nog maar mezelf zijn en hoopte ik op een knikje van herkenning. Ik aanbad Florence Whitney, en ik was een van haar favorieten geweest, een redactie-assistente die volgens haar de top zou bereiken. Ik had er altijd van gedroomd om haar geloof in mij op een dag te herstellen, om haar te laten zien dat ik niet was mislukt, maar alleen een lange pauze had genomen.

Maar mevrouw Whitney keek alleen verward de andere kant op. Ik wist niet zeker of ik nou teleurgesteld of opgelucht was. Toen ik me naar de deur draaide, zag ik Lindsay, de jonge redacteur die ik op de dag dat ik de baan had gekregen had ontmoet in de damestoiletten. Ze zag er nog bleker uit dan in mijn herinnering, helemaal in het zwart gekleed, en ze schonk me een brede glimlach toen ze plaatsnam op de laatste vrije stoel in de kamer.

'Jullie hebben inmiddels allemaal de laatste verkoopcijfers gezien,' begon mevrouw Whitney abrupt. 'Die zijn om te huilen.'

Mensen schoven op hun stoelen.

'Wie kan me hiermee helpen?' zei ze met ongeduld in haar stem.

Een van de weinige mannen in de kamer waagde een poging: 'De economie...'

'Ja, ja, de economie,' zei mevrouw Whitney geringschattend en ze wuifde met haar hand alsof ze een vlieg verjoeg. 'Natuurlijk is dat het probleem. Wat gaan we eraan doen?'

Geef haar oplossingen, geen problemen: dat herinnerde ik me als de mantra van de vorige keer dat ik in haar uitgeverij werkte. Mevrouw Whitney had de uitgeverij opgericht met de opbrengst van haar eigen goed verkopende feministische traktaat, *Waarom mannen dood moeten*. Het voltallige personeel was getraind om niet te blijven stilstaan bij tegenslagen of fouten, maar te denken in oplossingen, een aanpak die voor mij even goed van pas kwam bij een driftige peuter of een incompetente dakdekker als bij een manuscript dat twee jaar te laat werd ingeleverd.

Aangemoedigd door ons oogcontact en het feit dat mevrouw Whitney me niet had herkend, stak ik mijn hand op. 'We zouden een speciaal aanbod kunnen doen voor leesclubs,' zei ik.

Iedereen in de kamer draaide zich om om mij aan te staren. Teri keek boos.

'Wat Alice bedoelt,' onderbrak Teri me, 'is dat leesclubs tegenwoordig op de centen letten. Ze willen nieuwe boeken, maar ze willen er niet de volledige prijs voor betalen, zelfs niet voor paperbacks.'

Mevrouw Whitney zat te knikken. Ik voelde mijn gezicht rood worden toen ik Teri mijn woorden hoorde herhalen zonder erbij te vermelden dat het mijn idee was.

'Mijn idee,' zei Teri, 'is dat we leesclubs bulkkorting geven – zeg twee of drie dollar korting als ze acht exemplaren of meer kopen. We kunnen een speciale website voor leesclubs oprichten, waar we maandelijks de titels vermelden die met korting verkrijgbaar zijn.'

Dat deel was in elk geval wel haar eigen idee.

'Erg interessant,' zei mevrouw Whitney. 'Maar ik vraag me af of dat echt invloed heeft op ons probleem met de klassiekers, die zoals je weet een belangrijke positie in ons bedrijf innemen.'

Ik stak weer mijn hand op, maar nu begon Teri gewoon te praten.

'We moeten harder dan ooit werken om tegenwoordig nog de aandacht van jonge vrouwen te trekken,' zei Teri. 'Bovendien is de populaire beeldvorming van vrouwen tegenwoordig sexy en geïdealiseerd – denk aan Paris Hilton. Ik denk dat we iets nieuws moeten doen met onze omslagen...'

Op dat moment begon de muziek. De luide, digitale versie van 'Hier komt de bruid'.

Iedereen viel stil en keek rond wie de dader kon zijn. Er bestond aanvankelijk verwarring over waar het geluid vandaan kwam – Stond er ergens een radio aan? Haalde iemand een grap uit? – tot de man die de economie de schuld had gegeven van Gentility's problemen zei: 'Dat is iemands mobiele telefoon.'

Iedereen keek om zich heen. Wie bracht er nou een mobieltje mee naar een vergadering? Een mobieltje dat aanstond? Een paar vrouwen rommelden in hun tassen en mannen voelden in hun zakken, maar hun telefoons maakten geen geluid. Ik wist dat het de mijne niet kon zijn, want die ging over als een normale telefoon. En als ik hem na vier keer overgaan niet had opgenomen, schakelde hij over op de voicemail.

Maar toen de muziek doorspeelde en steeds luider werd, en alle mensen die hun telefoon al hadden gecontroleerd het ook niet meer wisten, haalde ik mijn telefoon uit mijn tas, gewoon om mijn onschuld te bewijzen.

Mijn telefoon lichtte op. Hij trilde. En nu hij niet meer in mijn tas zat, speelde hij 'Hier komt de bruid' hard genoeg om er een dansje op te doen.

'O god,' zei ik, met het gevoel dat ik de telefoon als een staak door mijn hart wilde slaan. 'Het spijt me vreselijk.'

Ik drukte op de knop achter op de telefoon om hem uit te zetten. Niets. Nog eens. Hij bleef spelen.

Ten slotte, de wanhoop nabij, klapte ik hem open en probeerde ik de uitknop. Het kon me niets schelen als ik de beller wegdrukte voordat we een woord hadden gewisseld.

De muziek bleef spelen.

Terwijl iedereen in de kamer toekeek, bracht ik de telefoon naar mijn oor.

'Hallo?' zei ik voorzichtig, in de verwachting dat ik Diana's verre stem zou horen, of misschien die van Maggie.

Maar er was niemand. De bruiloftsmars schalde nu uit de telefoon.

'Hallo?' zei ik, terwijl ik met mijn vinger op de opneemknop ramde. 'Hallo?'

'O, alsjeblieft zeg!' schreeuwde Teri. 'Maak dat je wegkomt! Maak dat je helemaal wegkomt.'

Bedoelde ze weg uit de kamer, of weg uit het bedrijf? Ging ik een wereldrecord vestigen als marketingassistent die na de kortste tijd ooit was ontslagen?

Met een knalrood hoofd stond ik op en begon ik de hele kamer door te lopen, als een bruid die naar het altaar loopt. Toen ik bij de deur kwam, sprong Lindsay overeind om achter me aan de gang in te lopen.

'O, god,' zei ik. 'Ik schaam me dood.'

Ze pakte mijn telefoon. 'Ik weet wat dat is,' zei ze. 'Ik heb dezelfde telefoon.'

Haar vingers gingen behendig over de knoppen tot de muziek eindelijk, godzijdank, stopte.

'Het was je alarm. Je hebt vanavond blijkbaar een afspraak met ene' – ze tuurde op de telefoon – 'Josh?'

Josh. Het kwam allemaal bovendrijven. Oudejaarsavond. De jongen die ik had gezoend. Hij had een afspraak voor de vijfentwintigste bij Gilberto's in mijn telefoon gezet. Gilberto's zat hier beneden.

'Wie is Josh?' vroeg Lindsay. 'Je vriend?'

'O, nee,' zei ik. 'Helemaal niet.'

'Gewoon een jongen met wie je een afspraakje hebt.'

'Niet echt,' zei ik. 'Ik was het helemaal vergeten. Zoals wel bleek.'

'O,' zei Lindsay. 'Nou, oké. Want ik wilde vragen of je vanavond iets gaat drinken met mij en mijn vriend. Om je eerste dag hier te vieren.'

'Dat lijkt me leuk,' zei ik. 'Maar na die ramp met mijn telefoon ben ik bang dat het ook mijn laatste dag is. Helemaal als ik Teri vertel dat ik morgenochtend vrij moet nemen voor een ziekenhuisafspraak die al stond voordat ik wist dat ik hier ging werken.'

'Komt goed,' zei Lindsay. 'Ik vraag mijn vriend, die je echt moet ontmoeten, wel om het te regelen met Teri.'

'Wat gaat hij dan doen?' grapte ik. 'Dreigen dat hij haar in elkaar zal slaan?'

'Nee, mallerd,' zei Lindsay. 'Hij is *haar* baas. Thad is de uitgever van onze divisie. Maar je mag aan niemand vertellen dat we wat met elkaar hebben. Onze relatie moet geheim blijven.'

'O, oké,' zei ik.

'Ga je dan wat met ons drinken?'

'Ja, hoor.' Hoe kon ik weigeren, gezien Lindsays connecties en het feit dat ze zo aardig voor me was? Maar ik vroeg me wel af waarom ze zo hartelijk tegen me deed.

'Mooi. Maak je geen zorgen om Teri. Thad en ik zorgen er wel voor dat ze niet moeilijk tegen je doet, over vandaag of morgenochtend of wat dan ook.'

Bijna twee uur later, toen Teri eindelijk naar huis ging – zonder me te ontslaan of zelfs maar tegen me te praten – durfde ik eindelijk van achter mijn bureau vandaan te komen. Het was tijd om Lindsay en de mysterieuze en machtige Thad te ontmoeten in een bar een paar straten verderop.

Ik was mijn theoretische date met Josh echt vergeten; ik was Josh zelf bijna helemaal vergeten door de levensveranderende gebeurtenissen van de afgelopen weken. Zelfs al had ik onthouden dat we een afspraakje hadden, zelfs al was ik ook maar enigszins bereid geweest om een relatie aan te gaan met een jongen die twintig jaar jonger was dan ik, het was veel te laat.

Toch kon ik het niet laten om bij Gilberto's naar binnen te kijken toen ik er langskwam, en ik was stomverbaasd toen ik Josh aan de bar zag zitten, zijn hand om een glas waarin alleen nog maar ijs leek te zitten. Ik had niet echt verwacht hem daar te zien, had gedacht dat ik hem niet meer zou herkennen, maar hij zag er vertrouwder en appetijtelijker uit dan ik had gedacht, als een oude vriend die ik dolgraag wilde zien en ik ging bijna naar binnen, al was het maar om me te verontschuldigen en even met hem te praten. Zonder het rumoer van oudejaarsavond om hem heen, zag hij er op de een of andere manier ouder uit, en ernstiger.

Maar hij is niet ouder, zei ik tegen mezelf. Hij is in elk geval niet oud genoeg voor jou. Een spontane kus met een vreemde op oudejaarsavond was één ding; een afgesproken ontmoeting had een ander soort intentie en ik was bang dat het voor ons allebei niet eerlijk zou zijn. Voordat Josh me kon zien, draaide ik me om en rende ik weg. Ik schoot de hoek om naar het café waar ik Lindsay en Thad zou treffen.

Ik had Thad gezien tijdens de vergadering in mevrouw Whitneys kantoor – het was onmogelijk om een man in die zee van vrouwen over het hoofd te zien – maar ik had niet gedacht dat Lindsay met iemand als hij zou uitgaan. Ik had gedacht, zo besefte ik, dat hij er ongeveer net zo uit zou zien als Josh – misschien als Josh als hij iets met zijn MBA ging doen.

Deze man had meer weg van mijn ex-man, van alle saaie echtgenoten, de vervelende mannen, die ik had gekend in Homewood, de mannen die alleen met elkaar praatten en dan louter over zichzelf. Het was niet zo dat hij van middelbare leeftijd was, maar daar streefde hij wel naar, met zijn kortgeknipte haar en zijn keurig gestrikte stropdas en zijn ogen die een oordeel velden en mij inschatten als iemand die zijn aandacht niet waard was. Maar deze vent was mijn baas, hield ik mezelf voor; hij was zelfs *Teri's* baas. En hij was het vriendje van de enige vriendin die ik had bij Gentility.

'Zo, Alice,' zei hij. 'Lindsay vertelde dat dit je eerste baan in de uitgeverswereld is.'

'Ik heb alleen nog maar bij Gentility gewerkt,' zei ik.

'Is dat zo?' zei Thad, terwijl hij me taxerend opnam. 'Waar heb je op school gezeten?'

Ik wist zeker dat hij zo'n jongen was die diezelfde vraag zou beantwoorden met 'Cambridge' of 'New Haven', en zichzelf bescheiden zou vinden omdat hij geen Harvard of Yale had gezegd.

Probeer hem aardig te vinden, zei ik tegen mezelf. Probeer in elk geval goed met hem om te gaan. Na twintig jaar oefenen bij de zwemclub en het kleinsteedse collectantencircuit zou me dat toch wel moeten lukken.

'Ik heb op Mount Holyoke gezeten,' zei ik, mezelf voorhoudend dat Thads favoriete gespreksonderwerp hoogstwaarschijnlijk Thad zelf zou zijn. 'En jij?'

'Cambridge,' zei hij.

'O.' Ik kon een steek onder water niet weerstaan. 'MIT?'

Hij keek me met toegeknepen ogen aan, en probeerde me duidelijk in te schatten. Ik vond het heerlijk om te zien dat hij me misschien wel had onderschat.

'Nee,' zei hij kortaf. 'Ik heb eens iets gehad met een meisje dat op Mount Holyoke zat. Hilary Davis. Misschien ken je haar.'

'Nee,' zei ik, en ik voelde ineens dat ik een enorme dorst had. 'Wat drink jij, Lindsay?'

'Bombay Sapphire martini, extra dry, puur met olijven,' zei ze. 'Ik dronk vroeger mojito's, maar Thad heeft me bekeerd. Toch, liefje?'

'In welk jaar zat je dan op Mount Holyoke?' drong hij aan terwijl hij Lindsay negeerde. 'Je moet er in elk geval een tijdje tegelijk met Hilary hebben gezeten.'

Misschien had ik Thad ook onderschat. Hij leek beter in staat zich op iets anders dan zichzelf te richten dan ik had verwacht. Ik moest duidelijk beter mijn best doen.

'Dat is al zo lang geleden,' zei ik. 'Ik wil graag meer over jou horen, jouw gedachten over alles. Lindsay vertelde me dat jij de scherpste uitgever in het vak bent.'

Lindsay had dat natuurlijk helemaal niet gezegd, maar ze vond het fijn dat hij dat wel dacht, en ik had eindelijk zijn aandacht afgeleid van mij en wanneer ik dan wel niet had gestudeerd.

'Dat ben ik wel, ja,' zei hij. 'Haan in het kippenhok en zo.'

O jakkes. Maar goed, als ik carrière wilde maken moest ik Thad blijven vleien op de manier die hij duidelijk fijn vond, en hem niet behandelen als de eikel die hij was.

'Ik heb gehoord dat jij een uitgever bent die openstaat voor nieuwe ideeën,' zei ik tegen hem, 'die echt vernieuwende ideeën meteen herkent.'

'Tja,' zei hij terwijl hij iets wegslikte, 'ik ben er wel van overtuigd dat een paar veranderingen Gentility goed zouden doen.'

'Let maar op,' zei Lindsay terwijl ze dicht tegen hem aan ging staan. 'Alice is precies de persoon die jij nodig hebt in je team. Ze heeft allemaal geweldige, nieuwe ideeën die de marketingafdeling wakker zullen schudden.'

De herinnering aan Teri Jordans ijzige blik vanaf de overkant van mevrouw Whitneys kantoor toen ik het had gewaagd om mijn mond open te doen, was voor mij genoeg om Lindsay van dat onderwerp af te willen brengen.

'Ik zou het geweldig vinden om voor je te werken,' zei ik tegen Thad, 'maar ik kom echt nog maar net kijken.'

'Maak je niet druk, ik werk je wel in,' zei Thad. 'Wat was je studierichting?'

'Engels,' zei ik.

'Ik wist het!' riep Lindsay. 'Je bent eigenlijk een schrijfster!'

Ik had geprobeerd een roman te schrijven toen Diana nog klein was, vanuit een beeld van mezelf als iemand die fraaie proza schreef terwijl haar kind aan haar voeten speelde. In werkelijkheid had ik zo vaak moeten stoppen om mijn meisje tevreden te stellen dat ik amper iets op papier kreeg – of in elk geval weinig dat de moeite waard was. Toen ik na maanden eindelijk een handvol bladzijden af had, had ik ze aan Gary gegeven om ze te lezen. Hij moest me tot zijn spijt vertellen, zo zei hij, dat ze niet erg goed waren. Ik had ze weggelegd, en was vooral opgelucht dat ik het niet meer hoefde te proberen.

'Ik wilde vroeger wel schrijver worden, maar ik ben ermee gestopt,' zei ik tegen Lindsay.

'Wat dan?' vroeg Thad. 'Kinderboeken?'

Blijkbaar achtte hij me niet in staat om zinnen van meer dan vijf woorden te maken.

'Nee. Fictie voor vrouwen.'

'O,' zei hij laatdunkend. 'Romannetjes.'

'Als je me eens iets wilt laten zien dat je hebt geschreven,' zei Lindsay, 'dan wil ik er met alle plezier naar kijken.'

'Dank je,' zei ik. 'Op het moment heb ik meer interesse in een carrière waarmee ik geld kan verdienen.'

'Goed, hoor,' zei Lindsay en ze wendde zich tot Thad. 'Ik zei toch dat ze geweldig is, Thad? We moeten haar voorstellen aan Porter Fitch, vind je niet? Hij verdient ook graag geld.'

'Mijn kamergenoot op Cambridge,' legde Thad uit. 'Nu een grote jongen op Wall Street. Had nooit enige behoefte om iets terug te geven, zoals ik.'

Dus in de uitgeverswereld werken was 'iets teruggeven'? Misschien omdat hij bij een uitgeverij voor vrouwen werkte? Ik wilde Thad vertellen dat wij vrouwen het waarschijnlijk ook wel zouden redden zonder zijn liefdadigheid.

'We kunnen een etentje organiseren,' zei Lindsay, die steeds opgewondener werd. 'Dat wilde je toch zo graag, liefje? Ik kan dan koken!'

Ik glimlachte flauwtjes. Lindsay was zo lief, ze deed me zoveel aan mijn eigen dochter denken dat ik haar niet kon weerstaan. Thad was een geval apart, maar hij had veel macht over me – en hij was de eerste persoon die ik was tegengekomen die mijn leeftijdsverhaal niet als vanzelfsprekend leek te accepteren.

'Wat vind jij, Alice?' vroeg Lindsay met fonkelende ogen. 'Kan jij zaterdagavond?'

'Eh...' zei ik. 'Eh...'

Het enige wat ik kon doen was knikken, en bedenken dat ik vijf dagen had om eronderuit te komen.

Hoofdstuk 7

Ik stond aan het hoofdeinde van de onderzoekstafel en hield Maggies hand vast. De dokter was net klaar met de behandeling en had de kamer verlaten, en Maggie lag daar met haar onderlichaam in een laken gewikkeld en haar knieën opgetrokken, en volgde de instructies op om zo stil mogelijk te blijven liggen. De dokter had een spotje gebruikt toen hij bezig was, maar dat had hij uitgedaan en we zaten nu in de schemering van de kaarsen die Maggie had meegebracht.

'Erg romantisch,' zei ik.

'Probeer een beetje mee te spelen.'

'Oké,' zei ik. 'Schat, ik vind het zo geweldig dat we een baby krijgen.'

'*Ik* krijg er een,' zei Maggie. '*Ik* krijg een baby, hoop ik.' Ze trok een gezicht. 'Ik snap niet hoe hetero meiden dat doen, zo liggen met die smurrie tussen je benen.'

Ik herinnerde me ineens iets uit het diepst van onze jeugd. 'Weet je nog dat we onze armen zoenden?'

In de zomer dat we tien of elf waren, hadden Maggie en ik dagenlang onze lippen op onze onderarmen gedrukt, in een poging om zoenen met een jongen na te bootsen. Of, in Maggies geval misschien, zoenen met een meisje. Ik weet nog dat ik me, toen ze uit de kast kwam, ongeveer anderhalve minuut heb afgevraagd of ik dan ook lesbisch was, omdat ik naast haar had gelegen toen we droomden over de liefde en het zoenen oefenden. Maar toen dacht ik aan Jimmy Schloerb, op wie ik op dat moment smoorverliefd was, en aan de lange rij jongens voor hem die mijn hart sinds de kleuterschool op hol hadden gebracht, en ik wist dat ik zo hetero was als maar kon.

'O god,' zei Maggie. 'Ik mag niet lachen.'

'Sorry,' zei ik. 'Als we ons inbeelden hoe het sperma en het eitje elkaar tegenkomen en zich splitsen, kunnen we het misschien wel laten gebeuren.'

Maggie keek me aan alsof ik gek was. 'Wie heeft je dat verteld? Madame Aurora?'

Dat deed zeer. 'Het kan geen kwaad om optimistisch te zijn.'

'Behalve wanneer het je blind maakt voor de realiteit van je situatie,' zei Maggie. 'De dokter zei dat als dit niet lukt, hij me nog maar één kans geeft.'

'En een donoreitje?' vroeg ik. 'Je mag er van mij een hebben.'

'Je ziet er tegenwoordig dan wel heel lekker uit, lieverd,' zei Maggie, 'maar jouw eitjes zijn net zo oud als de mijne.'

'O,' zei ik. 'Dat was ik vergeten.'

'Bovendien zijn het niet alleen de eitjes die verdwijnen, maar ook een hormoon waarvan je een bepaald gehalte moet hebben om zwanger te kunnen worden,' zei Maggie. 'Bij mij zit het nu op de grens, en als het nog lager zakt doet de dokter niet eens meer een nieuwe poging. Dus ik heb me aangemeld voor adoptie uit Vietnam.'

'Maggie, dat is geweldig!'

'Dat woord moet je niet gebruiken, goed? Ik vond gewoon dat ik alles moest afdekken. Bovendien is adopteren nog moeilijker dan zwanger worden. Ze lichten je helemaal door.'

'Ze willen zeker weten dat je een goede moeder bent.'

'Het is belachelijk,' zei Maggie, 'dat arme tieners en alcoholisten en kinderverkrachters een baby kunnen krijgen wanneer ze daar zin in hebben, terwijl iemand als ik, met geld en die liefde en aandacht kan bieden, binnenstebuiten wordt gekeerd door allerlei mensen die kunnen beslissen dat ik geen baby krijg, en dat is dan dat.'

Het leek me niet nodig om haar erop te wijzen dat sommige van die mensen eerder een baby aan een drugsverslaafde stripper zouden geven dan aan een lesbienne. En dat de natuur uit de pas liep met de moderne samenleving, omdat het voor een veertienjarige makkelijker was om zwanger te raken dan voor een vrouw van vierenveertig. Dus ik glimlachte en gaf een kneepje in haar hand.

'Ik wou alleen maar dat ik hier veel eerder mee was begonnen,' zei Maggie. 'Wist je dat je vruchtbaarheid al vanaf je vijfendertigste afneemt, en niet vanaf je veertigste of vijfenveertigste, zoals ze ons vroeger voorhielden?'

Dat wist ik, want Lindsay had het me de vorige avond in het café verteld, toen Thad op zoek was gegaan naar het herentoilet en zij me had laten weten dat ze niet kon wachten om met hem te trouwen, hoe eerder hoe beter.

Toen ik Lindsay vroeg waarom ze zoveel haast had, had ze me op de hoogte gebracht van de statistieken over vruchtbaarheid en leeftijd en me verteld dat als ik slim was, ik ook op zoek moest gaan naar een man om een gezin mee te stichten.

'Anders ben je straks vijfenveertig en helemaal alleen,' vertelde ze me.

'Dat kan anders ook wel gebeuren,' had ik gezegd.

Ze keek me vreemd aan. 'Niet als je het goed aanpakt.'

Dat was een aspect van jeugdigheid dat ik, hoe goed mijn make-up en acteertalent ook waren, waarschijnlijk nooit terug zou kunnen krijgen: de overtuiging dat als je slim of ambitieus of mooi of competent genoeg was, je je leven precies zo kon laten lopen als je wilde.

'Ik heb die jongen gisteravond gezien,' zei ik ineens tegen Maggie. Toen ik thuis was gekomen, had ik haar alles verteld over Lindsay en Thad en Teri en mijn eerste dag op het werk. Maar ik was vergeten haar te vertellen over Josh. 'Je weet wel, die jongen van oudejaarsavond.'

'Ohhh,' zei Maggie toen ze het zich herinnerde. 'De zoenjongen. Waar heb je hem gezien?'

Ik besefte dat ik Maggie nooit over het theoretische afspraakje had verteld, omdat ik toch niet van plan was geweest om te gaan. Nu vertelde ik haar dat hij het alarm op mijn telefoon had ingesteld en dat ik er helemaal niet meer aan had gedacht. Maar ik vertelde ook hoe aantrekkelijk hij eruit had gezien, zoals hij op de barkruk bij Gilberto's zat.

'Waarom ben je dan niet naar binnen gegaan?' vroeg Maggie.

'Ik had afgesproken met Lindsay en Thad. En wat had ik moeten zeggen? Hoi, ik was niet van plan om te komen, en ik zal je nooit meer zien, maar je zag er zo lekker uit dat ik even hallo moest zeggen?'

'Hoe kan je er zo zeker van zijn dat je hem niet meer zou willen zien?'

'O, kom op, Mag. Je zei het zelf: hij is een jonkie. Ik kan toch niet iets beginnen met een jongen van vijfentwintig?'

'Waarom niet? Dat oudere vrouw/jongere man-ding is momenteel blijkbaar helemaal hip. Jullie zitten allebei op jullie seksuele top. Bovendien hoeft niemand te weten dat je ouder bent, hij ook niet.'

Ik voelde dat ik bloosde. 'Ik voel me er ongemakkelijk bij,' zei ik. 'Bij al die leugens.'

Maggie trok haar wenkbrauwen op. 'Ik vind,' zei ze, 'dat je een mooie kans laat schieten als je niet een stap verder gaat. Ik bedoel, het kan toch geen kwaad? Je zei dat je jonger wilde zijn, en nu is je wens uitgekomen. Profiteer ervan.'

'Lindsay wil me koppelen aan een vriend van haar saaie partner,' zei ik op ellendige toon.

'En sta jij dat toe?'

'Ze kunnen me echt helpen op het werk. Dankzij hen kan ik hier nu zijn en hoef ik niet op te treden als Teri Jordans fulltime barista.'

Gisteravond moest Thad van Lindsay beloven dat hij Teri zou

vertellen dat hij me naar een sessie over bedrijfsoriëntatie had gestuurd.

'Dat betekent niet dat je naar hun pijpen moet dansen,' zei Maggie. 'Kom eens voor jezelf op! Ik dacht dat het daar nou juist om draaide bij dit jonger-zijn-ding.'

Ze was inmiddels echt geagiteerd – ze leunde op haar ellebogen en schudde met haar hoofd terwijl ze praatte. Haar oorbellen, een rij zilveren ringen die richting haar schouders steeds groter werden, schitterden in het kaarslicht.

'Rustig aan,' zei ik terwijl ik mijn hand op haar arm legde en haar weer in de ligstand probeerde te krijgen. 'Je moet een vredige omgeving creëren waar het sperma en het eitje elkaar kunnen treffen.'

Dat overtuigde Maggie ervan om weer te gaan liggen.

'Ik vind gewoon dat je assertiever moet zijn en moet doen wat je zelf wil, meteen vanaf het begin,' zei ze terwijl ze naar het plafond tuurde. 'Hoe kan je nou een heel ander persoon worden als je je als je eigen oude zelf blijft gedragen?'

Het duurde nog tot donderdag en wat ik het bikinilijnincident noem, tot na de Krav Maga-les – een soort Israëlische vechtsport – waar Lindsay me mee naartoe had gesleept, dat ik genoeg moed had verzameld om haar te vertellen dat ik geen zin had in een etentje met Porter Swift.

Het begon allemaal toen ik Lindsay vroeg of zij een sportschool in de buurt van ons kantoor wist. Ik deed het al bijna een maand zonder mijn dagelijkse Lady Fitness-oefeningen, en ik was bang dat de spieren in mijn nieuwe, strakke lijf het elk moment konden begeven, waardoor ik natuurlijk gigantisch door de mand zou vallen. Na slechts vier dagen werken voor Teri Jordan verviel ik al in mijn oude gewoonte van troosteten; ik had een zak chocolaatjes in mijn bureaula verstopt en ik maakte elke avond voor ik naar bed ging een pan romige aardappelpuree waar ik een kuil uit lepelde die ik vulde met gesmolten boter en zout, en die ik dan onder de dekens in mijn tent verorberde.

Lindsay vroeg welke oefeningen ik graag deed, en toen ik de crosstrainer en handgewichten noemde, keek ze me aan alsof ik had gezegd dat ik aan calisthenics deed onder begeleiding van Jack LaLanne.

'Dat is best wel retro,' zei ze, op een manier waaruit ik niet kon opmaken of ze dat nou goed of slecht vond. 'Waarom ga je donderdagavond niet met me mee naar Krav Maga? Dat is echt geweldig.'

In de les kreeg ik het gevoel dat ik alle chocolaatjes van de hele week verbrandde terwijl ik leerde hoe ik elke terrorist die ik op weg naar huis zou tegenkomen kon uitschakelen. In de kleedkamer probeerde ik het Lady Fitness-protocol op te volgen en mijn blik afgewend te houden, maar dat was erg moeilijk, want Lindsay stond naast me het menu voor haar etentje op te sommen terwijl ze volledig naakt was en zich daar niet eens van bewust leek.

Wat het nog moeilijker maakte om niet te kijken, was het feit dat Lindsays strenge zwarte kleding een aantal opvallende fysieke kenmerken verborgen had gehouden. Zo zaten haar borsten zo hoog dat het deel onder de tepels aanzienlijk meer vierkante centimeters telde dan het deel erboven. Ik vroeg me af of dat normaal was voor vrouwen van in de twintig – en dan bedoel ik voor vrouwen van in de twintig die niet werden afgebeeld in de blaadjes die ik soms vond als ik schoonmaakte onder Gary's kant van het bed. Ik kon het me niet herinneren, maar het contrast met mijn eigen borsten, die ik tot dat moment had beschouwd als mijn beste, naakte onderdelen, maakte dat ik vol schaamte ineenkromp.

Lindsay had ook een aantal opvallende tattoos – een libel op haar schouder, een slang op haar heup, en iets wat eruitzag als een USDA-symbool precies boven haar bilspleet – die vooral opvallend waren door het contrast van de inkt met haar abnormaal lichte huid. De kleur van de tatoeages leek de enige variatie op het lichtgekleurde geheel te zijn: Lindsays tepels waren van het lichtste roze, haar schaamhaar was een dun streepje lichtrood pluis.

'Alice,' zei ze.

'Hmm?' reageerde ik nonchalant terwijl ik mijn ogen strak op mijn kluisje richtte en deed alsof ik mijn bh zocht, waarvan ik wist dat die naast mijn trui hing.

'Wat voor dessert zal ik voor zaterdagavond maken? Ik dacht erover om de geweldige perencrostata die Thad laatst bij Craft heeft gegeten uit te proberen.'

Ik trok mijn bh uit mijn kluisje en trok hem onhandig aan terwijl ik mijn lichaam uit Lindsays blikveld probeerde te houden zonder het te laten lijken dat ik dat deed.

'Maar toen bedacht ik,' zei Lindsay, en ze zette haar hand op haar heup, precies naast de indigoblauwe slang, 'dat ik misschien beter gewoon iets simpels kan doen, zoals een crème brûlée.'

Ik wilde net zeggen dat crème brûlée maken allesbehalve simpel was toen Lindsay een gilletje slaakte en recht op mijn kruis wees en riep: 'Ieuw! Wat is dat?'

Ik keek omlaag. Was ik ongesteld geworden? Zag ze een zwangerschapsstriem? Had al die aardappelpuree tot dit moment gewacht om een kussentje van vet op mijn buik te vormen? Maar nee, ondanks de hoeveelheden die ik de afgelopen paar dagen had gegeten was mijn buik nog steeds strak van een jaar lang obsessief bewegen.

'Dat oerwoud van schaamhaar!' krijste ze. 'Het komt zowat tot aan je knieën!'

'O,' zei ik. 'Tja...'

'Is dat normaal waar jij bent geweest?'

'Waar ik ben geweest?'

'Waar je naartoe op reis bent geweest,' zei ze. 'Dat had je Thad laatst verteld.'

'O,' zei ik. 'Juist.'

'Maar het was daar dus puur natuur?' drong Lindsay aan. 'Waar ben je dan geweest, in de derde wereld of zo?'

'Zoiets,' zei ik. Sommige inwoners van Manhattan zien New Jersey immers als de derde wereld.

'Daar moeten we iets aan doen,' zei Lindsay, 'voordat je iets met Porter krijgt.'

'Iets aan doen?' vroeg ik.

Ik moet een vreselijk gezicht hebben getrokken en bij haar vandaan hebben gekronkeld, want ze lachte en zei: 'Wees maar niet bang, ik haal niet meteen een scheermes tevoorschijn. Maar morgen na het werk neem ik je mee naar mijn waxvrouwtje, Yolanda, voor een Brazilian.'

'Een Braziliaan?'

Ik probeerde me er iets bij voor te stellen, maar ik was nooit in Brazilië geweest en had nooit een Braziliaan gekend, laat staan de inheemse schaamhaardracht gezien, dus ik kwam niet verder dan een vage bikinivorm. En dat had ik in mijn ogen zelf ook al.

'Zoals ik heb!' riep Lindsay uit, en ze liet het me zien met een handgebaar dat me deed denken aan Vanna White die de aandacht van de televisiekijkers op een nieuw model Buick probeerde te vestigen.

'O,' zei ik terwijl ik naar Lindsays smalle streepje haar keek. 'Ik weet het niet.'

'Je moet!' zei Lindsay. 'Geen van de meisjes in New York heeft nog zo'n bos. Porter zou zich rot schrikken.'

Thads vriend. Zaterdagavond. Aangekleed of uitgekleed, harig of geplukt, ik kon dit geen minuut langer laten doorgaan.

'Lindsay,' zei ik. 'Jij en Thad zijn heel aardig voor me, en ik ben echt blij dat we vrienden worden, maar ik heb geen interesse in een relatie met Porter.'

Lindsay keek me aan, nu met beide handen op haar heupen, alsof ik haar had verteld dat ik pas geleden van de planeet Xenon was gekomen.

'Maar Porter is een perfecte partij,' zei ze ten slotte.

'Ik kan het niet,' vertelde ik haar, terwijl ik mijn hersens liet kraken om een excuus te bedenken waar ze niets tegen in kon brengen. Omdat... wij van Xenon niets met aardbewoners mogen krijgen? 'Ik moet je iets bekennen. Er is iemand anders.'

'Je zei dat je geen vriendje had.'

Nu bezorgde zelfs de waarheid me problemen. 'Hij is niet echt mijn vriend. Gewoon iemand met wie ik... uitga. Je weet wel, de jongen van het alarm. Josh.'

Lindsay schudde haar hoofd, deed iets met haar lippen. Na een tijdje zei ze: 'Ik geloof je niet.'

Zonder het ook maar te proberen, had ik haar ervan overtuigd dat ik ergens in de twintig was. Dat ik in mijn leven weinig meer had gedaan dan backpacken door Bulgarije, of een ander niet-waxend land. Maar hiervan kon ik haar niet overtuigen.

'Het is waar,' zei ik.

Ze keek me even aan, en uiteindelijk knikte ze en zei ze: 'Oké, bewijs maar.'

'Bewijs maar?' Ik liet een geforceerd lachje horen. 'Hoe moet ik dat nou bewijzen?'

Ze stak haar hand in haar kluisje, haalde haar tas eruit, diepte haar telefoon op en hield hem mij voor.

'Bel hem,' zei ze. 'Nu meteen. Ga je gang.'

Ik nam de telefoon niet aan. 'Wat moet ik dan zeggen?'

'Nodig hem uit voor het etentje van zaterdag. Bij Thad thuis. Als je echt met hem uitgaat, tenminste.'

Ik aarzelde, deels omdat ik niet helemaal zeker was wat uit-gaan betekende. Dat je verkering had? Seks had? Elkaar eeuwige trouw beloofde? Het maakte niet uit, besloot ik, als ik daarmee onder een blind date met een vriend van Thad uit kon komen.

'Goed,' zei ik ten slotte. 'Maar ik moet hem met mijn telefoon bellen.'

'Waarom moet je hem met jouw telefoon bellen?'

Omdat ik zijn telefoonnummer niet wist. Omdat het, gezien de omstandigheden, een geluk was dat ik me herinnerde dat hij zijn telefoonnummer in mijn telefoon had gezet, die ik nu uit mijn tas haalde terwijl ik probeerde na te denken.

'Hij neemt niet op als hij het nummer niet herkent,' zei ik tegen Lindsay toen ik Josh in mijn contactenlijst had gevonden. Ik hield mijn adem in toen ik op 'bellen' drukte. Lindsay stond pal naast me, nog altijd naakt, met haar armen gekruist over haar hoge, kleine borsten. Ik luisterde hoe de telefoon overging en bad om de voicemail.

In plaats daarvan hoorde ik Josh' stem. 'Goed, ik begrijp het,' zei hij.

'Met Alice,' zei ik. Het klonk alsof hij iemand anders had verwacht.

'Dat weet ik,' zei hij. 'Ik zeg dat ik begrijp waarom je me laatst hebt laten zitten.'

'Ik kon niet...' begon ik.

'Dat weet ik,' zei hij.

'Ik heb erover nagedacht,' zei ik naar waarheid. Er was iets met hem waardoor ik de waarheid wilde vertellen.

'In mijn voordeel?'

Ik lachte. 'Soms.'

'Het geeft niet,' zei hij. Aan de telefoon klonk zijn stem net zo warm als zijn ogen er op oudejaarsavond uit hadden gezien. 'Je bent er nu.'

'Ja,' zei ik. 'Ik ben er.'

Ik zat daar met de telefoon tegen mijn oor gedrukt, starend naar het oranje, metalen kluisje, aan hem te denken tot Lindsay, die ik bijna was vergeten, haar keel schraapte.

'Mijn nieuwe vriendin Lindsay van mijn werk wil dat ik je uitnodig voor een etentje op zaterdagavond,' zei ik.

'Je hebt werk,' zei hij.

'Ja.'

'Waar?'

Lindsay begon met haar vingers op haar roomkleurige bovenbeen te trommelen.

'Dat vertel ik je zaterdag,' zei ik. 'Als je wilt. Als je tijd hebt. Maar dat zal wel niet.'

'Nee,' zei hij.

'O, mooi,' zei ik, ook al voelde ik tot mijn verrassing teleur-stelling.

'Mooi? Dus je wilt eigenlijk niet dat ik kom?'

'Jawel,' zei ik. 'Ik dacht dat het misschien niet jouw ding was.'

Lindsay prikte me met een gemanicuurde teen in mijn scheen-been, en ik draaide me helemaal van haar weg.

Zeiden mensen nog steeds dat iets hun 'ding' was? Op hoeveel manieren zette ik mezelf nu voor paal?

'Jou zien is mijn ding,' zei hij. 'Als we wat eerder weg kunnen gaan van dat etentje, kan ik wat later naar dat andere. Hou je van rockmuziek?'

Ik wist dat het juiste antwoord ja was. Maar ik vertelde hem de waarheid: 'Nee.'

Hij lachte. 'Een vriend van me speelt in een band die in een club in de stad optreedt, en ik heb gezegd dat ik zou komen kij-ken. Zullen we afspreken dat ik met jou meega naar dat etentje, en dat jij dan met mij meegaat naar de club?'

'Goed,' zei ik.

Toen hing ik op en zat ik daar, zo in gedachten verzonken dat ik Lindsay en al het andere om me heen vergat. Ik had mijn eerste date in bijna een kwart eeuw.

Hoofdstuk 8

Diana belde toen ik me aankleedde voor Lindsays etentje. Maggie lag op de ligstoel – en probeerde het embryo waarvan ze hoopte dat die zich in haar genesteld had te 'babyen', zoals ze het noemde – in een Japans stijlblad te bladeren en commentaar te leveren op alles wat ik aantrok. Negatief commentaar. Ze vond dat ik de oude jeans van Diana moest aantrekken die ik nog snel had meegenomen toen ik van huis wegging, maar ik was bang dat Thad dat te informeel zou vinden. Ik kon Thad niet uitstaan, maar ik wilde wel een wit voetje bij hem halen.

'Wat je van onderen ook aantrekt,' zei Maggie, 'de bovenkant moet heel vrouwelijk zijn. Met kant.'

'Ik wil er niet uitzien alsof ik in mijn ondergoed loop.'

Haar ogen lichtten op. 'Dat is een goed idee. Ga maar eens in mijn bovenste la kijken. Ik heb een paar fantastische kanten topjes.'

Ik wilde net tegenstribbelen toen ik, in mijn rode tent, mijn telefoon hoorde overgaan. Laat het alsjeblieft Lindsay of Thad zijn om het etentje af te zeggen, dacht ik. Laat het alsjeblieft niet Thad zijn om me te vertellen dat hoe langer hij erover nadenkt, hoe meer hij ervan overtuigd is dat ik een vermomde oude vrouw ben.

Ik was er zo zeker van dat het een van hen zou zijn dat ik stomverbaasd was toen ik de bekende krakende lijn vanuit Afrika, alsof Diana niet alleen van duizenden kilometers ver weg belde, maar ook van decennia ver weg, en de stem van mijn eigen dochter hoorde.

'Mam?' zei ze. 'Je klinkt anders.'

'Nee,' zei ik. 'Ik was alleen...'

Bezig om me naar jouw leeftijd te gedragen? Voorbereidingen aan het treffen om uit te gaan met een man die bij jou in de klas kan hebben gezeten?

Ik had bij haar bureau de boodschap achtergelaten dat ik weer bij Gentility werkte en tijdelijk bij Maggie in Manhattan woonde, en dat ze me op mijn mobiele telefoon kon bereiken als ze me nodig had. Meer hoefde ze niet te weten.

'Jij klinkt ook anders,' zei ik in een poging mijn moederstem weer terug te krijgen.

Toen besefte ik waarom ik verrast was dat ik Diana aan de telefoon had. Ik had er een gewoonte van gemaakt om, als mijn telefoon ging, uit te rekenen hoe laat het was in Afrika zodat ik wist of zij het kon zijn. En op dit moment was het in haar tijdzone midden in de nacht.

'Waar ben je?' vroeg ik, mijn adem inhoudend, omdat ik half verwachtte dat ze me, ondanks de ruis op de lijn, zou gaan vertellen dat ze zojuist hier in New York was geland. Ik zou door het dolle heen zijn. Maar ik zou ook, zo moest ik aan mezelf toegeven, een beetje teleurgesteld zijn dat ik mijn eigen feestje moest afbreken voor het goed en wel begonnen was.

Diana lachte ongemakkelijk. 'Ik heb het weekend vrij genomen, en ik heb vannacht in de stad geslapen,' zei ze. 'Met een vriendin.'

'O,' zei ik. 'Dat is goed. Dat is heel goed.'

Ik had haar het liefst op een plek met elektriciteit en een toilet, waar geen leeuwen rondslopen.

'Mam,' zei ze. 'Ik moet je iets vertellen.'

Ik hield mijn adem in. Ze klonk nerveus, alsof ik het niet leuk zou vinden wat ze te zeggen had. Maar ze was al gestopt met school en naar de andere kant van de wereld gegaan. Wat kon ze te zeggen hebben dat ik nog erger zou vinden?

'Ik heb besloten om hier te blijven,' zei ze snel. 'In elk geval tot het voorjaar.'

'O,' zei ik opgelucht. 'Dat is geweldig.'

'Geweldig?' zei ze. 'Ik dacht dat je boos zou zijn.'

'Waarom zou ik boos zijn?'

'De hele tijd dat ik hier zit, vraag je wanneer ik naar huis kom. Toen ik je met de jaarwisseling vertelde dat ik langer bleef, klonk je zo ontdaan.'

Dat was ik ook geweest. Maar nu, bedwelmd door mijn eigen avonturen en nieuwe ervaringen, schaamde ik me dat ik zo op haar had geleund. Ze had de leeftijd dat ze de wereld *moest* ontdekken en moest doen wat ze wilde doen, zo lang als ze maar wilde, zonder zich verplicht te voelen om naar huis te komen en mij gezelschap te houden. Ik wilde niet dat ze twintig jaar zou wachten, zoals ik had gedaan, om van deze vrijheid te proeven.

Bovendien, nu ik mijn vrijheid had opgeëist, het familienest had verhuurd en een nieuw, jong, geheim – in elk geval voor mijn dochter – leven was gaan leiden, wilde ik het niet opgeven.

'Luister,' zei ik. 'Dat spijt me. Ik zie nu in hoe oneerlijk dat was. Je doet iets wat geweldig en avontuurlijk is en ik vind dat je er zo veel mogelijk van moet genieten.'

Het bleef zo lang stil dat ik uiteindelijk zei: 'Diana?' Ik was bang dat de verbinding was weggevallen.

'Ik ben er nog,' zei ze. 'Ik kan niet geloven dat je dat meent.'

'Ik meen het,' zei ik op ferme toon. 'Ik vind zelfs dat je, aangezien je zoveel moeite hebt gedaan om daar te acclimatiseren, zo lang moet blijven als kan.'

Weer een lange pauze, en toen zei ze: 'Echt?'

'Zeker weten,' zei ik.

Ik keek door de opening in de tent naar buiten en zag daar Maggie, die nog steeds op de ligstoel lag, maar nu op haar Dale

Evans-horloge wees en verwoede pogingen deed om me iets duidelijk te maken.

'Luister, lieverd,' zei ik. 'Ik moet nu weg, maar geniet van je weekend, oké?'

'Waar ga je naartoe?' vroeg Diana.

'Naar een etentje hier in de stad,' zei ik.

'Hoe gaat het daar?'

'Goed,' zei ik met, zo vreesde ik, te veel hartstocht. 'Ik mail je. En echt, je hoeft je niet te haasten om naar huis te komen. Het huis is zeker voor een paar maanden verhuurd. Blijf zo lang als je wilt.'

En toen voelde ik me, zodra ik had opgehangen, schuldig, omdat het misschien wel had geklonken alsof ik niet wilde dat ze naar huis kwam. Natuurlijk wilde ik dat ze naar huis kwam, verzekerde ik mezelf, alleen nog even niet. Nog even niet.

Toen ik eindelijk arriveerde, hijgend en steunend en glimmend van het zweet van de vijf trappen van Maggies appartement af rennen, door de straten van de Lower East Side naar het metrostation in Second Avenue, en toen elf blokken door Madison Avenue naar Thads appartement, stond Josh al op me te wachten, leunend tegen de imposante kalkstenen gevel. Hij zag er geweldig uit. En droeg een gescheurde spijkerbroek.

'O,' hijgde ik terwijl ik naar de huid van zijn knie keek die door de stof naar buiten stak.

'O,' zei hij, met een blik op de zwarte satijnen broek en de zwarte kanten bloes en het zwarte fluwelen jasje die ik droeg samen met een lange smaragdgroene sjaal om mijn nek. Aan mijn voeten had ik, vanwege het eind rennen dat ik voor de boeg had, veterschoenen, maar ik had rode satijnen muiltjes met hoge hakken in mijn rechterhand, en een fles champagne, nu met extra bubbels, in mijn linkerhand.

'Je ziet er fantastisch uit,' zei hij. 'Misschien moet ik naar huis gaan. En een pak aantrekken.'

'Hmm,' zei ik.

'Alleen heb ik al mijn pakken en stropdassen afgegeven aan een groep die jongeren in de binnenstad helpt om aan stageplaatsen te komen.'

'O.'

'Ik heb de blauwe blazer die mijn moeder op de middelbare school voor me heeft gekocht nog,' zei hij. 'Die kan ik aantrekken.'

'O?'

'Maar het duurt wel even om op en neer naar Brooklyn te gaan.'

'Hoe lang?'

'Misschien,' – hij keek omhoog naar de donkere winterlucht toen hij het uitrekende – 'anderhalf uur.'

'Het is niet erg,' zei ik tegen hem. Ik pakte zijn arm en had ineens spijt dat ik niet naar Maggie had geluisterd en niet ook een spijkerbroek had aangetrokken. 'Volgens mij is dit toch niets voor jou. Ik ben gewoon blij dat je bent gekomen.'

'Ik ben blij,' zei hij, 'dat ik hier met jou ben.'

Hij was langer dan ik me herinnerde. Toen we in de hal van Thads gebouw stonden te wachten op de lift deed hij zijn muts af, en ik had zin om met mijn handen door zijn haar te gaan. Hij lachte naar me en ik kon geen woord uitbrengen. Het was onmogelijk om over koetjes en kalfjes te praten. Ik had het gevoel dat als ik mijn mond opendeed, ik mijn hele hart bij hem zou uitstorten.

Toen de deur openging, zag ik tot mijn opluchting dat wij de eerste gasten waren en dat Lindsay iets glimmends in het gebruikelijke zwart droeg, en Thad niet – hoewel dat in Thads geval betekende dat hij fluwelen slippers met pluimpjes droeg in plaats van schoenen, en een kasjmieren vest in plaats van een jasje. Maar hij had tenminste het fatsoen om niets te zeggen over Josh' spijkerbroek en T-shirt. Hij nam zijn versleten leren jack aan en bood hem een martini aan. Ik was opgelucht toen Josh het aanbod aannam, en nog opgeluchter toen er een brede lach op Thads gezicht verscheen omdat Josh zijn martini puur wilde, met olijven, en gin in plaats van wodka.

'Ik heb die wodka-onzin ook nooit begrepen,' zei Thad tegen Josh, mij negerend nadat hij me een standaard begroetingskusje op de wang had gegeven. 'Ik dacht dat Lindsay op tijd klaar zou zijn om samen met de meiden iets met ons te drinken, maar blijkbaar zijn er grote problemen in de keuken, dus je zult het met mij moeten doen tot de anderen er zijn.'

Aangezien ik wat Thad betrof niet bestond, vond ik dat ik, na even wuiven naar Josh, Lindsay wel de keuken in kon volgen. Ik kreeg niet eens de kans om haar naar binnen te volgen, want zodra de mannen uit het zicht waren, greep ze me vast en sleurde ze me de kleine roestvrijstalen ruimte binnen.

'Wat een lekker ding!' fluisterde ze, blijkbaar doelend op Josh, en niet op Thad. 'Is hij een rockster of zo?'

Waarom dacht Lindsay dat Josh een rockster was? Maar nog belangrijker, waarom was elk oppervlak in de keuken bedekt onder een laag puin? Er lagen overal zakken waar eten uit viel. Op twaalf borden lagen twaalf kleine hoopjes van gehakte dingen – uien, paddenstoelen, peterselie. En waarom stond er niets op het fornuis?

'Hoe gaat het hier?' vroeg ik.

'Fantastisch!' kwetterde ze. 'Geloof ik. Ik bedoel, ik dacht dat ik alles onder controle had.' Ze keek de keuken rond en leek de warboel van rauwe etenswaren voor het eerst te zien. 'Maar nu weet ik het niet meer zo zeker...'

En toen begon ze te huilen. Ik was stomverbaasd dat Lindsay, die zich altijd voordeed alsof ze alles volledig onder controle had, van haar werk en haar relatie tot haar schaamhaar, zo plotseling en volledig instortte.

'Shh,' suste ik, terwijl ik haar, eerst wat ongemakkelijk, in mijn armen nam, zoals ik talloze keren met Diana had gedaan. 'Het komt wel goed.'

'Ik kan dit niet,' snikte Lindsay. 'Het is een ramp. Thad gaat vast bij me weg.'

Ging dat maar zo makkelijk, dacht ik, maar wat ik zei was:

'Doe niet zo mal, lieverd. Ik help je wel. Wat moeten we doen?'

Lindsay keek met een verwilderde blik de keuken rond, als een racepaard dat in paniek raakt voor het starthek. 'Ik weet het niet,' jammerde ze. 'Alles!'

'Geen paniek,' zei ik. 'Het eten staat zo op tafel. Maar laten we bij het begin beginnen.'

Ik rende de keuken uit en graaide naar de fles Bombay Sapphire die Thad geopend op het antieke dressoir in zijn eetkamer had laten staan, en verwonderde me even over het feit dat hij überhaupt een eetkamer had. Dat vond hij waarschijnlijker belangrijker dan een keuken. Ik schonk een gezonde hoeveelheid in twee kristallen glazen, liep de keuken weer in en gaf er een aan Lindsay.

'Wat is dit?' vroeg Lindsay.

'Moed,' zei ik, en ik hief mijn glas als om te proosten. 'Dit is moed. Kom, drink op.'

Ik hoorde Lindsay proesten toen de gin haar tong raakte, maar ik had er geen moeite mee. De smaak haalde zoveel burgerlijke etentjes naar boven dat het bijna een soort magische drank was die me weer in een Superhuisvrouw zou veranderen.

'Goed,' zei ik toen ik tot mijn tevredenheid zag dat Lindsay haar glas ook leeg had. 'Wat eten we?'

'Caesarsalade,' zei Lindsay. 'O shit, ik ben vergeten croutons te maken. En de pasta. De een of andere pasta, met heel veel gesneden groente. Het recept ligt op het aanrecht, ergens onder de zakken.'

Al die ingrediënten die door elkaar heen lagen, deden mij zelfs de moed in de schoenen zinken.

'Waarom maak je niet gewoon een braadstuk?' vroeg ik.

Lindsay keek ontzet. 'O nee,' zei ze. 'Dat had Thad misschien wel lekker gevonden, maar ik ben veganist. En er komen in elk geval nog een vegetariër, iemand die geen zuivel eet, en iemand die alleen rauw voedsel eet, hoewel hij thuis al zou eten.'

De deurbel ging, waardoor Lindsay weer in paniek raakte.

'Jij moet daar bij hoe-heet-hij zijn, je rockster,' zei ze. 'Ik moet dit allemaal regelen.'

'Onzin,' zei ik. 'Jij bent de gastvrouw. Het is niet jouw taak om serveerster of kok te zijn, maar om de gasten welkom te heten.'

Ze keek me geboeid, maar nog een beetje weifelend aan.

'Heus,' verzekerde ik haar. 'Kom. Dan zetten we wat hors-d'oeuvres in elkaar. Heb je kaas? Mooi – daar kan die zuivelpersoon omheen eten. Hier, gooi wat noten in die kom. Oké, neem dat mee en ga iedereen gedag zeggen, en wat je ook doet, gedraag je alsof alles onder controle is.'

'Wat moet ik zeggen als Thad vraagt wanneer het eten klaar is?'

'Doe alsof je hem niet hoort en zeg dat hij iedereen nog wat te drinken moet inschenken.'

'Maar in een artikel in *Bon Appétit* stond dat...' begon Lindsay. 'Doe het nou maar.'

Zodra Lindsay de keuken uit was, begon ik de zakken leeg te halen, de ingrediënten te sorteren, sla te scheuren en bracht ik een grote pan water aan de kook. Dit hoefde niet lang te duren, als ik alles maar op orde had. In Homewood organiseerde ik drie of vier keer per jaar etentjes voor honderd man, en op den duur kreeg ik alles in minder dan vierentwintig uur voor elkaar.

Toen Lindsay weer in de keuken kwam, lagen de ingrediënten op een rij op het aanrecht in de volgorde waarin ze nodig waren, waren de werkbladen leeg en schoon, was de sla gewassen en in keukenpapier in een slakom gelegd, en lagen drie enorme tenen knoflook, geplet en bestrooid met koosjer zout, te weken in olijf-olie.

'Hoe heb je dat gedaan?' vroeg Lindsay met open mond.

'Ik heb gewoon een beetje opgeruimd. Het enige wat ik niet kon vinden, was het dessert.'

'O, nee,' zei Lindsay. 'Ik wist dat ik iets was vergeten.'

'Geen paniek. We bellen wel naar die delicatessenzaak op de

hoek en laten acht pakjes met Hostess-cupcakes bezorgen. Die vindt iedereen lekker. Hoe gaat het daar?'

'Geweldig.' Lindsay grijnsde. 'Thad heeft al zijn derde martini en Josh zei dat het lekker ruikt.'

Ik lachte. 'De macht van de suggestie. Goed, aan de slag.'

Ik had me niet gerealiseerd hoezeer ik dit had gemist in de tijd dat Gary al weg was. Ik had in mijn eentje een of twee etentjes geprobeerd te organiseren, maar al onze vaste gasten leken het raar te vinden om naar een feestje te komen als Gary er niet was, terwijl Gary, toen hij er nog wel bij was, altijd alleen maar aan het hoofd van de tafel zat met een gezicht alsof hij liever tv had gekeken.

Maar ik hield van koken, herinnerde ik me terwijl ik sneed en bakte en roerde, helemaal voor een grote groep mensen, onder tijdsdruk, terwijl er vanuit de andere kamer lachende stemmen klonken.

'Waar heb je zo leren koken?' vroeg Lindsay terwijl zij rond-rende als mijn souschef.

'Ik weet dat het misschien ongelofelijk klinkt,' zei ik, zonder haar mijn lach te laten zien, 'maar ik heb leren koken in New Jersey.'

Toen het werk de climax bereikte, stuurde ik Lindsay weg om de tafel te dekken en genoot ik van mijn laatste momenten alleen in de keuken, terwijl ik de salade husselde en het brood net lang genoeg roosterde om flauw te worden van de geur van hete knof-lookboter.

'Nu ruikt het echt heerlijk.'

Josh stond in de deuropening.

Ik wierp hem een lach toe. 'Het geheime ingrediënt is altijd knoflook.'

'Dat eet ik alleen als jij het ook doet,' zei hij.

'Je moet het eten, want ik heb het al gedaan.'

'Laat eens proeven,' zei hij terwijl hij op me afstapte.

En voordat ik de kans had om te reageren, drukten zijn lippen op de mijne, en schoot het puntje van zijn tong naar binnen om me te proeven.

'Mmm,' zei hij. 'Echt heerlijk.'

Mijn hele lichaam gloeide. O, god, een perfect moment om mijn eerste opvlieger te krijgen.

'Ga maar tegen je vriend Thad zeggen dat het tijd is om aan tafel te gaan,' zei ik.

Als Lindsay bang was geweest dat Thad vraagtekens zou zetten bij haar rol in de keuken, was dat nergens voor nodig: hij accepteerde het eten met een nonchalance alsof het elke avond kant-en-klaar en helemaal vanzelf uit zijn oven tevoorschijn kwam. De andere gasten bleven opgeven over hoe lekker het eten was, en ik stond erop dat Lindsay alle eer toekwam.

Thad hield een betoog aan tafel en negeerde niet alleen mij, maar alle vrouwen. Hij richtte zijn opmerkingen tot de mannen, vooral tot Josh. Maar Josh speelde elke vraag en opmerking van Thad weer door naar een van de vrouwen aan tafel. 'Ik weet het niet,' zei hij dan. 'Wat vind *jij* van het besluit van de Hoge Raad, Lindsay?' Of Alice of Liz of Sarah, de andere twee vrouwen die er waren. 'Interessant, Thad – ik ben heel benieuwd hoe Alice daarover denkt.'

Hij hielp Lindsay en mij na het eten zelfs met afruimen, maar Thad hield hem tegen – ik dacht zelfs even dat Thad zijn lichaam in de baan van Josh' hand zou werpen toen hij een vieze theelepel wilde pakken. Voor wat hopelijk de laatste keer in mijn leven was, steunde ik Thad.

'Ga maar,' zei ik tegen Josh. 'Ik help Lindsay nog even en dan kunnen we gaan.'

Maar na een tijdje merkte ik dat ik alleen bezig was. Toen ik de laatste wijnglazen van de tafel pakte, hoorde ik Thad oreren in de woonkamer en zag ik dat Lindsay op zijn schoot zat.

Stik maar. Ik was van plan geweest om een schort voor te knopen en de vaatwasser in te ruimen, maar toen zei ik tegen mezelf: Wees toch niet zo moederlijk. Iedereen kan de afwas doen. Zelfs Thad.

Ik liep de woonkamer in en legde een hand op Josh' schouder.

'Het wordt tijd dat we gaan,' zei ik.

Thad keek verrast op. 'Ik vertel net een verhaal over de tijd dat ik uitgever was van de *Crimson*,' zei hij, en hij deed zijn mond open om verder te gaan met zijn toespraak.

'Sorry,' zei Josh, en hij stond op en sloeg zijn arm om me heen terwijl hij de andere hand uitstak naar Thad. 'Het was een geweldige avond. Bedankt.'

Sjonge, wat was hij glad. Als hij ooit van me af wilde, zou het voorbij zijn voordat ik er erg in had.

Buiten op straat stak Josh zijn handen in mijn jas om me dicht tegen zich aan te trekken. Eerst was ik zenuwachtig en moest ik denken aan mijn gedachte toen hij ons zo handig uit de klauwen van Thad had losgemaakt. Toen werd ik zenuwachtig van de gedachte aan wat er die avond nog voor ons zou liggen. En toen ik mezelf eindelijk ontspannen tegen hem aan vlijde en mijn hoofd tegen zijn borst legde, vroeg ik me af of wat ik hoorde het kloppen van zijn hart was of het mijne.

Toen ik na een poosje naar hem opkeek, zei hij: 'Bedankt dat je me aan je vrienden hebt voorgesteld.'

'Thad is geen vriend.'

Josh lachte. 'Ik was bang dat ik zo zou worden.'

'Jij bent heel anders.'

'Het kan zomaar gebeuren,' zei Josh. 'Je let even niet op en ineens ben je een saaie hufter.'

Hij had gelijk. Dat was ook met Gary gebeurd. Gary was niet altijd een endodontoloog met een taille van een meter geweest. Hij was dichter geweest, slank en romantisch. Maar op je tweeëntwintigste was het veel makkelijker om een slanke, romantische dichter te zijn dan op je vierenveertigste.

Toen ik naast Josh in de metro zat die ons haastig door de donkere straten vervoerde, met mijn hand in zijn zak gestoken, voelde ik zijn energie, maar ook zijn onzekerheid. Ik vermoedde dat het die onzekerheid was, en geen zelfvertrouwen, die hem ertoe had gedreven economie te gaan studeren en zich te verloven terwijl hij zei dat hij nooit behoefte had gehad aan traditioneel vertoon. Zijn conventionele kant, die nu onzichtbaar was, maar toch nog aanwezig moest zijn, vond ik angstaanjagender dan de gamer op gympen. Net zoals ik banger was voor mijn eigen innerlijke huisvrouw dan voor de jonge vrouw die ik pretendeerde te zijn.

Het was de innerlijke huisvrouw die dreigde me te verraden toen ik achter Josh aan de hete, drukke club binnenliep. Er was ontzettend veel lawaai binnen, veel meer dan ik ooit in mijn leven had gehoord. En de muziek was echt afgrijselijk, een en al gekrijs en gegil en aritmisch gestamp. Ik wilde – mijn innerlijke huisvrouw wilde – mijn handen op mijn oren drukken en schreeuwen: 'Hou op met die herrie!'

Maar Josh, die zijn linkerarm achter zich uitstrekte zodat hij mijn hand kon blijven vasthouden terwijl hij zich een weg naar het podium baande, bewoog zijn hoofd mee met de muziek, net als alle andere mensen in de ruimte leken te doen. De meeste mensen daar waren van ongeveer dezelfde leeftijd als Lindsay en Thad en de andere gasten op het etentje, maar het leek alsof deze menigte jong was in een compleet ander tijdperk. Ze hadden rommelig haar of kaalgeschoren hoofden, piercings in hun neuzen en tatoeages in hun nek. De meisjes droegen enorme broeken of piepkleine rokjes – en soms beide – en topjes die nauwelijks bestaansrecht hadden en hun borsten maar net bedekten. De jongens zagen eruit alsof ze uit een modeshow waren weggelopen of net onder een auto uit waren gerold.

Er stootte links iets tegen me aan, en ik schrok toen ik daar een stelletje zag dat stond te dansen – of liever neuken zonder elkaar aan te raken; het meisje stond met haar gezicht van de jongen af en draaide met haar kont. De jongen achter haar stootte in haar richting en keek alsof hij elk moment kon klaarkomen. Ik bewoog me dichter naar Josh toe.

'Alles goed?' riep hij over zijn schouder.

Ik knikte, en bedacht hoe ontzettend hoffelijk hij leek te zijn. Hij had Lindsay overladen met complimenten over haar eten, terwijl hij niet één keer een gezicht had getrokken naar Thad.

'Dansen?' schreeuwde hij in mijn oor.

Ik schudde snel mijn hoofd. Hij leek me geen jongen die in het openbaar een vrijpartij met me zou nabootsen, maar ik durfde het risico niet te nemen.

Josh draaide zich om om naar de band te kijken, en iets later voelde ik dat er iemand aan de andere kant op mijn schouder tikte.

'Eeeeh?' zei een meisje in mijn oor.

'Wat?'

Ze leek even in de war, maar toen besloot ze van tactiek te veranderen. 'Exxxx?' vroeg ze.

Ik trok een gezicht en schudde mijn hoofd in de universele taal voor: 'Ik heb geen idee waar je het over hebt.' Het meisje opende haar hand en hield een handvol van iets wat eruitzag als piepkleine smiley-buttons onder mijn neus.

'Xtc!' zei het meisje.

Ik gaf een gilletje.

'O, nee!' riep ik. 'Nee, dank je!'

Ik voelde me zo stijf, zo'n buitenbeentje, zo *oud*. Maar tegelijkertijd besefte ik dat ik me hier nooit thuis zou hebben gevoeld, ongeacht mijn leeftijd. Ik was altijd een meisje geweest dat met haar benen onder zich in de vensterbank zat te lezen over negentiende-eeuws Engeland, terwijl overal om me heen mensen high werden en keiharde muziek draaiden en uit hun dak gingen.

'Ik moet gaan,' zei ik ineens.

Als ik nog zou studeren, als hij een jongen was geweest met wie ik in die tijd uitging, had ik het concert uitgezeten en zelfs nog gedaan alsof ik het leuk vond. Maar ondanks Josh' goede gedrag tijdens het etentje, ondanks het feit dat ik hem echt graag mocht en mijn wang maar wat graag tegen een van zijn brede schouders wilde drukken, kon ik gewoon niet doorgaan.

Hij keek me aan, verrast, en wilde tegenstribbelen.

'Het spijt me,' schreeuwde ik terwijl ik al van hem af bewoog. 'Ik moet gaan.'

Waar ging ik precies heen? En waarom? Ik was nergens meer zeker van, behalve van de noodzaak om daar weg te komen. Het was alsof ik in een oceaan was gedoken die er vanaf het strand leuk en spannend uit had gezien, maar werd omvergeworpen door de golven die van dichtbij veel te ruig voor mij bleken te zijn. Het enige waaraan ik kon denken was dat ik terug moest naar het strand.

Pas toen ik buiten op straat stond en gretig de frisse lucht inademde en rondkeek naar een taxi, besefte ik dat Josh achter me aan was gekomen. Dat hij zelfs nu nog glimlachte en zijn mond opendeed om iets te zeggen terwijl hij mijn arm pakte.

Zijn greep was perfect – niet te stevig, waardoor ik me alleen maar zou willen losrukken, maar ook niet te los. Als we op een onbewoond eiland zaten, wilde ik zeggen, en niets te maken hadden met de wereld om ons heen, zouden we misschien samen kunnen zijn. Als ik niet zo vastbesloten was om, na al die jaren, mijn leven over te doen zoals ik dat wilde, hadden we misschien een tussenweg kunnen vinden. Als ik niet zo bang was om mijn ware ik te onthullen, had ik misschien dichterbij kunnen komen.

'Ik vind je echt leuk, Josh,' zei ik terwijl ik mezelf toestond om zijn arm aan te raken, waardoor ik bijna overstag ging.

Zijn glimlach vervaagde. 'Waarom hoor ik een "maar" aan het einde van die zin?'

Natuurlijk was er een maar. Heel veel maren.

Maar je bent veel te jong voor me. Maar ik ben veel te oud voor jou. Maar we kunnen onmogelijk een tussenweg vinden.

'Maar dit is het niet voor mij,' zei ik met een gebaar naar het gebouw, de mensen die om ons heen dromden op de stoep, alles.

'Deze plek is niet wie ik ben, Alice,' zei hij, en hij probeerde me weer naar zich toe te trekken.

Een deel van me, een groter deel dan ik wilde toegeven, wilde opgaan in zijn omhelzing, de controle waarvoor ik zo mijn best deed loslaten.

Maar ik mocht de controle niet verliezen. Ik moest trouw blijven aan mijn nieuwe ik, aan mijn besluit om de dingen anders te doen dan in het verleden.

Ik draaide me om en rende zonder nog een woord te zeggen de donkere straten van Manhattan in, alleen en – ik besefte het pas toen ik bijna bij Maggie was – zonder enige angst.

Hoofdstuk 9

'**W**aarom ben je weggerend?' vroeg Maggie aan me.
We waren in de grote ABC Home-winkel, waar Maggie op zoek was naar een spiegel. Niet te groot: daar had ze de spiegel van de boze stiefmoeder van Sneeuwwitje al voor. En niet te klein: er moest genoeg weerspiegelend oppervlak overblijven voor haar doel.

Wat Maggie zocht was een mooie spiegel om aan de muur tegenover de ingang van de loft te hangen. De reden: Maggie, de scepticus, de ongelovige, had een feng shui-specialist geraadpleegd over de indeling van haar loft om haar babygeluk te optimaliseren. Ik had verwacht dat de feng shui-vent zou zeggen dat mijn rode tent weg moest, maar integendeel, hij vond de plek en kleur ontzettend gunstig. Zijn belangrijkste aanbeveling was dat ze een spiegel tegenover de deur moest hangen, om alle slechte chi direct weer naar buiten te dirigeren.

Voor Maggie betekende een dergelijke aankoop uren, dagen, zelfs maanden zoeken naar het perfecte artikel. Het lag voor de hand dat iemand die twintig jaar in hetzelfde huis woonde en in die tijd maar twee meubelstukken had verzameld ontzettend kieskeurig moest zijn.

'Ik weet het niet,' zei ik terwijl ik een vierkante spiegel in een gedreven zilveren lijst oppakte en aan Maggie liet zien. Maggie trok een gezicht alsof ze schoonmaakmiddel had gedronken. 'Hij is het gewoon niet voor me.'

'Ik dacht dat je hem zo leuk vond,' zei Maggie. Ze keek niet naar mij, maar naar de enorme warboel van felgekleurde artikelen in de winkel. 'Ik dacht dat het enige probleem was dat hij jong is.'

'Maar dat is een groot probleem,' zei ik. 'Ik bedoel, zijn leeftijd bepaalt in zekere zin al het andere aan hem: zijn smaak, zijn waarden, hoe hij graag zijn tijd doorbrengt...'

Maggie bleef staan en keek me recht in de ogen. 'Vind je dat niet een beetje hypocriet?' zei ze terwijl ze haar handen op haar heupen zette.

Ze had haar zwarte slaapzakjas weer aan en zoals ze daar stond, met haar ellebogen naar buiten wijzend en haar benen stevig uit elkaar, vulde ze het hele gangpad, even intimiderend als Ursula de Zeeheks in *De kleine zeemeermin*. Ik was bang dat ze haar sidderalen op me af zou sturen en kon alleen maar stamelen dat ik niet snapte wat ze bedoelde.

'Je wijst hem af vanwege zijn leeftijd!' bulderde ze, met haar dik ingepakte armen zwaaiend, waardoor er ijzeren kandelaars en kussens van shantoeng en Venetiaanse kroonluchters op de grond dreigden te vallen. 'Dat is precies wat jij zelf zo erg vond als ze het bij jou deden!'

Mijn schouders zakten omlaag en alle lucht verdween uit mijn lichaam. 'Je hebt gelijk,' zei ik.

Maggie liet haar armen zakken en streek de voorkant van haar jas glad. 'En of ik gelijk heb. Ik dacht dat het erom ging wie iemand vanbinnen was. Ik dacht dat het hele punt was dat leeftijd mensen blind maakte voor elkaars ware, belangrijke kwaliteiten. Ik dacht dat we dat allemaal probeerden te overstijgen en dat we zouden zegevieren op leeftijdsvooroordelen.'

Wat kon ik zeggen? Het was allemaal waar.

'Ik maak me er zelf ook schuldig aan,' gaf ik uiteindelijk toe.

'Dat kan je wel zeggen,' zei Maggie. 'Misschien speelde leeftijd daarom zo'n belangrijke rol voor je.'

Mijn schouders zakten nog verder omlaag, zodat mijn hoofd

nu naar de vloer hing. Ik staarde naar de neuzen van mijn nieuwe rode sneakers.

'Je hebt gelijk,' herhaalde ik. 'Ik ben een vreselijk mens. Ik moet het maar helemaal opgeven.'

'O, doe niet zo belachelijk,' zei Maggie, die zo plotseling verderging met haar spiegelspeurtocht dat ik bijna viel toen ik achter haar aan wilde snellen.

'Je hebt het fantastisch gedaan!' zei ze toen ik haar eindelijk had ingehaald. 'Je bent pas een maand bezig, en je hebt een baan, een vriendin, zelfs een vent! Nu moet je alleen ophouden met bang zijn en het aanvaarden.'

'Ik ben niet bang,' zei ik.

Ze bleef staan. Als we auto's waren geweest, was ik op haar geknald.

'Vertel me dit dan eens,' zei ze. 'Waarom ben je gisteravond dan niet met dat lekkere ding naar bed gegaan?'

Ik lachte zenuwachtig. 'Dat heb ik al verteld,' zei ik. 'Behalve de leeftijd, is hij niet mijn type. Hij is een beetje sjofel, hij houdt van afgrijselijke muziek, hij heeft de volkomen onpraktische droom om computerspellen te gaan ontwerpen, nou vraag ik je. Ik kan hem gewoon niet serieus nemen.'

'Hmmpf,' zei Maggie. 'Wil je de OW horen?'

Alsof ze me die nog niet had verteld. Alsof ze ook maar op mijn antwoord zou wachten.

'Hij klinkt helemaal als jouw type,' vertelde ze me. 'Hij klinkt zelfs precies als Gary. De jonge Gary. De Gary op wie je verliefd bent geworden.'

Dat inzicht trof me met de kracht van een massief houten kledingkast – waardoor we nu werden omringd, rood en groen en schreeuwend om plaats te bieden aan een tv – waardoor ik steil achteroversloeg. Opnieuw had Maggie gelijk, of ik het leuk vond of niet. Josh leek best veel op de Gary op wie ik stapelverliefd was geworden in de straten van Londen, de Gary die ervoor had gezorgd dat ik naast mijn schoenen ging lopen.

'Voorts,' zei Maggie, die het woord misschien wel voor het eerst in haar leven gebruikte, 'denk ik dat dat precies de reden is dat je gisteravond voor Josh bent weggerend. Ik denk dat je hem *te* serieus neemt, en dat vind je doodeng. Je bent bang dat je verliefd wordt op die jongen.'

'Dat is belachelijk,' zei ik. Maar ik voelde mijn hart tekeergaan. 'Toen ik hem de eerste keer sprak, zei hij dat hij geen relatie wilde.'

Ze bleef weer staan en bekeek me aandachtig, alsof ze probeerde vast te stellen of ik een huidziekte had. Maar ik was bang dat ze dieper keek dan dat. Ik hief mijn handen op en legde ze op mijn wangen, alsof ik zo kon voorkomen dat ze dwars door me heen keek.

'Misschien zit dat je dwars,' zei Maggie. 'Je voelt je enorm tot hem aangetrokken, je vindt hem hartstikke leuk, en je bent bang dat hij je zal afwijzen. Je bent bang om het risico te nemen, hoe graag je het ook wilt proberen.'

Ineens verplaatste ze haar blik en keek ze omhoog, naar een plek ergens rechts boven mijn hoofd, alsof ze de stem van een engel uit de hemel had gehoord.

'Wacht even,' zei ze, terwijl ze me opzij duwde en op haar tenen ging staan en haar armen uitstrekte.

'Voorzichtig,' zei ik, denkend aan de piepkleine baby die misschien in haar groeide.

Na mijn woorden legde ze één hand op haar buik en kwam ze terug op aarde met in haar hand een ronde spiegel, zo groot als een dinerbord en met een rode lijst waarin wel honderd kleinere spiegeltjes waren verwerkt die glinsterden als sterren.

'Dit is hem,' zei Maggie, en er verscheen een lach op haar gezicht toen ze naar haar spiegelbeeld staarde. 'Ik voel nu al meer geluk.'

'Denk je dat je met hem gaat trouwen?' vroeg Lindsay.

We zaten op haar werkplek, waar ik naartoe was gelopen om haar te bedanken voor het etentje, hoewel ik eigenlijk met haar wilde praten over het werk. Ik wilde weten wat Lindsay dacht van een idee voor het in de markt zetten van de klassiekerslijn, horen of ze me zou steunen vanaf de redactiekant, en hoe ze dacht dat ik het idee het beste kon voorleggen aan Teri. Ik had in de korte tijd dat ik met haar werkte ontdekt dat Lindsay briljante ideeën had over alles wat met het uitgeversvak te maken had. De kunst was om haar erover aan de praat te krijgen.

'Dat zie ik niet gebeuren,' zei ik.

Ik had Lindsay niet verteld dat ik voor de club van Josh was weggevlucht. Ik had het incident al uitgebreid doorgenomen met Maggie, en ik kon Lindsay toch niet vertellen wat de ware reden van mijn twijfels was. Daarnaast was ik bang dat Lindsay weer zou proberen om me aan Porter Swift te koppelen als ze dacht dat ik niet meer uitging met Josh.

'Waarom niet?' drong ze aan.

'Ik ben op het moment helemaal niet met trouwen bezig,' zei ik. 'Luister, Lindsay, wat vind je van het idee om moderne vrouwelijke auteurs nieuwe inleidingen voor de klassiekers te laten schrijven?'

'Zo makkelijk leid je mij niet af,' zei Lindsay met een grijns. 'Kom op, ik wil weten hoe het zit. Hij is zeker zo'n jongen die bang is om zich te binden. Dat is Thad ook. Je doet waarschijnlijk hetzelfde als ik: doen alsof alles cool is, omdat je bang bent dat hij gillend wegrent als hij weet dat je wilt trouwen.'

'Maar ik wil niet trouwen!' vertelde ik haar. 'Ik wil werken! Ik wil succes hebben in deze baan!'

'O, dat zal wel lukken,' zei Lindsay, wuivend met haar fijne, bleke hand, alsof succes iets was wat je zomaar uit de lucht kon plukken. 'Je hebt zoveel goede ideeën. Bijvoorbeeld wat je net zei.'

'Dus je zou me er wel mee helpen?' vroeg ik. 'Ik bedoel, aan schrijfsters vragen of ze het zouden willen doen?'

'Natuurlijk, natuurlijk,' zei ze, en ze noteerde in haar agenda dat ze twee hoog aangeschreven schrijfsters, die al op mijn geheime wensenlijstje stonden, moest bellen. Toen legde ze de pen neer en keek ze me indringend aan. 'En vertel me nu maar eens waarom je niet met Josh wilt trouwen.'

'Ik wil met *niemand* trouwen,' zei ik.

Dat snoerde haar even de mond. Ze draaide op en neer in haar grote, zwarte stoel, die haar volledige kleine, in het zwart geklede lichaam omvatte.

'Oké, misschien niet *vandaag*,' zei ze ten slotte, 'maar binnenkort moet je hier toch serieus over gaan nadenken als je kinderen wilt. Voor mij is het al bijna te laat.'

Ik wist dat Lindsay dat zonder enige ironie had bedoeld, maar toch moest ik grinniken. 'O, kom op, Lindsay,' zei ik. 'Je hebt *zeeën* van tijd.'

'Nee, hoor,' zei ze met een uitgestreken gezicht. 'Ik denk dat ik tien jaar heb, hooguit, om te trouwen, een tijdje alleen met mijn man te zijn en al mijn kinderen te krijgen. En dat is als het hele plan nu al werkt.'

Lindsay begon aan een gedetailleerde rekensom met betrekking tot haar voortplantingskansen alsof het een bonusvraag was in de Citotoets van het leven. Zelfs als er een wonder gebeurde en Thad haar morgen ten huwelijk vroeg, zo vertelde ze, dan had ze zeker een jaar nodig om de bruiloft te regelen, dan nog een jaar om met zijn tweetjes te zijn voordat ze zwanger werden, dan, als alles perfect verliep, *nog* een jaar om zwanger te worden en te bevallen, dan twee of drie jaar voor de tweede...

'En je carrière dan?' onderbrak ik haar. 'En genieten van je jeugd?'

'We hebben geen tijd om jong te zijn,' zei ze.

'Spreek voor jezelf,' zei ik. 'Waarom ben je er zo zeker van dat Thad de ware is?'

Helemaal omdat het voor mij duidelijk was dat hij niet de ware was.

'Hij heeft een goede baan,' zei ze, en ze keek voor het eerst van me weg, trok haar bovenste la open en haalde er een pen uit, waarop ze begon te kauwen. 'Hij verdient veel geld. Hij zal goed voor me zorgen.'

'Volgens mij kan jij prima voor jezelf zorgen,' zei ik op vriendelijke toon.

'Ja, maar dat is omdat het *moet*,' zei ze. 'Dat betekent niet dat ik het altijd zal *willen*. Helemaal als ik kinderen heb, zal ik wel eens vrij willen zijn.'

Ineens leek de temperatuur in Lindsays werkhokje tien graden te dalen. Ik voelde haar voordat ik haar zag; de haartjes achter in mijn nek stonden overeind.

'Wat is dit voor theekransje?' zei Teri Jordan achter me.

Met een gezicht dat gloeide alsof ik iets verkeerd had gedaan, draaide ik me om en zei ik, zo nonchalant en overtuigend als ik kon: 'O, hoi, Teri. Ik vroeg Lindsay net naar haar mening over een idee dat ik had voor de klassiekerslijn.'

'De klassiekerslijn, hmm?' zei Teri. 'Ik hoorde iets over vrij nemen en kinderen krijgen.'

'Dat was ik,' zei Lindsay. 'Dat is iets wat ik wil.'

'Grote fout,' snauwde Teri. 'Al die jonge meisjes denken dat ze er een paar jaar tussenuit kunnen en dan weer zomaar in de achtbaan kunnen stappen, maar zo werkt het niet. Tegen de tijd dat je je carrière weer opstart, is het vaak te laat.'

Ik moest toegeven dat Teri een punt had. Maar voordat ik haar gelijk kon geven, begon Lindsay weer te praten.

'Ik bedoel het niet persoonlijk, hoor, Teri, maar ik wil niet in een kantoor zitten als ik thuis kan zijn met mijn kind,' zei Lindsay. 'Als ze op school zit, best, dan ga ik misschien op zoek naar parttime werk, iets flexibels.'

'Maar als je stopt met werken, heb je niet de anciënniteit op basis waarvan je flexibiliteit kunt eisen,' zei Teri. 'En als je kinderen ouder zijn – en dan bedoel ik echt middelbare-school-ouder, als ze hun nanny's ontgroeid zijn, maar rijp zijn voor problemen met drugs en seks – is het toch wel heel fijn als je af en toe thuis kunt werken.'

'Er is veel veranderd,' zei Lindsay. 'Vrouwen hebben nu meer opties.'

Teri trok haar strak geplukte wenkbrauwen op. 'Ja en nee,' zei ze. 'In theorie is er veel veranderd, maar in de praktijk heb ik hier veel ervaring mee en heb ik heel veel andere vrouwen gezien die een balans moeten zien te vinden tussen hun gezin en hun carrière, en ik weet dat het nog steeds heel moeilijk is.'

Ik vond het lastig dat ik dit gesprek had met deze twee vrouwen, en dat ik het zo volkomen eens was met Teri.

Lindsay deed haar mond open om iets te zeggen, sloot hem en opende hem toen weer. 'Ik weet dat oudere vrouwen zoals jij voor ons deuren hebben geopend,' zei ze ten slotte. 'Ik denk dat het voor mij anders zal zijn.'

Teri Jordan was misschien wel een kreng, maar ze was geen idioot. Ze perste haar lippen op elkaar en richtte een ijzige blik op mij. 'Er ligt werk te wachten op je bureau,' zei ze.

Ik stond op, maar wachtte tot ze weg was. Het was niet zo dat ik vond dat ik voor mijn baas op moest komen, maar ik kon die laatste opmerking van Lindsay niet zomaar over mijn kant laten gaan.

'Ik denk niet dat het heel anders is,' zei ik. 'Zelfs na al die tijd weet ik niet of ik kinderen en een carrière zou aankunnen.'

'Nou, ik denk dat ik dat wel kan,' zei ze. 'Als ik het zou willen.'

'Misschien is dat het echte probleem,' zei ik. 'Wat wil *jij* van het leven?'

'Ik wil alles,' zei Lindsay simpelweg, terwijl ze me aankeek met die heldere ogen van haar.

En gelijk heeft ze, dacht ik. Toen ik zo oud was als Lindsay, en dan bedoel ik echt zo oud, had ik vrijwel dezelfde kijk op de toekomst als zij, hetzelfde nevelige beeld van mijn mogelijkheden. Dit gesprek met Lindsay was niet zo onthutsend omdat ze een heel andere kijk op de dingen had dan ik, maar omdat ik het vroeger net zo had gezien.

'Dan zal je het zeker krijgen,' zei ik, en ik klopte op haar hand terwijl ik wegliep. 'Ik ga gewoon één ding tegelijk proberen te bereiken.'

Hoofdstuk 10

Hij belde mij. Toen belde ik hem. Toen belde hij mij weer. Elke keer werd wat begon als een kort praatje een uitgebreid gesprek. Ik nam de telefoon mee onder de dekens in mijn rode tent. Ik fluisterde tegen hem in de voorraadkamer op het werk. Het was alsof ik weer op school zat, toen ik de telefoon had ontdekt en nooit meer wilde ophangen.

Het leek makkelijker om vrijuit met hem te praten als ik alleen met zijn stem te maken had, als de fysieke realiteit van hem en zijn leeftijd niet in beeld was. En als ik zelf ook alleen een stem was, wat op de een of andere manier een echtere, meer tijdloze versie van mij was.

Ik had het prima gevonden om onze hele relatie over de telefoon voort te zetten, maar toen wilde hij me natuurlijk weer zien. Hij stelde een locatie voor, maar ik was bang dat onze prille romance niet nog een avond met droogneukende dansers of iets dergelijks zou overleven. Ik bood aan om voor hem te koken. Die avond bij Lindsay waren mijn kookinstincten wakker geschud, en ik wist dat het proces me in elk geval tot rust zou brengen.

Hij verzekerde me dat het appartement dat hij onderhuurde in Brooklyn een fatsoenlijke keuken en, in zijn ogen, complete verzameling potten en pannen had – hoewel hij nooit iets ingewikkelders dan diepvriesravioli had geprobeerd te maken.

Ik ging op zaterdag rond lunchtijd inkopen doen, zes uur voordat we bij Josh hadden afgesproken. Het leek rustig in de stad. Het ijs was allemaal gesmolten en de temperatuur was iets gestegen. Mijn inwendige klok liep niet meer gelijk met het ritme van de schoolkalender, maar ik realiseerde me dat Presidents' Week voor de deur stond, een tijd waarin we altijd als gezin op vakantie gingen. Maar als we gingen skiën was het altijd zo warm dat de sneeuw in een modderige brij was veranderd, en als we naar het zuiden trokken, was het weer net zo kil als thuis.

Het was niet meer mijn thuis, sprak ik mezelf ferm toe, in elk geval niet op het moment. Maggies buurt in de Lower East Side begon meer als thuis te voelen dan ik me had kunnen voorstellen. Ik had mijn eigen ochtend- en avondritueel ontwikkeld, en kende een aantal winkeliers en mensen in restaurants met wie ik praatjes hield – de lange Albanees die al aan mijn cappuccino met magere melk en zonder kaneel begon voordat ik 's morgens zijn café binnenwandelde, de buffetbediende in delicatessenzaak Katz die precies wist hoe ik het broodje pastrami waarop ik mezelf soms trakteerde wilde hebben, het kleine, altijd drukke vrouwtje van de groentekraam, en de serveerster van het restaurant waar we op oudejaarsavond waren geweest, en die net een rol in een tamponcommercial had gescoord.

Vandaag had ik de kans om mijn jachtgebied te vergroten. Ik ging naar de ouderwetse slagerij die altijd gesloten was tegen de tijd dat ik thuiskwam van kantoor, alsof ze geen handel wilden drijven met werkende vrouwen. Maar vandaag nam de beleefde man achter de toonbank uitgebreid al mijn opties met me door – Josh had me verzekerd dat hij alles zou eten wat ik hem voorzette – en verwijderde toen nauwgezet het vet van de lamsbout die ik met zijn hulp had uitgekozen. Bij de Chinese bakker kocht ik twee gestoomde varkensvleesbroodjes, en een blok verderop, bij de Italiaanse bakker, bezweek ik voor een prachtig brood van griesmeel, dat zo warm en knapperig en geurig was dat ik er een stuk afbrak waar ik op kauwde terwijl ik door de straten wandelde.

De trottoirs waren nat en de zon scheen warm op mijn gezicht. Toen Maggie in Lower East Side ging wonen, zaten er alleen chassidische winkels, die op zaterdag gesloten waren. Daarna, toen crack zijn intrede deed, was de wijk een tijdje zo gevaarlijk dat het doodeng was om op straat te lopen, zelfs overdag. Nu was er een compleet nieuwe generatie van straatvertier: hippe bars en restaurants, een café van een rockster waar honderd soorten thee werden geschonken, een sneakerwinkel waar complete gezinnen uit de voorsteden op afkwamen en waar de duurste artikelen achter slot en grendel in plexiglazen dozen werden bewaard, als kostbare diamanten. Ik slenterde verder, met al mijn aankopen in een rugzak zodat ik mijn handen vrij had om de appels in de fruitkraam te bevoelen, een cappuccino vast te houden en een shirt te kopen dat ik meteen maar aan hield.

Toen ik bij de uitgang van de metro kwam, besloot ik in een opwelling om verder te gaan naar Fourteenth Street en te kijken of ik nog iets kon vinden op de Union Square Greenmarket. Ik vond het geweldig dat deze boerenmarkt in de openlucht het hele jaar door werd gehouden. Als ik mijn ogen sloot, zodat ik de kale bomen en de marktkooplui en het winkelend publiek in hun coltruien en dikke jassen niet meer zag, kon ik me bijna voorstellen dat het lente was. Ik kocht pastinaken en wortels om puree van te maken, appels en perziken voor een taart.

Tegen de tijd dat ik op weg ging naar Josh' huis in Brooklyn zat mijn rugzak vol en droeg ik in elke hand een tas. Ik was zo in het winkelen opgegaan dat ik niet meer had gedacht aan waarom ik het deed en wat deze avond zou brengen. Pas toen ik naar zijn gebouw liep, turend op straatnaamborden en huisnummers, dacht ik eraan om zenuwachtig te worden.

'Jij hebt nog steeds de volledige controle,' had Maggie tegen me gezegd. 'Dit is het aidstijdperk. Mensen hebben geen seks op een eerste afspraakje.'

'Het is ons tweede afspraakje,' corrigeerde ik haar. 'En als je oudejaarsavond en de avond dat ik hem heb laten zitten in het café ook meetelt, is dit afspraakje tweeënhalf. Bovendien is dit ook het tijdperk van *Sex and the City*.'

'O,' zei Maggie. 'Je hebt gelijk. Het is duidelijk de hoogste tijd om hem suf te neuken.'

Had ik in deze woordenwisseling gepleit vóór sufneuken? Daar was ik me niet van bewust geweest. Als ik mezelf zelfs maar toestond om aan neuken met hem te denken, wilde ik het liefst alle boodschappen van me af gooien en 'm smeren (herinnering voor mezelf: zeg niet ''m smeren' als je wilt dat mensen geloven dat je nog geen veertig bent) naar New Jersey.

We gaan alleen eten, vertelde ik mezelf op de maat van mijn voetstappen. Gewoon een lamsbout.

Josh had gezegd dat hij zijn appartement onderhuurde van een muzikant, dus ik had de elegante ruimte die ik achter hem zag toen hij de deur opendeed niet verwacht. Het was meer een loft dan een appartement, bijna net zo groot als die van Maggie, en bijna net zo ongemeubileerd, maar op een andere manier. Alles was strak en modern: een donkergrijze bank met stalen armleuningen voor een enorme flatscreen-tv, een rechthoekige zwarte eettafel met wielen onder de poten, en in de verste hoek een bed zo vlak en uitgestrekt als een weide, met beddengoed dat zacht en wit als sneeuw was.

Ik verplaatste mijn blik snel van het bed naar de lange muur waartegen allerlei opnameapparatuur stond, te midden van, naar ik aannam, Josh' eigen computers en beeldschermen, speakers in alle vier de hoeken aan het plafond, en schappen vol met duizenden platen en cd's.

'Van wat voor muziek hou je?' vroeg Josh. 'We hebben het allemaal.'

'O, ik weet het niet,' zei ik. 'Ik moet de boodschappen ergens neerzetten.'

Ik wilde de muziekvraag absoluut vermijden. Ik kende eigenlijk geen muziek van na de jaren zeventig, of op zijn vroegst de jaren tachtig. Daarna had ik het te druk gekregen met moederen, en toen Diana oud genoeg was geweest om interesse in muziek te krijgen, had ik een walkman voor haar gekocht zodat ik er niet naar hoefde te luisteren. Sting was mijn idee van een nieuwe muzikant. Elvis Costello was extreem modern. Ik hield vooral van de muziek die werd gedraaid op feestjes van de middelbare school en college, voornamelijk Motown.

Josh bracht me naar de kleine roestvrijstalen keuken, die eruitzag als een plek waar een geneesmiddel voor kanker kon worden ontdekt. Hij zag eruit alsof hij zelden werd bevuild door zoiets vulgairs als rauw vlees of pastinaken vol aangekoekt zand. Ik zette de tassen neer en begon mijn rugzak uit te pakken en rond te kijken en na te denken waar de snijplank zou kunnen staan; alles om me maar af te leiden van mijn angst om als een plasje van mijn eigen angstzweet te eindigen.

'Kom,' zei hij terwijl hij met zijn hand langs mijn heup ging. 'Laten we dansen.'

Ik giechelde, misschien meisjesachtig.

'Er is geen muziek,' zei ik.

'We hebben geen muziek nodig.'

Hij trok me tegen zich aan, met één arm om mijn rug terwijl hij met de andere mijn hand tegen zijn hart drukte. Het was de manier waarop mensen dansten op bruiloften, en daar had ik tenminste ervaring mee.

'Toe nou,' fluisterde hij in mijn oor. 'Vertel eens van welke muziek je houdt.'

'Martha & The Vandellas,' zei ik ten slotte. 'Marvin Gaye.'

Het was fijn om in stilte te dansen. Het beviel me om te swingen met zijn armen om me heen en mijn wang tegen het zachte katoen dat zijn omvangrijke schouder bedekte.

'O,' zei hij. 'Oudjes.'

Ik stopte met bewegen.

Hij lachte. 'Wees niet bang,' zei hij. 'De vent van wie ik dit huur, heeft alles. Het staat allemaal op chronologische volgorde.'

Hij liep naar de schappen met cd's en reikte omhoog, waar vast het begin der tijden moest staan – maar niet, tot mijn opluchting, het *allerprilste* begin der tijden. Er gingen nog een paar albums van Billie Holiday en Elvis Presley aan vooraf.

'Ik denk dat je dit wel leuk vindt,' zei Josh terwijl hij een cd pakte. 'Het is een van mijn favorieten.'

Het was Sam Cooke, 'You Send Me'.

Hij hield me nog steviger vast toen we weer begonnen te dansen. Ik voelde iets tegen mijn heup drukken en besefte dat hij het was. Hij werd hard. Ik dacht helemaal niet meer aan de boodschappen.

Helaas was waar ik wel aan dacht nog veel minder romantisch. Ik dacht aan de gastdocent met wie ik op Mount Holyoke had geslapen, de dichter die achter in de veertig was toen ik amper twintig was, aan hoe slap zijn huid voelde vergeleken bij de handvol jongens met wie ik seks had gehad. Hij had op de een of andere manier *afgedragen* aangevoeld, als een oud shirt.

Ik was doodsbang dat Josh dat gevoel ook bij mij zou krijgen, dat hij als ik eenmaal naakt was en bij hem in bed lag, door hoe mijn huid eruitzag of aanvoelde, of door mijn geur, zou doorhebben dat ik ouder – veel ouder – was dan hij dacht.

Hij trok zijn T-shirt uit.

'Eh, dat dacht ik niet,' zei ik.

Hij gaapte me aan.

'Het spijt me,' zei ik. 'Het ligt niet aan jou.'

Zoals de jongens altijd zeiden: het ligt niet aan jou, het ligt aan mij. Maar in dit geval was het waar.

De muziek speelde nog, maar we waren opgehouden met dansen. Ik raakte zijn schouder aan, zo hard, zo stevig. Ik kon me niet bedwingen en bewoog mijn hand eroverheen, over de welving als de rand van een waterval en omlaag over het gladde van zijn biceps. Ik bewoog mijn hand over zijn borst naar zijn tepel, zo hard als een kiezel. Ik kwam dichterbij en kuste hem daar en stak mijn tong uit om te voelen.

Hij kreunde. 'Alice,' zei hij. 'Dit is te erg.'

Ik ging met mijn hand over zijn platte buik, maakte zijn spijkerbroek los en raakte zijn penis aan.

'Het is voor mij ook erg,' zei ik.

Hij greep mijn hand.

'Alsjeblieft,' zei hij.

Ik trok mijn hand los en gebruikte hem om zijn broek tot aan
zijn knieën omlaag te trekken. Hij stapte eruit. Hij droeg geen
ondergoed. Het nummer van Sam Cooke was afgelopen en er
begon iets wat ik niet kende. Ik zakte op mijn knieën en nam zijn
penis in mijn mond. Ik kon me niet herinneren dat ik dit ooit had
willen doen, maar nu wilde ik het. Misschien omdat het een manier was om hem te nemen zonder mijn kleren uit te trekken.

'O, god,' zei hij en hij klauwde zijn vingers in mijn schedel en
kromde zijn rug zodat hij diep in mijn keel kon stoten. 'Ik wil je
zien, Alice.'

Ik stopte en keek naar hem op.

'Laten we het zo doen,' zei ik.

'Toe nou,' zei hij, terwijl hij me overeind trok. 'Alsjeblieft.'

Ik stond op en hij begon mijn nieuwe shirt los te knopen. De
knoopjes gingen maar moeilijk door de stijve knoopsgaten, maar
uiteindelijk trok hij het shirt van mijn schouders en legde hij zijn
handen om mijn borsten, nog in de bh. Daarna maakte hij mijn
broek open en trok hij hem op precies dezelfde manier omlaag
als ik met de zijne had gedaan. Ik droeg zwart katoenen ondergoed, een bikinibroekje, niet nieuw. Hij leek te glimlachen toen
hij het zag, maar toen duwde hij zijn hand erin en ging met zijn
vinger bij me naar binnen. Hij leek zich niet te storen aan het
oerwoud van schaamhaar dat hij daar tegenkwam.

'O,' zei ik.

'Ja,' mompelde hij terwijl hij harder duwde. 'O.'

'O.'

Ik dacht dat ik voor het eerst een orgasme zou krijgen voordat
de daadwerkelijke seks begonnen was.

'Laat me mijn kleren uittrekken,' zei ik.

'Ik doe het wel.'

Ik stond daar als een kind, met mijn armen opzij uitgestoken terwijl hij mijn shirt en broek uittrok, terwijl hij mijn bh losmaakte en mijn slip omlaag trok. Ergens in mijn achterhoofd speelde de herinnering dat ik het eng vond dat hij me zonder kleren zou zien weer op, maar mijn verlangen naar hem overtrof mijn angst.

Het werd meteen duidelijk dat hij ook te opgewonden was om zich van iets anders bewust te zijn dan dat ik naakt voor hem stond en dat we op het punt stonden de liefde te bedrijven. Hij pakte mijn hand en leidde me mee naar de cd-speler, die hij uitzette, en toen naar het grote, witte bed.

Bij het bed trok hij me omlaag, drukte hij zijn mond op allebei mijn borsten en toen tussen mijn benen. Ik had kunnen dansen op het ritme van mijn hartslag. Ik had me echt nog nooit zo gevoeld. Al die jaren in mijn recente geheugen was mijn seksleven met Gary routinematig en niet erg enthousiast geweest, als een lunch met een saaie collega. De maanden in bed vanwege mijn zwangerschappen en daarna de maanden om het verlies te boven te komen, de jaren thuis met een klein kind en later een nieuwsgierige puber – ze hadden allemaal hun tol geëist. En daarvoor, met Gary en met de paar liefjes die ik op college had gehad, had het probleem alleen bij mij gelegen. Ik herinnerde me de opwinding van zoenen, de sensatie van het uitkleden, en dan de teleurstelling als het niet verderging dan een bepaald punt. Wachten tot hij kwam, en het gevoel hebben dat het bij mij nooit zou gebeuren.

Nu werd ik overspoeld door mijn opwinding, zodat ik elk besef van mijzelf en wat we aan het doen waren verloor. Voelde hij zo anders omdat hij geen Gary was of omdat hij jong en sterk was, zo gretig? Wat maakte het uit? Het was fantastisch dat ik me minstens net zo sterk en zelfs nog gretiger voelde. Al dat sporten – ik had meer Krav Maga-lessen gevolgd met Lindsay en ging ook weer naar de sportschool om te rennen op de lopende band en gewichten te heffen – gaf me nu energie, en ik had het gevoel dat ik de hele nacht kon doorgaan. Op een gegeven moment leek het alsof hij kwam, maar dat vertraagde hem nauwelijks. Hij lag op zijn rug met zijn ogen gesloten terwijl ik langzaam over hem heen bewoog, en toen deed hij weer met me mee.

Ik wilde naderhand met iemand praten. Is het voor jou ook zo, wilde ik vragen. Ik dacht aan alle vrouwen die ik had gekend, aan mijn oude vriendinnen in Homewood, Elaine en Lori, aan mijn buren en de moeders van Diana's vriendinnen, zelfs aan Maggie, aan Lindsay, en ik kon me niet voorstellen dat zij hetzelfde gevoel hadden bij seks. Als dat zo was, zouden ze het elke seconde van de dag doen. Ze zouden op straat mannen bespringen – of vrouwen, in Maggies geval – en het doen wanneer ze de kans maar kregen.

Maar misschien had ik alleen dat gevoel omdat het zo lang geleden was. Omdat het, bedacht ik met een lach, wel een eeuwigheid geleden was. Ik was een vierenveertigjarige maagd, dacht ik. Een vierenveertigjarige maagd die het technische deel volledig onder de knie heeft.

'Dat was geweldig,' zei Josh.

Ik keek hem verrast aan. Ik was bijna vergeten dat hij er was.

'Echt?' vroeg ik. 'Voor jou ook?'

'Natuurlijk,' zei hij lachend terwijl hij op zijn zij draaide en zijn vingertoppen licht over mijn bovenlichaam liet lopen. 'Je bent fantastisch.'

'Is dat zo?' vroeg ik.

Hij knikte plechtig. 'Je lijkt echt van de seks te genieten.'

'Dat doet iedereen toch?' vroeg ik, en dat meende ik. Hielden niet alle jonge vrouwen van seks? Want ik dacht dat het waarschijnlijk alleen mijn generatie was die zo moeilijk op gang kon komen. De meiden van nu, met al die tijdschriften, al die boeken, met *Sex and the City*, leken het zoveel makkelijker te hebben.

'Niet zoveel,' zei hij. 'Jij bent anders.'

'Jij bent ook anders,' zei ik.

Hij was natuurlijk anders dan Gary, en anders dan Thad, anders dan al die mannen die binnen hun eigen ego leefden. En hij was ook anders dan de dromerige jonge mannen waar ik op college mee uitging: minder galant en meer geïnteresseerd in mijn leven, minder macho en meer bereid om mij de leiding te laten nemen. Hij had veel weg, realiseerde ik me, van hoe ik altijd wilde dat mannen zouden zijn, in de tijd dat ik nog droomde van de prins op het witte paard. Hij had veel weg van hoe ik dacht dat Gary was, toen ik nog werd verblind door liefde.

Of misschien was Gary toen echt meer zo, toen hij nog in Engeland studeerde en gedichten schreef. Zijn gedichten waren prachtig geweest, en hij had zich er zo serieus mee beziggehouden, met zijn zoektocht naar schoonheid en oprechtheid. Als ik in de begintijd van ons huwelijk thuiskwam, van mijn eerste werkdagen bij Gentility, zat Gary zonder iets te zien en met open mond naar de muur te staren, of stroomden de tranen over zijn wangen, omdat hij zo opging in de gevoelens en de woorden.

'Mag ik je iets vragen?' vroeg Josh.

Hij keek me niet echt aan, zag ik.

'Oké.'

'Hoe oud ben je?'

Ik stopte met ademhalen. Hij wist het. Hij had het geraden. Hij kon het zien aan mijn crêpeachtige huid, mijn buik, mijn bovenbenen.

Ik aarzelde even, probeerde vast te stellen wat ik liever wilde: de waarheid vertellen of dat hij me nog steeds wilde. 'Ik ben ouder dan jij,' zei ik ten slotte.

'Dat dacht ik al,' zei hij.

Ik was opgelucht nu het eruit was. Ik was blij dat hij erover was begonnen, want ik was duidelijk te laf om het zelf te doen. Ik vroeg me af of hij zou wegrennen als hij de volledige waarheid wist. Maar het was beter om het allemaal op te biechten.

'Echt?' vroeg ik. 'Hoe oud ben jij, vijfentwintig?'

'Bingo,' grijnsde hij. 'Hoe wist je dat?'

'Goed gegokt,' zei ik. 'Lindsay is even oud.'

'Ik dacht al dat zij en ik van dezelfde leeftijd waren,' zei Josh. Toen lachte hij, en zijn ogen twinkelden. 'Maar ik schatte Thad op minstens achtenvijftig.'

En toen moest ik vragen: 'Hoe oud denk je dat ik ben?'

Alsjeblieft, dacht ik. Laat hem niet zeggen ouder dan veertig. Hoewel ik vast van plan was hem de waarheid te vertellen.

Hij trok een gezicht en ik hield mijn adem in.

Eindelijk sprak hij. 'Volgens mij ben jij... negenentwintig.'

Hoofdstuk 11

Teri kwam een paar minuten te vroeg op kantoor, met een Starbucks-beker zo groot als een vaas in haar in een zwarte handschoen gestoken hand. Ik zat al een uur te werken aan mijn klassiekersproject, zoals mijn gewoonte was geworden, en schetste ruwe ideeën voor nieuwe omslagen. Meteen toen ik Teri zag, kromde ik mijn arm om mijn schrijfblok, zoals ik ook altijd deed als Bobby Mahony op school bij me probeerde te spieken.

'Wat ben je aan het doen?' vroeg Teri, die ineens stil bleef staan en haar enorme donkere bril – op haar scherpe, kleine gezicht gaf hij haar iets van een alien – naar het puntje van haar gebeeldhouwde neus schoof.

'O,' zei ik. 'Gewoon iets waarmee ik bezig ben.'

'Wat is het?' vroeg Teri met een lachje dat verscheen en verdween, als een lamp met kapotte bedrading.

'Het is nog niet klaar,' zei ik. 'Ik wil het helemaal af hebben voordat ik het aan je laat zien.'

Lindsay had me geadviseerd om mijn idee tot in detail op te schrijven en als memo aan Teri te geven. Op die manier, zo zei Lindsay, moest ze in elk geval erkennen dat het mijn idee was.

'Geef eens een voorproefje,' zei Teri, en ze zette haar tas neer en liep al naar mijn bureau toe.

Wat kon ik doen? Het tegen de meester zeggen? Ik liet haar het schrijfblok zien – ik wilde mijn aantekeningen elke avond mee naar huis kunnen nemen, en bovendien wilde ik mijn plannen niet aan de computer toevertrouwen voordat ik zo ver was om het aan Teri te laten zien – en legde mijn idee in grove lijnen uit. Teri luisterde, met haar blik niet op mij maar op het papier gericht, en knikte terwijl ik praatte. Ik voelde me lichtelijk schuldig, dankzij mijn katholieke opvoeding, dat ik achter haar rug om hieraan werkte, of misschien was ik gewoon bang dat ze kwaad zou worden. Want zo zag ze er wel uit. Maar zo zag ze er bijna altijd uit.

'Ik zie wel mogelijkheden,' zei ze toen ze klaar was met lezen. 'Ik wil dat je dit verder uitwerkt.'

Mijn hart maakte een sprongetje van opluchting en plezier. Ik was eindelijk op de goede weg. Mijn baas vond mijn idee goed en had me groen licht gegeven om het verder te ontwikkelen. Ik zag mezelf het idee al presenteren aan mevrouw Whitney, met Lindsay als secondant, Thad die me steunde, en Teri die naar me keek met de trots van een mentor.

En dat kon ze zeker zijn, nu ik bereid was haar een kans te geven. Misschien waren de problemen tussen ons meer mijn schuld geweest dan ik had willen toegeven. Ik had haar afgehouden, had mijn gedachten niet met haar gedeeld en haar niet gevraagd om me meer te vertellen over marketing. Misschien zat ik gewoon, zoals Maggie had gezegd over mijn houding naar Josh, vastgeroest in oude gewoonten, en had ik Teri's expertise niet serieus genomen omdat ze veel jonger was dan ik. Lindsay zag Teri als iemand van een andere generatie, maar dat deed ik ook, alleen was het in mijn geval een jongere, meer onervaren, minder creatieve en minder gevoelige generatie – de kinderen die de arbeidsmarkt betraden in het dot-com-tijdperk en zichzelf ervoor op de borst klopten, in plaats van de geschiedenis.

Maar zij had ruim tien jaar langer gewerkt dan ik, hielp ik mezelf herinneren. Ze had een graad behaald in marketing, een vak waarvan ik een maand geleden nog niet echt had gehoord, en zij was erin geslaagd om een carrière aan de top te combineren met een huis vol kinderen, iets wat mij niet was gelukt. Zeker, ze was hard, maar je moest wel hard zijn om zoveel te bereiken als zij. Teri Jordan verdiende mijn respect, en ik nam me voor om beter werk te leveren en mijn houding te verbeteren.

Het grootste deel van de dag werkte ik vol goede moed het 'postvak in' op mijn bureau, dat Teri bleef aanvullen met projecten, weg. Die dag deed ik drie keer zo goed mijn best, en slaagde ik erin het laatste afgeronde stuk op Teri's bureau te leggen op het moment dat ze wilde vertrekken voor een vergadering met mevrouw Whitney.

'Kan ik nog iets voor je doen?' vroeg ik aan haar. 'Want anders wil ik wat tijd besteden aan het klassiekersproject.'

'Goed idee,' zei Teri, en ze liep vol efficiënte bedrijvigheid haar kantoor uit.

Dit was geweldig. Nu kon ik onder werktijd aan mijn project werken en hoefde ik het niet te doen voordat Teri 's morgens op kantoor kwam of als ik 's avonds bij Maggie was. Ik kon er openlijk aan werken, zonder stiekem gedoe en verstoppertje spelen. Die nieuwe openheid gaf me extra energie, waardoor ik mijn lijst met titels en mogelijke auteurs voor de inleidingen af had voordat Teri terug was van de vergadering. Ik printte hem uit en legde hem op haar bureau op de stapel met papieren die ze altijd mee naar huis nam om 's avonds te lezen.

Toen zag ik het: de memo die Teri had geschreven om die middag mee te nemen naar de vergadering. Ze vroeg me gewoonlijk altijd om haar memo's op spelling te controleren en te kopiëren, en het was wel even in me opgekomen dat het vreemd was dat ze dat vandaag niet had gedaan, maar ik had mijn wantrouwen opzijgezet. Misschien had ze besloten om geen memo te schrijven, of misschien had ze gezien hoe hard ik zat te werken en besloten me niet lastig te vallen met een klusje van niets.

Maar nu zag ik de ware reden waarom Teri me niet had gevraagd om naar de memo te kijken. Daar stond het, in de kop boven de allereerste paragraaf: NIEUWE RICHTING VOOR KLASSIEKERSLIJN. En daaronder stond een beschrijving van mijn idee, als het werk van Teri alleen, zelfs inclusief de ideeën voor de omslagen waaraan ik vanmorgen had zitten werken toen ze binnenkwam.

'Wat doe je in mijn kantoor?'

Het was Teri, terug van de vergadering. Ik stond daar met de memo in mijn hand. Ondanks mezelf voelde ik dat ik een kleur kreeg.

'Ik wilde iets op je bureau leggen,' zei ik, en ik voelde dat mijn gezicht nog meer begon te gloeien. 'Maar toen zag ik dit.'

'Ik wil niet hebben dat je tussen mijn papieren snuffelt.' Teri keek me niet aan. In plaats daarvan liep ze snel om haar bureau heen en legde ze alles op een stapel.

'Ik kan niet geloven dat je mijn idee hebt gepresenteerd terwijl ik heb gezegd dat het nog niet klaar was,' zei ik. 'En je hebt mijn naam niet eens genoemd.'

'Ik heb heel duidelijk gezegd dat ik op deze afdeling de enige ben die met ideeën komt,' zei ze.

'Maar dat is niet zo!' riep ik, vergetend wat ik wel of niet zou moeten zeggen. 'Ik bedoel, dit was helemaal mijn idee, en ik vind dat ik daar op zijn minst een beetje waardering voor moet krijgen.'

'Zo werkt het niet,' zei Teri.

'Maar zo zou het wel moeten werken,' vertelde ik haar.

'Luister,' zei ze, en ze keek me eindelijk aan. 'Ik heb dit allemaal duidelijk gemaakt tijdens het sollicitatiegesprek. Ik heb hierover al een aanvaring met je gehad op je eerste werkdag. Ik begin te denken dat je misschien niet op je plek zit in deze baan.'

Ik deed mijn mond open om iets te zeggen, en toen stond ik daar gewoon, met woorden die in mijn keel bleven steken. Hoe waren we zo razendsnel op dit punt beland? Ging ze me ontslaan? Ik was bang dat ze ja zou zeggen als ik het haar vroeg. En dan zou het voorbij zijn. Maar ik zou haar niet zo makkelijk van me af laten komen. Dat stond ik mezelf niet toe.

'Ik zit op mijn plek in deze baan,' zei ik ten slotte.

'Mooi,' zei ze terwijl ze haar spullen weer begon te pakken. 'Als we elkaar maar goed begrijpen.'

'We begrijpen elkaar.'

Ik begrijp, dacht ik bij mezelf, dat jij een zelfverheerlijkende controlfreak bent. Maar ik laat me door jou niet op mijn kop zitten.

'Mooi,' zei Teri weer. 'Dan zou het je duidelijk moeten zijn dat het een compliment is dat ik deze ideeën meeneem in een vergadering met mevrouw Whitney.'

Teri pakte haar jas van de kapstok en schudde hem aan, en toen zette ze haar zonnebril op, ook al was het buiten al bijna donker. 'Nu ik weet dat je zoveel uitstekende ideeën kunt uitwerken,' zei ze, 'verwacht ik niets minder van je.'

'Juist.'

'Ik heb al een vergadering met mevrouw Whitney ingepland voor donderdag, om het complete idee te presenteren, dus zorg dat je dan een memo klaar hebt.'

'Donderdag?' piepte ik.

Ze klopte zo enthousiast op mijn arm dat ik bang was dat het een blauwe plek zou worden. 'Ik heb alle vertrouwen in je,' zei ze. 'Denk eraan, wij zijn een team.'

'Natuurlijk, Teri,' zei ik tegen haar weglopende rug, terwijl ik me afvroeg of het mogelijk was iemand aan te klagen voor spirituele mishandeling. Was er een manier om mijn baan te houden en tegelijk te voorkomen dat ze me leegzoog?

'Vertel haar gewoon je ideeën niet,' zei Maggie.

Ze werkte aan een nieuw beeld, maar nu verstopte ze geen koeienhart in een blok cement, maar een eendenhart in een bol van papier-maché. Ze had het eendenhart in een condoom gestopt – dat had een sterkere symboliek, zo stelde ze, dan een ballon, ook al zou niemand ooit weten dat het hart of condoom er waren – het condoom opgeblazen en er toen lagen papier-maché op geplakt tot ze een enorme bol had.

'Ik moet haar mijn ideeën vertellen,' zei ik mistroostig. 'Ze heeft voor donderdag al een vergadering met mevrouw Whitney belegd om het complete idee te presenteren.' Ik schudde mijn hoofd. 'Ik had nooit gedacht dat ik zou terugverlangen naar de tijd dat ze niets meer van me verwachtte dan een goede kop koffie.'

'Sta erop dat je mag deelnemen aan de vergadering,' zei Maggie.

'En dan waar iedereen bij is roepen dat het idee eigenlijk van mij is?' Ik schudde mijn hoofd. 'Dan wordt Teri woest.'

'En als je een paar ideeën weglaat uit het voorstel?' zei Maggie. 'Ik bedoel een paar van de beste ideeën. En dan kan je op de vergadering doen alsof ze je ter plekke te binnen schieten.'

Ze deed een stap naar achteren en hield haar hoofd schuin om de bal te bekijken. 'Vind je het erg dat je weet dat er veel lucht om het eendenhart heen zit?'

Ik keek haar aan met een blik die bij haar vraag paste. 'Ik vind het erg dat ik weet dat er een eendenhart in zit. Punt,' zei ik. 'Al het andere doet er niet eens toe.'

'Ik ben bang dat het erin gaat rammelen,' zei ze.

Ik dacht niet dat een echt – in dit geval een echt dood – hart kon rammelen, maar ik had geen zin om op die hypothese in te gaan, dus ik wees haar erop dat het me onwaarschijnlijk leek dat iemand met een bol zo groot als een Volkswagen zou gaan schudden om erachter te komen.

Ik wilde dat ik me genoeg kon concentreren om na te denken over problemen als de geluiden die gedroogde eendenharten konden voortbrengen, maar ik werd te veel in beslag genomen door mijn zorgen om Teri en de aanstaande vergadering. Ik was bang dat ik niet genoeg lef zou hebben om mijn ideeën in het openbaar te presenteren terwijl Teri al boos op me was.

'Ze zal je echt niet aanvallen waar iedereen bij is,' stelde Maggie. 'Het belangrijkste is dat jij waardering krijgt voor je geweldige ideeën. Zorg ervoor dat je vriendinnetje, de redacteur, bij de vergadering is, en haar machtige vriendje ook. Op die manier heb je genoeg munitie aan jouw kant als Teri later probeert terug te vechten.'

Ik wist dat Maggie gelijk had. Als ik wilde slagen, moest ik mijn angsten overwinnen en Teri een koekje van eigen deeg geven. Ik moest gewoon de moed hebben om me eindelijk als een volwassene te gedragen.

Maggie deed een paar stappen naar achteren en stapte toen weer naar voren om een luchtbel in haar papier-maché glad te strijken.

'Had ik het al verteld?' vroeg ze. 'De Vietnamese adoptiemensen komen bij me kijken.'

'Komen ze hier?' riep ik uit. Maggie hoopte nog steeds dat ze zwanger was, maar ze ging ook verder met de adoptieaanvraag, voor het geval dat. 'Wanneer?'

'Deze week een keer,' zei ze terwijl ze een nieuw vel nat krantenpapier aanbracht. 'Ze houden het expres vaag.'

'Wat?' zei ik terwijl ik met een verwilderde blik de kamer rondkeek. Ik kon niet begrijpen hoe een ruimte met zo weinig meubels er zo rommelig uit kon zien. 'Dan moeten we hier opruimen!'

Maggie schudde haar hoofd met een weloverwogen onverschilligheid.

'Niks aan de hand,' zei ze. 'Ze willen gewoon zien hoe ik leef. Ik heb niets te verbergen.'

'Maar ze willen kijken of dit een goede plek is om een kind groot te brengen,' vertelde ik haar. 'We moeten op zijn minst een beetje opruimen, al die lijm wegdoen, misschien een kleed neerleggen.'

Maggie stopte met werken en bleef staan met haar plakkerige handen in de lucht, alsof ze een chirurg was.

'Ik ben echt niet van plan om een toneelstukje op te voeren,' zei ze. 'Ik ben kunstenaar, en mijn kind zal opgroeien in een creatieve omgeving.'

'Natuurlijk,' zei ik. 'Maar...'

'Ik wil geen baby krijgen onder valse voorwendselen,' zei ze.

'Juist,' zei ik. Ik had het gevoel dat een grote nepper als ik niet het recht had om Maggie aan te spreken op haar oprechtheid. 'Natuurlijk.'

Ze stond nog steeds met haar handen in de lucht. 'Shit,' zei ze. 'Ik moet naar de wc. Ik moet eigenlijk rubberen handschoenen aantrekken, maar ik vind het gevoel van lijm op mijn handen zo heerlijk.'

Ik hoorde het water spetteren in de badkamer toen ze haastig haar handen waste zodat ze naar de wc kon, en ik stak nieuwsgierig mijn hand uit naar de lijm, die raar koud aanvoelde, alsof hij van ergens diep uit de aarde kwam. Ineens wenste ik met een scherpere steek dan ik ooit had verwacht dat ik ook iets creatiefs was gaan doen, iets waar ik zelf de volledige controle over had, iets wat niemand me hoefde te geven en wat niemand van me kon afnemen. Ik dacht aan de afgekapte roman waar ik nooit meer naar had omgekeken nadat ik hem op zolder had opgeborgen. Het kwam me nu voor dat ik, zoals met zoveel dingen in mijn leven, te snel had opgegeven omdat ik doodsbang was geweest om te falen. Dat mocht ik niet meer laten gebeuren.

'Shit,' hoorde ik vanuit de badkamer. 'Shit shit fuck fuck.'

De badkamerdeur vloog open en daar stond Maggie, met een gezicht alsof ze in huilen kon uitbarsten, iets wat ik haar sinds groep drie niet meer had zien doen.

'Ik ben ongesteld,' zei ze.

'O, god,' zei ik. Ik vond het vreselijk voor haar. Ze was er zeker van geweest dat de inseminatie had gewerkt. 'Wat erg.'

'Dan is het maar goed dat die adoptiemensen komen, hè?' Ze veegde het begin van een traan weg uit haar ooghoek.

'Ja,' zei ik. 'Het is fijn dat je de andere optie al in gang hebt gezet.'

En toen dacht ik aan wat ik eerder had willen zeggen, maar had ingeslikt omdat Maggie zo stellig had gezegd dat ze niets aan haar loft wilde veranderen om indruk te maken op het adoptiebureau. Ik zou niet met mezelf kunnen leven als ik dacht dat het feit dat ik hier logeerde de reden was dat Maggie geen moeder zou worden.

'Weet je, misschien is het beter als ik er niet ben als de adoptiemensen komen,' zei ik voorzichtig. 'Ik kan mijn spullen in de tent zetten en een paar dagen ergens anders slapen. Ik bedoel, als ze denken dat hier nog iemand woont, kan dat jou misschien problemen opleveren.'

Maggie gaapte me aan. 'Maar dan zou ik liegen,' zei ze na een tijdje.

'Niet liegen,' vertelde ik haar. 'Wat niet weet, wat niet deert.'

Ze staarde me nog even aan. 'Dat wil ik niet,' zei ze ten slotte. 'Ik ga ze juist vertellen dat jij hier woont. Je bent mijn beste vriendin. Je bent moeder. Hoe kan dat nou slecht zijn?'

Ik kon wel honderd redenen bedenken, maar voordat ik de kans kreeg om ze op te sommen, liep Maggie de badkamer in en sloeg ze de deur achter zich dicht.

Hoofdstuk 12

Ik bood aan om die avond thuis bij Maggie te blijven, maar ze stuurde me weg met de woorden dat ze het feit dat ze ongesteld was geworden echt wel alleen kon verwerken, en dat ze bovendien alleen wilde zijn met haar eendenhart. Ik was met liefde gebleven om Maggie te troosten, maar had ook veel zin om Josh weer te zien.

We waren die week een paar keer uit geweest, maar vanavond zou hij voor me koken. Ik verwachtte iets als braadworst en friet uit de diepvries, of een stevige pan chili – dingen die Gary maakte tijdens de zeldzame keren dat hij kookte. En aangezien ik de vorige keer, na al mijn inkopen, er niet aan toe was gekomen om uitgebreid voor Josh te koken, lag de lat ook niet erg hoog voor hem.

Daarom was ik verrast en onder de indruk toen hij bezig bleek te zijn met een fijnproeversmaaltijd. De roestvrijstalen werkbladen in de keuken lagen vol groenten en exotische kruiden, en op het fornuis stond iets te pruttelen wat heerlijk rook.

'Ik wist niet dat je kon koken,' zei ik voordat ik hem op zijn mondhoek kuste. Hij had duidelijk voorgeproefd; hij smaakte heerlijk.

'Dat kan ik ook niet,' zei hij. 'Ik heb mijn moeder vandaag wel tien keer gebeld.'

Zijn moeder. Ik was vergeten dat er mensen waren die moeders hadden – ik bedoel, mensen met wie ik naar bed ging. Ik kon alleen maar hopen dat ze ouder was dan ik.

'En wat eten we?' vroeg ik.

'Een of andere salade. Even kijken, garnalen met knoflook en groenten. En een soort paddenstoelenrisotto – dat is mijn moeders specialiteit.'

Dat was ook een van mijn specialiteiten.

'Zullen we alvast een cocktail nemen?' vroeg ik.

'Ik heb iets beters,' zei hij, en hij stak zijn vingers in de lucht en maakte een zuigend geluid. 'Een beetje...'

Ik had geen idee waar hij het over had, en mijn verwarring moest van mijn gezicht af te lezen zijn geweest.

'Ik heb een paar blunts,' zei hij. 'Je weet wel, batse.'

En toen ik nog steeds verbijsterd keek: 'Pot.'

'Ooooh,' zei ik toen het me begon te dagen. 'Ik dacht het niet.'

Ik had natuurlijk wel marihuana gerookt. Rond de laatste keer dat ik een date had – vijfentwintig jaar geleden.

'O, toe nou,' zei hij. 'Al is het maar omdat mijn eten dan lekkerder smaakt.'

Nu werd ik echt nerveus. Ik had aangename herinneringen aan mijn paar ervaringen met marihuana, maar ik had Diana zo vaak gewaarschuwd voor de gevaren dat ik er zelf in was gaan geloven. Je longen kunnen beschadigen. Je kunt niet meer helder denken. En het kan tot zwaardere drugs leiden. Aan het einde van de avond zat ik waarschijnlijk onder de Williamsburgbrug om mijn lichaam te verkopen voor wat crack.

Maar waar ik echt bang voor was, was wat ik onder invloed van drugs allemaal tegen Josh zou kunnen zeggen. Mijn vage herinneringen aan mijn drugsgebruik omvatten veel grof taalgebruik en onbedaarlijke lachbuien. Wie wist wat ik zou opbiechten als ik verlost was van al mijn remmingen?

Ik wilde net voorstellen om een lekkere martini te mixen toen Josh de joint aanstak. Hij inhaleerde diep en hield hem mij toen voor.

Misschien was mijn angst om een heroïnehoer te worden minder groot dan mijn angst dat Josh me niet cool zou vinden. Ik pakte de joint aan en nam een klein trekje, waarbij ik probeerde niet te inhaleren. Josh schonk me intussen een glas witte wijn in en ik ging op een kruk naast het aanrecht zitten, waar ik van de wijn nipte terwijl hij in de risotto roerde. Intussen gaven we de joint in een gemoedelijke stilte over en weer.

Toen stelde Josh voor om muziek op te zetten. Hij zei dat hij me een paar dingen wilde laten horen om mijn smaak voor Marvin Gaye wat verder uit te breiden.

Ik keek sceptisch. 'Niet van die rock die ze laatst in die club speelden,' zei ik. 'Want als het dat is...'

'Dat is het niet,' zei hij. 'Hou je van rap?'

'Ehhh, ik dacht het niet.' Van een hele berg pot zou ik nog niet zo cool worden.

'Maar als je Marvin goed vindt,' zei hij, 'en Aretha, dan moet je hier echt eens naar luisteren.'

Hij zette iets aan wat een beetje rap was met een heleboel soul. 'Ik ben verloren...' zong een vrouw, en ik dacht: Sister, ik snap precies wat je bedoelt.

We vreeën. Als Gary en ik pot hadden gerookt, dacht ik, was ons seksleven misschien beter geweest. Maar toen dacht ik, welnee.

Ik was vooral verrukt over Josh' speelsheid; ik voelde me een kind, niet eens meer een jonge vrouw. Tijdens het kussen, het aanraken, de meest intense passie, zei hij ineens iets grappigs waarvan ik zo hard moest lachen dat we moesten stoppen met wat we aan het doen waren, zodat ik op mijn rug liggend giechelend kon bijkomen. De ontlading was intenser dan welk orgasme dan ook. We leken nog meer te lachen dan elkaar aan te raken.

De risotto brandde aan, dus we besloten onze plannen voor een uitgebreide maaltijd van tafel te vegen en in bed te eten. Josh zette de pan met de garnalen en de slakom gewoon op de lakens en gaf me een vork, en stelde voor dat we aanvielen. Het was heerlijk, het lekkerste wat ik ooit had gegeten, leek het wel. Als dessert had hij ijscoupes gepland, maar uiteindelijk voerden we elkaar ijs en karamelsaus rechtstreeks uit de verpakkingen, en daarna spoten we slagroom in elkaars mond.

'Laten we een spelletje doen,' zei hij toen we uitgegeten waren.

'Goed.' Ik rekte me uit. 'Scrabble?'

Hij keek me aan alsof ik had voorgesteld om een potje golf te spelen op het bed.

'Ik had een elektronisch spel in gedachten,' zei hij. 'Ken je Doom?'

En of ik Doom kende.

'Niet echt.'

'Final Fantasy?'

'Nee.'

'Ik weet iets. Ik zal je het spel leren waaraan ik werk. Mijn eigen ontwerp.'

'Dat lijkt me leuk,' zei ik. 'Maar ik speel eigenlijk nooit computerspellen.'

Ik denk niet dat hij helemaal begreep wat ik met nooit bedoelde, want hij gaf me de controllers, vertelde kort wat ik moest doen, en leek te denken dat ik het toen wel begreep. Maar mijn zielige mannetje werd elke keer weer direct overhoopgeschoten door de ruimtekanonnen van de aliens voordat hij ook maar een poging had kunnen ondernemen om weg te komen.

'Ik weet dat je geen broers hebt,' zei Josh, 'maar ken je helemaal geen jongens? Heb je geen vriendjes gehad die je hebben geleerd hoe je moet spelen?'

'Nee,' zei ik, terwijl ik weer een poging deed om het mannetje over de rots te laten springen, maar er niet in slaagde. 'Ik heb dit nog nooit gedaan.'

Josh schudde zijn hoofd en pakte de controller terug. 'Je drukt op X met je linkerhand en op de pijl naar rechts met je rechterhand, kijk zo,' zei hij. Het mannetje sprong moeiteloos de lucht in en landde op een ander rotsblok.

'Oké,' zei ik toen ik de controller weer overnam. 'Nu snap ik het.'

Het mannetje knalde met zijn kop tegen de rots en het was meteen game-over voor hem.

'Zo is het genoeg!' riep Josh, en hij griste de controller uit mijn hand. 'Jij mag niet meer spelen!'

Lachend probeerde ik het ding af te pakken.

'O, nee,' zei hij terwijl hij het buiten mijn bereik hield. Toen ik me ernaar uitrekte, schoof hij het over de vloer en legde hij zijn handen om mijn polsen en trok me naar de grond. Ik stootte mijn knie omhoog – een Krav Maga-beweging – en wist hem op zijn zij te krijgen, maar hij herstelde zich snel en rolde me weer op mijn rug tot hij zwaar ademend boven op me zat.

'Wat heb jij al die jaren gedaan?' vroeg hij.

Het klonk plagend, maar ik was ineens op mijn hoede. Ik wilde Josh de waarheid vertellen. En ik had besloten dat ik, omdat het niet kon, beter helemaal niets kon zeggen.

'Je weet wel,' zei ik op een luchtige, plagende toon.

'Nee, ik weet het niet,' zei hij ernstig. 'Ik weet dat je op Mount Holyoke hebt gezeten. Ik weet dat je hebt gereisd. Maar ik weet niet hoe lang, of waar je bent geweest, of wat je hebt gedaan. En als je nu negenentwintig bent, blijven er heel wat onduidelijke jaren over.'

'Wat wil je weten?'

'Nou, hoe kom je aan die naam? Alice klinkt zo... oud.'

'Ik ben vernoemd naar mijn oma,' zei ik, opgelucht dat hij een vraag had gesteld waardoor ik iets over mezelf kon onthullen en eerlijk kon antwoorden. 'Ze was Italiaans – Alicea.'

'Alicea. Dat is een mooie naam. Misschien moet ik je zo noemen. Of Ali. Je bent meer een Ali.'

Ik trok een gezicht, omdat ik moest denken aan die vreselijke vent van het restaurant. 'Ik heb liever dat je me Alice noemt.'

'Waar heb je gewerkt voordat je bij die uitgeverij kwam?' vroeg Josh. Hij legde zijn controller neer en keek me ineens ernstig aan.

'Ik heb niet echt gewerkt,' vertelde ik hem. 'Ik heb een beetje geprobeerd te schrijven, maar dat werd niks.'

'Maar wat heb je dan gedaan?' vroeg hij. 'Hoe kon je jezelf onderhouden?'

'Dat hoefde ik niet zelf te doen. Ik kreeg geld van mijn... familie.'

'Van je moeder.'

'Mijn moeder heeft mijn studie betaald,' zei ik naar waarheid. 'Maar daarna had ik ander geld van de familie.' Namelijk Gary's geld.

'Ik wil je familie graag ontmoeten,' zei hij.

Ik lachte tot ik besefte dat hij het meende.

'Maar ik heb al verteld dat mijn vader is overleden toen ik een kind was, en mijn moeder afgelopen zomer. Ik ben nu eigenlijk alleen.'

'En Maggie dan?' vroeg hij. 'Je zegt altijd dat Maggie als familie voor je is. Waarom kan ik haar niet ontmoeten?'

Maggie had laten weten dat zij ook wel nieuwsgierig was naar Josh, maar ik was bang dat een ontmoeting meer vragen zou opwerpen dan beantwoorden. Josh zou zich afvragen hoe ik bevriend had kunnen raken met iemand die 'zo oud' was, en Maggie zou veel te veel materiaal krijgen voor de toyboy-grapjes waarmee ze me al steeds plaagde.

'Het lijkt me gewoon geen goed idee,' zei ik.

'Schaam je je voor me?' vroeg Josh.

Schamen? Hoe kon hij dat nou denken? Ik wilde met hem pronken bij iedereen die ik in mijn hele leven had gekend. In theorie, natuurlijk.

'Natuurlijk niet,' stelde ik hem gerust.

Ik stond op en liep door de kamer naar de koelkast. Ik had ineens behoefte aan een biertje. En misschien zou het aanzicht van mijn naakte lichaam hem afleiden.

'Vanwaar al die vragen?'

'Mijn ouders wilden het weten,' zei hij. Ik hoorde hem trillerig inademen. 'Ze willen je ontmoeten.'

'Nee!' gilde ik, terwijl ik het bier tegen mijn borst drukte.

'Jezus, wat is het probleem? Ze komen naar de stad en ze willen me mee uit eten nemen, en ze vroegen zich af of jij zin had om te komen. Het stelt niets voor.'

'Mooi,' zei ik. 'Ik ben blij dat het niets voorstelt. Want ik wil niet.'

'Waarom niet? Mijn ouders zijn hartstikke aardig.'

Dat geloofde ik wel. Hij had me al verteld dat ze in Fairfield, Connecticut woonden, dat zijn vader als officier van justitie voor de staat werkte en dat zijn moeder als kleuterleidster werkte sinds Josh en zijn zussen op de middelbare school zaten. Ze hadden een oud huis – vast net zoiets als mijn huis in Homewood – en zijn moeder tuinierde graag. Ik wist zeker dat zij en ik veel met elkaar gemeen zouden hebben, veel meer dan Josh had kunnen bedenken.

'Hoor eens,' zei ik tegen hem. 'Ik vind je heel aardig. Ik ben graag bij je. Maar ik dacht dat we allebei geen interesse hadden in een relatie. Je verhuist naar Tokio, Josh. We wisten vanaf het begin al dat dit maar tijdelijk zou zijn.'

'Maar waarom stel je overal limieten voor? Zelfs als we gewoon aan het praten zijn, heb ik soms het idee dat je een limiet hebt voor hoeveel je me vertelt – alsof je bang bent dat je te veel verklapt.'

Daar was hij, de persoon voor wie ik al de hele tijd bang was, de MBA van Harvard die verstopt zat in een gamer. 'Toen ik je ontmoette, vertelde je dat je niet wilde trouwen,' hielp ik hem herinneren. 'Dat je met niets of niemand iets serieus wilde beginnen. Dat is de enige reden waarom ik met je uit wilde.'

Josh keek me aan alsof hij me voor de allereerste keer zag. 'Was dat de enige reden?'

Ik pakte zijn hand en werd wat milder. 'Nee, natuurlijk niet. Natuurlijk was dat niet de enige reden. Ik mag je heel erg graag, Josh.'

Als ik me vorige week acht- of negenentwintig had gevoeld, voelde ik me nu veertien.

Hij ademde uit door zijn neus en leek even kwetsbaar als een klein jongetje – niet erg opwindend, moet ik erbij zeggen. Maar ik had hem hiertoe gebracht.

'Juist *omdat* ik je zo graag mag wil ik zeker weten dat we het met elkaar eens zijn over hoe ver deze relatie mag gaan,' probeerde ik uit te leggen. 'Ik wil op dit moment geen serieuze relatie. Ik wil de vrijheid hebben om energie in mijn werk te steken, om mezelf op de eerste plaats te zetten. Dat heb ik heel lang niet gedaan.'

Josh keek me nieuwsgierig aan. 'Waarom niet?'

Ik schudde mijn hoofd alsof ik die opmerking uit ons gezamenlijke geheugen wilde wissen. 'Dit gaat ook om jou, Josh,' bracht ik hem in herinnering. 'Jij hebt het roer volledig omgegooid, hebt veel moeten doorstaan om alle banden te verbreken, zodat je naar Tokio kon gaan om alles over games te leren. Dat moet jouw prioriteit zijn.'

'Maar volgens mij word ik verl–'

'Stop!' schreeuwde ik. 'Niet zeggen.'

'Waarom niet? Waarom mag ik het niet zeggen? Het is wat ik voel.'

'Omdat ik het eng vind,' zei ik tegen hem. De waarheid.

'Omdat ik dan het liefst wil wegrennen.' De waarheid.

En omdat ik alleen als hij het niet hardop zei kon genieten van het feit dat hij het voelde, en ik het dan zelf ook kon voelen.

Hoofdstuk 13

Op donderdagochtend zat ik aan mijn bureau en tuurde ik elke paar minuten langs de wand van mijn werkplek om te zien of Teri haar kantoor was binnengeglipt zonder dat ik het had gezien. Ondanks Maggies geruststellingen probeerde ik 's morgens nog vroeger dan gewoonlijk bij haar weg te gaan, zodat ik de adoptiemensen niet tegen het lijf zou lopen. Ik gebruikte de extra tijd om te werken aan mijn voorstel, dat letterlijk onder mijn handen lag, waarvoor ik Teri's goedkeuring wilde. Ik had erop gerekend dat ik voor de vergadering tijd zou hebben voor correcties – niet dat Teri er iets aan kon veranderen of toevoegen. Ze ging simpelweg akkoord met mijn werk en zette haar naam erop. Maar nu, op de dag van ons grote voorstel, was ze maar liefst twintig minuten te laat.

De telefoon op mijn bureau trilde en ik sprong van schrik van mijn stoel. Ik was opgelucht, en vervolgens geschrokken, toen ik Teri's stem hoorde.

'Mijn kinderen hebben griep,' zei Teri. 'Alle drie.'

'Kan de babysitter niet bij ze blijven?' zei ik. 'In elk geval tot de vergadering voorbij is.'

'De babysitter heeft het ook.'

'De babysitter voor noodgevallen?' zei ik snel.

In een van haar preken over werkende moeders had Teri me verteld dat het van levensbelang was om niet alleen een betrouwbare hulp voor de kinderopvang te hebben, maar ook personen op wie je in noodgevallen altijd kon rekenen, 'net zoals ziekenhuizen noodaggregaten hebben voor het geval van stroomuitval of een aardbeving.'

'Die is met de pizzabezorger naar Montana verhuisd,' zei Teri. 'Maar daar gaat het niet om. Het gaat erom dat ik niet naar kantoor kom.'

'Maar de vergadering...' zei ik.

'Die moeten we verzetten. Of uitstellen.'

'Oké,' zei ik zenuwachtig. 'Wat moet ik mevrouw Whitney vertellen?'

'Zeg maar... shit,' zei Teri. 'Dit is een probleem, geen oplossing. Ze zal het niet leuk vinden.'

'Nee, dat denk ik niet,' zei ik instemmend.

Ik voelde mijn verstand overgaan op de probleemoplossende modus die ik in mijn jaren als huisvrouw en moeder had geperfectioneerd. De oven kapot, én het eten aangebrand, én een boekbespreking die morgenochtend af moet zijn? Hoe uitdagend de combinatie van problemen ook was geweest, ik had altijd een stuk of tien oplossingen kunnen bedenken.

Het lastige nu was echter dat ik niet zeker wist wat het probleem was. Hoe we de vergadering konden uitstellen zonder mevrouw Whitney tegen de haren in te strijken? Hoe we kinderopvang konden regelen zodat Teri naar de vergadering kon komen? Of hoe we de vergadering zonder Teri konden laten doorgaan? En dat, begon me te dagen, kon betekenen dat ik helemaal geen probleem had.

'Ik kan onder vier ogen met mevrouw Whitneys assistent praten – misschien heeft mevrouw Whitney niet eens aan de vergadering gedacht en merkt ze het niet als we hem verzetten,' zei ik.

'Mevrouw Whitney zei gisteren nog dat ze erg benieuwd was naar mijn plan,' zei Teri.

Mijn plan, zei ze, niet ons plan of zelfs *jouw* plan. Ze kan de pot op, dacht ik. Dat zij er niet was, was het beste dat me kon overkomen. Ik zou naar de vergadering gaan, de presentatie houden en vertellen dat het helemaal mijn idee was, zonder haar boze blikken te hoeven trotseren.

Maar zodra die gedachten in me opkwamen, kreeg ik een steek van schuldgevoel in mijn hart. Het was niet Teri's schuld dat haar kinderen ziek waren geworden, dat haar babysitter was uitgeschakeld. In feite kwam ze voor het eerst over als onvolmaakt, sympathiek – menselijk.

'Ik weet iets,' zei ik.

Wilde ik echt gaan zeggen wat ik in gedachten had? Dat had ze niet verdiend. Aan de andere kant was het de beste oplossing, iets wat ik, als ik ooit een positie als die van Teri wist te bereiken, van mijn assistente zou verwachten.

'Ik kan de trein nemen,' zei ik. 'Ik kan voor de kinderen zorgen. Ik zal de memo meenemen, zodat je die in de trein naar kantoor kan doornemen, en dan kan je zelf naar de vergadering.'

'Onmogelijk,' zei Teri, zonder ook maar een moment over het aanbod na te denken. 'Jij kunt onmogelijk voor drie zieke kinderen zorgen.'

'Ik vind het echt niet erg,' zei ik. 'Ik heb vaker opgepast, heel vaak. Ik heb voor een meisje gezorgd met buikgriep, longontsteking, waterpokken...'

Een optocht van Diana's zieke gezichten, zwak en zielig, paradeerde door mijn gedachten.

'Ik weet niet wat voor moeder haar zieke kind bij een jonge babysitter achterlaat,' zei Teri. 'Er komt niets van in; je zou niet weten wat je moest doen. Ik heb er minder problemen mee om jou de vergadering te laten overnemen.'

'Echt,' probeerde ik opnieuw. 'Ik verzeker je dat...'

'Mijn besluit staat vast,' zei Teri. 'Jij doet de vergadering en rept niet over mijn afwezigheid. Zeg maar tegen mevrouw Whitney dat ik het project aan jou heb overgedragen. Als het dan misgaat, is het niet mijn schuld.'

'Maar dan moet ik je vertellen...' zei ik. 'Je hebt nog niet eens...'

In de verte klonken braakgeluiden, daarna een bloedstollende kreet, gevolgd door een gehaast 'O god' van Teri.

'Mail me het voorstel,' beet Teri me toe. 'Als ik iets anders wil, laat ik het je weten. Zorg er alleen voor dat mijn naam boven aan het rapport staat.'

En toen hing ze op.

Mijn handen waren glibberig van het zweet. Ik had krampen in mijn buik. Ik moest mezelf dwingen om langzaam en diep in te ademen, en daarna bewust weer uit te ademen. Ik was zo zenuwachtig terwijl ik wachtte tot het mijn beurt was om mijn rapport aan mevrouw Whitney voor te leggen, dat ik bang was dat ik over de leuning van de stoel moest gaan hangen om over te geven.

Rustig, zei ik tegen mezelf. Je hebt meer dan twintig jaar op dit moment gewacht. De enige die meer over Gentility Press weet dan jij, de enige die meer in Gentility Press *gelooft* dan jij, is mevrouw Whitney zelf, en zij zit klaar om naar je te luisteren. Ze is een slimme vrouw, ze is een eerlijke vrouw. Daarbij was ze, zoals ik na het bekijken van de historische verkoopcijfers wist, een wanhopige vrouw, wier bedrijf bankroet zou gaan als niemand met een nieuwe marketingoplossing kwam, en snel.

Mijn idee was de beste kans voor Gentility, daar was ik van overtuigd. Toch wenste ik, hoe tegennatuurlijk en vluchtig ook, dat Teri hier was om mijn ideeën te steunen met haar marketingkennis. Maar haar naam stond op het voorstel, hield ik mezelf voor – alleen niet op het deel van de presentatie dat van mij persoonlijk was. Lindsay was de enige die wist dat ik ideeën had uitgewerkt die alleen mijn naam droegen, en ze lachte bemoedigend naar me vanaf de andere kant van de kamer. Ze had Thad een voorproefje van mijn ideeën gegeven, en zelfs hij was onder de indruk geweest.

'Alice Green?'

Mevrouw Whitney keek de kamer rond. Ik kwam onhandig overeind.

'Hier, mevrouw Whitney.'

Florence Whitney keek me met felle ogen aan.

'Er heeft hier jaren geleden korte tijd een andere Alice Green gewerkt,' zei ze.

Ik was stomverbaasd dat het hoofd van het bedrijf zich mijn naam nog kon herinneren. Ik voelde mijn gezicht rood worden.

'Slimme meid, met een mooie carrière voor zich,' ging mevrouw Whitney verder terwijl ze me aandachtig aankeek. 'Ik geloof dat ze wegging om kinderen te krijgen. Doodzonde.' Ze leek even stil te staan bij de tragedie van het kraambed. Toen keek ze me indringend aan en zei: 'Jij lijkt genoeg op haar om haar dochter te kunnen zijn.'

Ik begon opgelucht te lachen. 'Nou, dat ben ik niet.'

Dat mevrouw Whitney zich mijn ik van lang geleden kon herinneren, maakte me minder zenuwachtig, zekerder van mezelf. Ik was niet zonder enige ervaring, hielp ik mezelf herinneren, niet iemand die net kwam kijken. Ik had de afgelopen twintig jaar dingen gedaan, lastige en interessante dingen – waaronder een kind grootbrengen – waarvoor ik me helemaal niet hoefde te schamen.

Ik haalde nog één keer diep adem en voelde nu dat de zuurstof in mijn cellen doordrong en mijn hersenen tot leven wekte. Ik liep door de kamer en deelde kopieën van het rapport uit aan Lindsay, Thad, de sales director, de art director, de publiciteitsvrouw, een handvol mensen van de redactie en mevrouw Whitney zelf.

'Dit is het rapport waar Teri u over heeft verteld, met onze nieuwe ideeën om de klassiekers in de markt te zetten,' zei ik. 'De laatste grote verandering die Gentility in de lijn heeft gemaakt, dateert van tien jaar geleden, toen Teri hier kwam werken en de inleidingen door de grote feministische schrijfsters uit de jaren zestig en zeventig schrapte.'

'Zoals ik!' lachte mevrouw Whitney. 'Ja, ik vrees dat we ouwe koek waren geworden. Teri zei dat de vrouwen met wie ze had gestudeerd zichzelf niet meer als feministen zagen. En jouw generatie heeft zelfs nog nooit van ons gehoord, nietwaar Alice?'

'Ik wel,' zei ik. Maar toen ik Lindsay en Josh *Waarom mannen dood moeten* en soortgelijke titels had voorgelegd, hadden ze me met een nietszeggende blik aangekeken.

Ik zette een tabel die Josh me op de computer had helpen maken tegen de muur.

'Gentility's kracht op de vrouwenmarkt is altijd al geweest dat we vanuit een vrouwelijk oogpunt kijken,' zei ik. 'Maar we profiteren niet van...'

Ik stopte. Ik ging uit van een probleem. Ik begon overnieuw.

'Het wordt tijd dat we gaan profiteren van het nieuwe fenomeen van boeken die speciaal worden geschreven en op de markt gebracht voor jonge vrouwen, met frisse, sexy omslagen en een levendige schrijfstijl. Van die boeken worden miljoenen exemplaren verkocht.'

'Dat zijn fijne aantallen,' zei de sales manager. 'Maar ik zie niet hoe we zoiets kunnen doen met Jane Austen.'

'Ja, ja,' zei mevrouw Whitney ongeduldig. 'Wat is de oplossing?'

'Ik... wij... stellen voor dat we de sterren van de nieuwe generatie vrouwelijke schrijvers in de arm nemen om onze klassiekers te helpen verkopen, net zoals we met mevrouw Whitney en andere beroemde schrijfsters uit het feministische tijdperk hebben gedaan,' zei ik. 'Veel van die schrijfsters zijn fans van Austen en Wharton en de Brontës, en zouden zich vereerd voelen om een inleiding te schrijven voor een boek als *Trots en vooroordeel* of *De jaren van onschuld*.'

'We hebben het geld niet om die grote moderne schrijfsters te betalen,' zei een van de redacteurs.

'Maar we kunnen ze status bieden,' zei Lindsay terwijl ze opstond en met een stapel papieren zwaaide. 'Ik heb hier voorlopige toezeggingen van tien van de beste vrouwelijke schrijvers om inleidingen voor onze klassiekers te schrijven. Voor niets.'

Mevrouw Whitney fronste. Maar ik kende haar goed genoeg

om te weten dat deze frons betekende: dit is interessant, maar ik ben er niet van overtuigd dat het zal werken.

'We hebben ook aan een nieuw uiterlijk voor de omslagen gewerkt,' viel ik Lindsay bij. 'Dit is een nieuwe, verrassende richting.'

Ik had omslagen uitgekozen die mijn vriendinnen van de leesclub erg aantrekkelijk hadden gevonden, en Lindsay had me geholpen het succes van die boeken te staven aan de hand van verkoopcijfers. Ik had Maggie zelfs gevraagd een paar tekeningen voor me te maken – een rode kanten bh die boven het lijfje van een negentiende-eeuwse japon uit piepte, een voet in een stiletto onder de zoom van een lange jurk – maar toen ik nog had verwacht dat Teri bij de vergadering aanwezig zou zijn, had ik getwijfeld of ik ze wel zou laten zien.

Maar nu hield ik de eerste opgerolde tekening boven mijn hoofd en liet ik hem afrollen.

Het was stil in de kamer, maar ik stond achter de tekening, met armen die pijn begonnen te doen, waardoor ik geen reacties kon zien.

'Wow,' zei de art director eindelijk, terwijl ze opstond uit haar stoel en – dat kon ik horen – naar me toe liep. 'Is dit een Maggie O'Donnell?'

Ik keek haar langs de rand van het zware vel papier aan.

'Ja,' zei ik. 'Hoe wist je dat?'

'Ik ben gek op haar werk,' zei de art director. 'Ik probeer haar al zo lang ik hier werk een omslag voor me te laten ontwerpen. Hoe heb je haar kunnen overtuigen?'

'Ze is een oude vriendin.'

'Nou, ik ben onder de indruk,' zei de art director.

'Ik ook,' zei mevrouw Whitney. 'Bravo, Alice.'

Toen deed ze iets verbazingwekkends. Ze begon te applaudisseren. Eerst bleven de anderen in de kamer stil, maar toen begon Lindsay te klappen, gevolgd door Thad en de art director, en toen de sales manager, tot iedereen meedeed.

'Ik wil dat jullie allemaal kijken hoe we Alice' idee zo snel mogelijk kunnen uitvoeren,' zei mevrouw Whitney, en ze stond op om aan te geven dat de vergadering was afgelopen. 'Ik wil dat iemand contact opneemt met die schrijfsters om de inleidingen te schrijven. Ik wil dat er zo snel mogelijk nieuwe omslagen voor alle boeken worden gemaakt. En ik wil dat er een persbericht over deze nieuwe richting de deur uit gaat zodra alles loopt.'

Ik schraapte mijn keel. 'Lindsay heeft ook veel gedaan,' zei ik. 'En Teri, natuurlijk. Ik ben onderdeel van Teri's team.'

Toen bleef mevrouw Whitney staan en keek ze me recht aan.

'Waar is Teri eigenlijk?' vroeg ze.

'Ze, eh, had een dubbele afspraak,' antwoordde ik.

'Nou, vertel haar maar hoe blij we allemaal zijn met deze nieuwe richting. Dit soort frisse, jeugdige ideeën is precies wat onze marketingafdeling nodig heeft.'

Ik was in de zevende hemel. Tot ik me Teri's reactie voorstelde nadat ze over de vergadering had gehoord. Toen werd ik doodsbang.

Hoofdstuk 14

Meteen na het werk gingen Lindsay en ik naar Gilberto's om ons succes te vieren. We bestelden twee champagnecocktails en proostten op onze fantastische toekomst, en toen wilde Lindsay nog een rondje bestellen.

'Ik kan niet,' zei ik. 'Ik heb met Josh afgesproken.'

Hij was de eerste geweest die ik na de vergadering had gebeld, en hij wilde me vanavond ergens mee naartoe nemen om mijn triomf te vieren.

'Zeg het af,' zei Lindsay. 'Ga met mij stappen.'

'En Thad dan?'

'Hij is meteen na de vergadering vertrokken voor een zakenreis naar Californië. Hij blijft een week weg,' zei ze. 'Toe nou, dit is onze kans voor een meidenavond.'

Ik aarzelde. Ik wilde Lindsay absoluut aanmoedigen om dingen zonder Thad te doen. Maar ik vond het ook vreselijk om Josh af te zeggen.

'Ik kan Josh niet zomaar afbellen,' zei ik tegen haar. 'Hij heeft me zo goed gesteund met dit project, al die tabellen voor me gemaakt, heel goed meegedacht over hoe ik het moest aanpakken.'

'Ik dacht dat het niet serieus was tussen jullie.'

'Dat is het ook niet. Maar ik vind hem leuk. Heel erg leuk.'

'Maar je wilt niet met hem trouwen.'

Ik schudde resoluut mijn hoofd. 'Nee.'

'Nooit.'

'Nee.'

'Maar zie je jezelf dan voor altijd met hem samenwonen of zo, net als Goldie Hawn en Kurt Russell, zeg maar?'

'Hij gaat over een paar maanden naar Japan en ik ben niet van plan om onze relatie daarna aan te houden.'

'Wat is dan het probleem?' riep Lindsay uit. Ze dronk haar tweede champagnecocktail op en wuifde naar de barman. 'Ik denk dat ik overstap op apple martini's,' zei ze. 'En jij?'

'Ik kan niet tegen apple martini's.'

'Je hebt toch iets nodig om wat losser te worden. Ik snap jou niet, Alice. Als je toch niet van plan bent om je aan die jongen te binden, waarom verdoe je dan je tijd met hem? Je moet uitgaan! Plezier maken!'

Ik moest toegeven dat ze een punt had.

'Ik ben degene die praktisch getrouwd is,' zei Lindsay. 'In elk geval in mijn dromen. Maar tot ik die ring aan mijn vinger heb, ben ik vrij om te gaan en staan waar ik wil.'

'Vrij?' Ik had Lindsay nog nooit zo over zichzelf horen praten, of zelfs maar horen toegeven dat ze het een aantrekkelijk idee vond.

'In theorie,' zei ze. 'Ik ben het zat dat Thad me voor lief neemt. Als hij er niet altijd maar van uitging dat ik thuis bleef zitten als hij op zakenreis is, deed hij misschien eens een aanzoek.'

'Er is geen reden waarom je niet uit zou kunnen gaan,' zei ik tegen haar.

'Dat geldt ook voor jou,' zei ze terwijl ze haar hand uitstak om nog twee knoopjes van mijn bloes open te maken. 'Je leeft niet meer in de derde wereld.'

Ze wilde per se naast me blijven zitten terwijl ik Josh' nummer belde en hem vertelde dat ik vanavond toch niet met hem op stap kon gaan, omdat ik uitging met Lindsay. Hij was zo begripvol, zo lief, dat ik me nog rotter voelde en wenste dat ik wel met hem uitging. Toen ik me opnieuw begon te verontschuldigen, waarschijnlijk al voor de tiende keer, rukte Lindsay de telefoon uit mijn hand.

'Je hoeft niet wakker te blijven, lieve Joshie,' zei ze giechelend in de telefoon voordat ze hem dichtklapte.

In plaats van een apple martini te bestellen bij Gilberto's, sprong Lindsay van haar barkruk en marcheerde ze naar de deur, waardoor ik me achter haar aan moest haasten. Ze riep over haar schouder dat we naar Martini gingen, een bar die gespecialiseerd was in alle varianten van het drankje. Ik was verbaasd over hoe warm het buiten was, en hoe licht. De avond had bijna een feestelijk gevoel, alsof gevierd moest worden dat we weer een winter hadden doorstaan, en Lindsay en ik werden er alleen maar vrolijker van.

We liepen bijna een uur, lachend en genietend van het succes van onze presentatie. Dit was *echt* leuk, en ik was blij dat ik me door Lindsay had laten overhalen om met haar mee te gaan. Ik zei steeds dat het niet serieus was met Josh, dat het een tijdelijke relatie was, maar mijn gevoelens voor hem gingen met me aan de haal. Net zoals met Gary was gebeurd, en met alle andere dingen in mijn leven waar ik gevoelens voor had gehad. Het was goed dat ik mezelf dwong om onafhankelijker te zijn, brutaler, *loszinniger*, zoals ik wilde zijn toen ik voor het eerst wenste dat ik jonger was.

We kwamen eindelijk bij Martini, een donkere, glimmende bar met blauwe verlichting en gebogen stalen wanden. Op de kaart stonden 128 verschillende soorten martini's, en Lindsay bestelde voor ons allebei een Speeding Ticket: wodka en espresso in een glas met suiker op de rand.

'Voor energie!' zei Lindsay toen ze haar glas hief.

We stonden vlak bij de bar, omringd door een drom mensen. Het leek wel alsof elke vrije vrouw hier mooi was. En elke man homoseksueel.

'Hoe zit het hier met de mannen?' zei ik in Lindsays oor.

'Wat?'

'Ze zijn allemaal homo.'

Lindsay keek om zich heen.

'Nee, hoor.'

Ik keek nog eens. Ik zag mannen in strakke zwarte T-shirts en zwarte leren broeken, mannen met armbanden en laarzen met hakken en kleurige gestreepte overhemden die openhingen op hun blote huid. Eén kerel had een T-shirt aan met het woord 'Feeks'.

'Ze zien eruit als homo's.'

'Metroseksueel!' schreeuwde Lindsay.

Ik had van metroseksuelen gehoord, mannen die van kleding en eten en kunst en shoppen hielden, maar hetero waren. Josh had de interesses en het temperament, maar niet de garderobe van een metroseksuele man; Thad was anti-metroseksueel. Maar de mannen in deze bar waren absoluut doorgeslagen.

'Ik geloof je niet.'

'Goed,' zei Lindsay. 'Ik zal het bewijzen.'

Ik lachte. 'Hoe wil je dat doen?'

'Let maar op. Wie is volgens jou de grootste homo hier?'

Er waren zoveel keuzes, maar ik kwam uiteindelijk uit bij een tengere man met blond haar en een lichtpaars overhemd.

'Goede keuze,' zei Lindsay met een grijns. 'Dit duurt maar even.'

'Wat ga je doen?'

'Volg mij.'

Ik waadde achter Lindsay aan door de mensenmassa, en bleef toen staan terwijl zij op de man in het paarse hemd afliep.

'Fuck,' hoorde ik Lindsay zeggen met een zwaar overtrokken zuidelijk accent. 'Ik ben heter dan gesmolten boter op een grillplaat.'

Ik moest wel met mijn ogen rollen, maar ik hoorde Paarshemd lachen.

Lindsay ging enthousiast verder met flirten, en elke keer als ik haar kant op keek, stond Paarshemd iets dichterbij. Eerst lachte hij alleen maar, maar al snel leunde hij naar Lindsay toe en raakte hij haar elleboog aan, toen haar middel en daarna legde hij zijn hand op haar heup, en ten slotte zag ik hem het laatste stukje afstand overbruggen en tegen Lindsay op rijden op de maat van Beyoncé met iets wat volgens mij een dansbeweging moest voorstellen.

Voordat ik vol walging mijn tong kon uitsteken, gaf Lindsay Paarshemd een vluchtige kus op de wang en rende ze weer naar mij toe. Ze pakte me bij mijn pols en trok me mee naar de deur.

'Overtuigd?' vroeg Lindsay toen we buiten stonden.

'Zeker. Maar misschien was een andere man wel homo gebleken.'

Lindsay schudde haar hoofd. We liepen snel door de straat, langs groepjes mensen die buiten cafés stonden te roken.

'Je kunt het niet aan iemands uiterlijk zien,' zei ze. 'En ook niet altijd aan wat mensen doen. Waren er geen metroseksuelen in de derde wereld?'

Ik lachte. 'Moeten we niet ergens iets gaan eten?'

Toen we door de drukke straten liepen, besefte ik dat het lichte gevoel in mijn hoofd niet alleen van de drank kwam, maar ook doordat ik niets had gegeten.

'We drinken vanavond onze calorieën,' zei Lindsay.

'Ik denk dat ik wel iets moet eten.'

'Neem dan een olijf in je martini.'

We liepen een smalle straat in met statige herenhuizen met wit, grijs en roze geschilderde gevels, en vandaar naar een andere straat met woonhuizen. We liepen steeds verder westwaarts naar de Village, waar de straten donkerder en minder druk waren. Uiteindelijk pakte Lindsay me bij de hand, waarna ze me een drukke straat over trok en naar een groepje mensen op de stoep voor ons wees. De straat liep dood bij de zoemende lampen van de West Side Highway, met de rivier en de logge klippen en hoogbouw van New Jersey erachter.

'Daar moeten we zijn,' zei Lindsay.

Het enige wat het rode bakstenen gebouw onderscheidde van

de kale façades van de oude pakhuizen en fabriekskantoren er-
omheen, was de grote groep mensen die ervoor rondhing, en de
fluwelen koorden die de glimmende stalen deur afsloten. Lindsay
beende vol zelfvertrouwen tussen de mensen door, gaf de kolos-
sale Aziatische uitsmijter een kus op zijn wang en trok me mee
door de gehavende stalen deur. We liepen een trap met black-
lights af naar een spelonkachtige kelder, die vol stond met mensen die dansten op een soort discomuziek.

Maggie en ik waren wel tien keer naar *Saturday Night Fever*
geweest, en dansten op mijn slaapkamer op de soundtrack. Dan
deden we alle lampen uit behalve de discolamp die me bijna twintig dollar van mijn oppasgeld had gekost. Op Mount Holyoke
was je absoluut niet cool als je van disco hield – de meisjes hielden
meer van Joni Mitchell en The Roches – dus ik had mijn nieuws-
gierigheid naar Studio 54 en mijn voorliefde voor de BeeGees
geheimgehouden. En nu, dacht ik, toen ik werd getroffen door
de muziek en mijn schouders op de maat begonnen te bewegen,
kon ik helemaal losgaan.

'Night Fever!' riep ik boven de herrie uit naar Lindsay.

Lindsay keek me raar aan.

'Mijn vriendin Maggie en ik luisterden hier altijd naar in...'

En toen stopte ik. Ik besefte wat ik bijna had gezegd, en ook
dat ik het niet kon zeggen. En op hetzelfde moment begon ik te
vermoeden dat dit nummer helemaal geen 'Night Fever' was.

Lindsay bestelde nog een paar martini's voor ons, en toen ik
begon te drinken wist ik dat ik op het punt stond de grens tussen
lekker aangeschoten en echt dronken te overschrijden. Ik was
niet meer dronken geweest sinds... wanneer? Sinds de avond dat
Gary bij me wegging, en daarvoor sinds mijn huwelijksreis, toen
Gary en ik de hele dag margarita's hadden gedronken terwijl we
in de zon lagen. En daarvoor studeerde ik nog.

'Is dit discomuziek?' riep ik in Lindsays oor.

We stonden te dansen, met de drankjes in de hand.

'Trance,' zei Lindsay.

'Heet het dance?'

'Nee, *trance*. Je weet wel. Trip-hop.'

Ik haalde mijn schouders op en nam een flinke slok van mijn drankje. Lindsay danste bij me vandaan en naar iemand anders toe, dus ik danste even met een lange man met een rode sweater en daarna deed ik mijn ogen dicht zodat ik lekker in mijn eentje kon dansen. Ik had altijd graag gedanst, maar Gary was er nooit gek op geweest, en toen Diana ouder was geworden had ze me zo meedogenloos geplaagd met mijn manier van dansen dat ik me niet meer durfde te laten gaan, zelfs niet als ik alleen was.

Maar nu genoot ik, in het donker met de knipperende lichten, de massa lichamen om me heen. Ik had het gevoel dat iedereen in de ruimte jonger en mooier was dan ik, maar in plaats van dat ik me daar ongemakkelijk bij voelde, gaf het me een gevoel van vrijheid. Voor Maggies make-over was het bevrijdend geweest om echt een vrouw van middelbare leeftijd te zijn, iemand die niemand ooit zag staan. Nu ik met mijn uiterlijk weer de aandacht trok, kon ik het bevrijdende gevoel dat het feit dat ik onzichtbaar was me gaf pas echt waarderen. Maar hier was ik niets bijzonders en weer net zo onzichtbaar als vroeger – wat vervelend zou zijn geweest als ik uit was op seks, maar om alleen maar te dansen was het prettig.

'Tijd voor een martini!' zong Lindsay in mijn oor.

We baanden ons een weg naar de bar en bestelden nog meer drank. De ruimte begon nu echt te tollen. En toen zag ik nog iets wat me nog niet was opgevallen.

'Oké,' zei ik tegen Lindsay terwijl ik naar de vrouwen wees die in koppeltjes langs de bar stonden te vrijen. 'Is dit soms een grap?'

'Wat bedoel je?' vroeg Lindsay.

'Dit is dus *wel* een homobar!' zei ik.

'Nee, hoor,' zei Lindsay met een doodernstig gezicht.

'Kom op, zeg.' Ik gebaarde naar de zoenende vrouwen. 'We hebben het nu niet alleen over de kleding. Dit is het echte werk!'

'O, dat?' zei Lindsay. 'Die zijn niet lesbisch.'

'Waar slaat dat dan op?'

'Waar heb jij gezeten? Het is een rage. Zelfs de gezworen maagden doen het.'

Nu snapte ik er helemaal niets meer van. 'Gezworen maagden?'

'De meiden bij mij op college in Nashville die ringen droegen waarmee ze aangaven dat ze tot het huwelijk maagd wilden blijven. Ondertussen gingen ze wel naar cafés en vreeën ze met vriendinnen.'

Ik stelde de enige vraag die op dat moment in me opkwam: 'Waarom?'

'Och, je weet wel, omdat het "ruig" is,' zei ze terwijl ze met haar vingers aanhalingstekens vormde. 'En omdat het veilig is.'

'Ik snap het niet,' zei ik terwijl ik vol verbazing naar de beeldschone vrouwen keek. Dit was zonder twijfel een nieuwe versie van de LTA's – Lesbiennes Tot Afstuderen – op Mount Holyoke. Ik vroeg me af of Maggie hiervan wist, en, zo ja, waarom ze er dan niet aan meedeed. Of zou je soms niet mogen meedoen als je *echt* lesbisch was?

'Het is lachen,' zei Lindsay. 'Let maar op.'

Maar in plaats van iets te doen, zoals eerder, waarnaar ik kon kijken, leunde ze naar me toe en kuste ze me. Op de mond. Met tong.

Ik was zo verbaasd dat mijn eerste impuls was om me af te wenden. Maar ik vond het ook opwindend.

'Nog nooit een meisje gezoend?' vroeg Lindsay toen ze eindelijk ademhaalde.

Ik kon alleen maar mijn hoofd schudden. Ik had het Maggie natuurlijk wel zien doen. En de meisjes op college. Maar ik was altijd veel te keurig geweest om mee te doen.

'Het is fijn, hè?' zei Lindsay. 'Zacht.'

En toen begon Lindsay weer. Ja, zacht was het juiste woord, haar lippen waren zachter dan die van Josh, haar tong klein en snel. Ik voelde haar borsten onder de mijne, haar lange, zoet geurende haar tegen mijn wang, haar kleine hand op mijn heup. Ik vond het fijn, absoluut, maar ik moest mezelf dwingen te vergeten dat ik Lindsay zoende – niet zozeer omdat Lindsay een meisje was, maar omdat ze mijn vriendin was. Het was net als met het spel flesje draaien in groep acht, dat je je ogen dichtkneep en jezelf afsloot voor het feit dat je Tommy DiMatteo zoende die iets verderop in de straat woonde en voor je zat bij wiskunde.

Toen we eindelijk opkeken, stonden er twee mannen naar ons te kijken. Ik draaide me de andere kant op. Ik vond het vreselijk dat ik die kerels ongewild een voorstelling had gegeven. Ik wilde net naar Lindsay gebaren dat we naar de andere kant van de ruimte moesten gaan toen ze tot mijn afgrijzen met de mannen begon te praten.

Ze dansten terwijl ze praatten, die mannen. De knapste van de twee was helemaal gefocust op Lindsay en de ander bekeek mij alsof hij probeerde vast te stellen of hij iets met me kon beginnen, aangezien wij duidelijk buiten de boot vielen. Ik kreeg een nieuwe martini in mijn handen en de mannen hieven hun glas in een toost. Lindsay lachte hard en leunde naar voren toen de knapste man iets in haar oor zei. Ze knikte en ze begonnen samen weg te lopen, maar toen draaide ze zich om en gebaarde ze naar mij dat ik mee moest komen.

Er was een rond zitje achter in de club en daar gingen we met zijn allen zitten. De knapste man haalde een opgevouwen vierkant stukje papier uit de voorzak van zijn spijkerbroek, vouwde het open en haalde er een piepklein plastic zakje uit. In het zakje zag ik stukjes van iets wits, als suiker die nat was geworden. Hij schudde een van die stukjes op de achterkant van een creditcard en begon het te hakken met een mes uit een Zwitsers legermes dat aan zijn sleutelring bungelde.

'Is dat cocaïne?' vroeg ik ontzet.

'Sssssst,' zeiden de drie anderen in koor.

'We moeten hier weg,' zei ik tegen Lindsay.

'Ik wil dit,' zei Lindsay.

De knapste man rolde een dollarbiljet op en gaf het aan Lindsay, die moeiteloos een lijntje van de cocaïne opsnoof.

'Zo is het genoeg,' zei ik, en ik trok aan Lindsays arm. 'We moeten gaan.'

Ik had wel eens cocaïne gebruikt, in de jaren tachtig, in een club in Londen, een paar avonden voordat ik Gary had ontmoet. Het was leuk geweest, herinnerde ik me; ik had me heerlijk gevoeld, tot ik in bed wakker werd naast iemand die zo smerig rook dat ik bijna moest overgeven. Toen ontmoette ik Gary en werd ik verliefd, en ontdekte ik tot mijn grote opluchting dat er een veilige toekomst voor me was uitgestippeld, en kwam de herinnering aan de cocaïne voor mij gelijk te staan aan alle gevaren in de wereld waaraan ik gelukkig was ontsnapt.

Nu snoof de knapste man een lijntje op en daarna gaf hij het opgerolde biljet aan zijn vriend. En daarna leunde hij naar voren en zoende hij Lindsay, en terwijl hij dat deed, legde hij zijn hand midden op haar borst.

'Lindsay,' herhaalde ik, op dringender toon.

Lindsay bleef die vent zoenen en zijn vriend zat naar mij te lonken. Als hij bij mij zoiets probeerde, zou ik zijn luchtpijp uit zijn lijf rukken. En ik zou er zelfs van genieten.

Josh, dacht ik. Ik wilde alleen maar Josh.

'Lindsay,' zei ik, en nu trok ik aan haar arm. Ik stond op, zodat ik haar makkelijker uit het zitje kon trekken. De knapste man pakte Lindsays andere arm vast, maar ik keek hem dreigend aan, met het beeld van een uitgerukte luchtpijp in mijn gedachten, zoals ik in de Krav Maga-lessen had geleerd.

'Laat haar onmiddellijk los,' zei ik met de strenge stem die ik altijd gebruikt had om mijn kind te laten weten wanneer ik het meende, 'of ik trap je in je ballen.'

Hij liet meteen los en Lindsay viel hard giechelend op de schoot van zijn vriend, die meteen zijn arm om haar heen sloeg.

'Hoogste tijd om naar huis te gaan,' zei ik.

'Ik wil niet naar huis,' zei Lindsay.

Ze wendde zich doelbewust van mij af en begon toen tot mijn verbazing de op-één-na-knapste man te zoenen. De knapste vriend grijnsde naar mij en schoof toen een stukje op om zichzelf tegen Lindsays rug te duwen. Hij legde zijn hand om haar borst terwijl zij zijn vriend kuste.

'Lindsay,' zei ik op luide toon. 'We moeten nu weg.'

Lindsay keek me met dronken ogen aan. 'Laat me met rust,' zei ze. 'Je bent verdomme mijn moeder niet.'

Ik wilde meteen weggaan, maar ik wilde haar ook niet achterlaten. Ik ging in mijn eentje bij de bar staan, dronk fris en keek toe. Ze liet zichzelf in elk geval niet meer sandwichen tussen die twee engerds, maar ze bleef bij de knapste man. Ze wist dat ik er nog was. Toen ze met hem de club verliet, keek ze naar me, maar daarna wendde ze vlug haar blik af.

Tegen de tijd dat ik ook buiten was, waren ze verdwenen. Ik stond even de sigarettenrook in te ademen terwijl ik bedacht wat ik moest doen. Uiteindelijk hield ik een taxi aan en gaf ik de chauffeur Maggies adres. Maar toen we op Houston Street reden, veranderde ik van gedachten en voeg ik de chauffeur naar Williamsburg te gaan. Naar Josh. Josh was een nachtbraker die vaak tot laat tv-keek of uren nadat ik in slaap was gevallen nog aan het werk was, en ik had ineens de behoefte om hem te zien, op dezelfde manier dat je behoefte kunt hebben aan een douche na een tijd in een ruimte vol rook en vet.

De taxichauffeur, die boos was omdat hij het gevoel had dat ik hem had beetgenomen en nu midden in de nacht helemaal naar Brooklyn liet rijden, dropte me in de donkere straat en racete weg. Dit was het verschil tussen Brooklyn en Manhattan: in Maggies straat liepen op elk uur van de dag of nacht mensen rond, maar in Josh' straat ging alles om middernacht dicht, er waren geen open cafés of restaurants, geen voetgangers te zien. De enige beweging was afkomstig van ergens naast een geparkeerde auto voor Josh' gebouw, een flits waarvan ik eerst dacht dat het een kat was en me toen realiseerde, met een gil, dat het een rat was.

Ik rende naar zijn deur, drukte als een gek op zijn bel en toetste, toen hij niet reageerde, snel zijn nummer in op mijn telefoon. De rat kroop nog steeds rond bij de auto, waarschijnlijk probeerde hij de banden op te eten, en ik was bang dat hij daarna op mij af zou komen. Toen Josh zijn telefoon ook niet opnam, begon ik te denken dat hij misschien was uitgegaan. Iemand had ontmoet. Niet thuis was gekomen.

Behoedzaam stapte ik weer op de stoep en rekte ik mijn nek uit om Josh' ramen te kunnen zien. Shit. Ze waren donker. Dat betekende dat hij echt was uitgegaan, of dat dit de eerste avond was sinds ik hem kende dat hij voor middernacht was gaan slapen.

Als er andere taxi's hadden gereden of als het vroeg genoeg was geweest om veilig de metro terug naar Manhattan te nemen, was ik op dat moment meteen weggegaan. Als hij echt was uitgegaan, kon ik daar niet blijven wachten tot weet ik hoe laat, en als hij sliep, wilde ik hem niet wakker maken, helemaal niet nadat ik hem had gedumpt voor mijn mislukte avond uit met Lindsay.

Maar ik kon geen kant op. Ik bleef de deurbel en telefoon proberen, maar zonder succes, en ten slotte schuifelde ik naar de stoeprand, pakte ik wat steentjes op en gooide ik die naar zijn raam terwijl ik riep: 'Josh! Josh!'

Eindelijk zag ik een lamp aangaan in zijn appartement, hoorde ik het geluid van het raam dat werd geopend. En toen zag ik godzijdank Josh' hoofd verschijnen.

'Josh!' smeekte ik. 'Laat me binnen.'

Het kostte hem even om, met zijn half geopende ogen, te zien wat er aan de hand was. Toen grinnikte hij hard. 'Ik geloof mijn ogen niet,' zei hij. 'Kom, naar binnen.'

Ik nam twee traptreden tegelijk en bleef niet staan om naar lucht te happen voordat ik veilig in zijn appartement was, waar geen rat te zien was.

Toen wierp ik mezelf in zijn armen en bleef daar aan hem hangen. Ik voelde me als een schip dat eindelijk de haven had bereikt. Hij hield me een hele tijd vast voordat hij me van zich af duwde en vroeg: 'Wat is er gebeurd? Is de meidenavond misgelopen?'

Ik schudde mijn hoofd, omdat ik Lindsay op de een of andere manier niet wilde afvallen, maar toen knikte ik verdrietig van ja. 'Ik had bij jou moeten zijn.'

'Moeten?' vroeg hij.

'Ik wilde dat ik bij jou was. Wenste het.'

Toen kuste hij me, een zachte kus met alleen zijn lippen, steeds opnieuw. Het deed me denken aan de kusjes die ik me herinnerde van mijn eerste jaren op de middelbare school, voordat seks alles zo ingewikkeld maakte. Bij hem voelde ik me thuis, en thuis was de enige plek waar ik wilde zijn. Daar ging mijn wilde, jonge ik. De eerste man sinds de man met wie ik op mijn eenentwintigste was getrouwd, en ik wilde alleen maar elke avond thuiszitten met hem.

Toen ik mijn kleren uittrok, met Josh in bed kroop, mijn lichaam om het zijne draaide alsof het mogelijk was om één te worden, kwam voor de eerste keer het idee in me op dat onze relatie niet hoefde te eindigen omdat hij naar Tokio ging. Misschien moest ik niet zoveel grenzen stellen, konden we onze gevoelens laten bepalen hoe diep we onze band lieten worden. Ik begon mezelf af te vragen of ik, aangezien ik de tijd al met succes had getart, kon nadenken over de toekomst.

Hoofdstuk 15

Mijn huurders vertrokken. Ze gingen terug naar hun gerenoveerde huis, dus ik moest opnieuw beslissen wat ik met mijn huis wilde doen. Een optie was natuurlijk dat ik er zelf weer ging wonen, maar de enige reden die ik daarvoor kon bedenken was dat Diana weer thuis zou komen. Was Diana eigenlijk wel van plan om naar huis te komen? In haar e-mails en telefoontjes, die ik nog steeds sporadisch ontving, vertelde ze niets over wat ze deed en ik was zo druk met mijn eigen, nieuwe leven dat ik haar met rust had gelaten.

Maar nu moest ik het weten. Ik liet een bericht voor haar achter bij haar hoofdkantoor in Afrika en vervolgens duurde het drie dagen voor ze terugbelde. Nee, zei ze, ze had geen plannen om naar huis te komen.

'Dat is goed,' zei ik.

'Dat is *goed*?'

'Ik bedoel, dan ben ik vrij om het huis weer te verhuren en bij Maggie in New York te blijven.'

'Het klinkt alsof je er misschien permanent wilt gaan wonen.'

'O, nee,' zei ik tegen haar, maar tot mijn verrassing stond het idee me niet eens tegen. 'Het is nu gewoon gemakkelijk. Maar je hoeft echt niet snel naar huis te komen.'

'Goed, dat doe ik ook niet,' zei Diana. 'Ik denk er zelfs over om nog een jaar te blijven.'

Nog een jaar. Ik voelde een steek in mijn hart bij het vooruitzicht dat ik mijn dochter nog een heel jaar niet zou zien. Maar misschien kon ik haar overhalen om dit jaar de feestdagen thuis te vieren. Of, nu ik geld verdiende, kon ik misschien naar haar toe gaan.

'Ik ben blij dat het goed met je gaat,' zei ik, en ik meende het. 'Misschien is het een goed idee om te blijven.'

De volgende paar dagen begon het idee om het huis voor een langere periode te verhuren of het zelfs te koop te zetten me steeds meer aan te spreken. Ik was aan dat hele jonger zijn begonnen als grap, als een tijdelijk experiment. En toen was ik er iets verder mee gegaan om te zien of ik zo een baan kon krijgen, mijn leven op de rit kon krijgen.

Nu liep alles zo goed dat ik er eigenlijk niet mee wilde stoppen. Met niets. Maggie zei dat de adoptiemensen nieuwsgierig waren geweest naar haar 'bijzondere woonafspraken' – ze had bij deze woorden met haar vingers aanhalingstekens in de lucht gemaakt – maar dat hun bezoek verder prima was verlopen, dus ik voelde me minder ongemakkelijk over het feit dat ik bij haar logeerde. En nu Teri nog steeds niet op kantoor was – toen al haar kinderen eindelijk beter waren, kreeg ze zelf ze griep – schoot ik lekker op met mijn project.

Het enige gekke was Lindsay. Sinds we bij de club uit elkaar waren gedaan, deed ze koel tegen me, ook al beweerde ze dat er niets aan de hand was en dat ze het gewoon druk had op het werk. Ik nam aan dat Lindsay zich schaamde voor wat er was gebeurd, of het irritant had gevonden dat ik me ermee had bemoeid, dus ik besloot me een tijdje gedeisd te houden. Ik sloot me op in Teri's kantoor om van 's morgens vroeg tot 's avonds laat aan het project te werken.

Als ik niet werkte, bracht ik zo veel mogelijk tijd met Josh door. Zijn vertrek naar Japan lag nog zo ver in de toekomst dat we leuke dingen konden doen zonder steeds te moeten denken aan het moment dat er een einde aan zou komen.

En waarom zou er een einde aan moeten komen? Dat begon ik me af te vragen. Ik bedoel, ik zou uiteindelijk natuurlijk, op den duur, misschien alles moeten opbiechten, maar waarom moest dat over twee maanden of twee jaar of een andere vastgestelde periode zijn?

Hoe lang, probeerde ik uit te rekenen, kon ik nog doorgaan voor ongeveer vijftien jaar jonger dan ik werkelijk was? Als ik vijftig was, kon ik dan doorgaan voor iemand van halverwege de dertig? Als ik tegen de zestig liep, zouden mensen dan nog geloven dat ik in de veertig was?

Ik had het voordeel dat ik er van mezelf jong uitzag, maar dat zou niet altijd zo blijven. Ik kon sporten tot ik erbij neerviel, maar op een gegeven moment zou de boel toch gaan uitzakken. Er zouden lijntjes ontstaan, mijn huid zou ouder worden, mijn tandvlees zou gaan wijken en mijn haar zou dunner worden. Dat was wat er gebeurde met vrouwen van mijn leeftijd en ietsje ouder; het zou mij ook overkomen.

En dan was er het schuldgevoel dat ik had, heel diep vanbinnen. Op het werk, zelfs met Lindsay, kon ik mezelf voorhouden dat ik er niemand kwaad mee deed, dat mijn optreden als werknemer, zelfs als vriendin, niets te maken had met mijn leeftijd, de werkelijke of onwerkelijke.

Maar met Josh was het gevoel hardnekkiger. Onze relatie was dan misschien wel begonnen als avontuurtje, maar zonder dat we het echt wilden was het zo veel meer geworden. Onze gevoelens voor elkaar waren serieus en oprecht; moest ik dan niet net zo oprecht zijn over mijn leeftijd?

Stel dat we besloten bij elkaar te blijven en ik mijn echte leeftijd opbiechtte en dat Josh het accepteerde. Stel dat ik voor de hele wereld naar voren stapte als vrouw van vierenveertig. Zou het dan niet normaal zijn dat ik probeerde er zo jong mogelijk uit te zien? De zakenwereld had duidelijk meer op met mensen die er jeugdig uitzagen, en zelfs als Josh de waarheid wist, zou ik eruit willen zien als zijn vriendin en niet als zijn moeder. Dat hoefde niet te betekenen dat ik me op de plastische chirurgie moest storten; er waren minder radicale manieren. Crèmes en peelings. Botox. Restylane. Handschoenen die schokjes door je lichaam lieten gaan.

Toen ik zo achteloos mogelijk bij Maggie liet vallen dat ik over een van die jonger makende technieken nadacht, gaf ze een gilletje en knoeide ze met haar espresso. 'Wat?'

'Het stelt niks voor. Het is volkomen natuurlijk.'

'Jij bent hartstikke gek! Waarom zou je in hemelsnaam elektrische schokken door je gezicht laten gaan?'

'Om er jonger uit te zien,' vertelde ik haar.

'Je ziet er al jong uit!' zei Maggie. 'Ik heb hier genoeg van! Ik wil mijn vriendin terug!'

'Ik ben gewoon hier,' zei ik.

'O, nee hoor,' zei Maggie. 'Niet helemaal.'

Daar was ik zo stomverbaasd over dat ik even niets meer kon zeggen. Ik had geen idee wat ze bedoelde.

'Hoezo ben ik er niet helemaal?'

'Het zit in kleine dingen,' zei Maggie. 'Ik mis je verhalen over je tuin. Ik hoor liever over tulpen die opkomen dan over een stomme club waar je met je babyvriendje bent geweest.'

Ik knikte, maar was nog niet overtuigd. Ik vermoedde dat Maggie beide onderwerpen even slaapverwekkend vond.

'En ik mis het dat je me bij je thuis uitnodigt voor een lekker etentje,' zei Maggie.

Daar moest ik om lachen. 'Je weet best dat je nooit kwam als ik je in New Jersey uitnodigde voor een lekker etentje.'

'Ik zou nu wel komen.'

'Welnee. Dat zeg je alleen maar omdat ik er niet meer woon.'

Vanaf de straat ver beneden Maggies loft dreef salsamuziek omhoog naar waar wij zaten, naast elkaar op de ligstoel, met allebei een espresso in de hand.

'Ik zat te denken,' begon ik.

'O-oh.'

'Mijn huurders zijn vertrokken,' vertelde ik haar, 'en ik zat te denken wat ik nu wilde doen. En ik denk dat ik hier wil komen wonen. Voorgoed, dus.'

We zeiden allebei een hele tijd niets, tot Maggie eindelijk zei: 'Ik denk niet dat dat een goed idee is.'

'O,' zei ik, en ik voelde mijn hart op de harde houten vloer kletsen. 'Natuurlijk niet. Ik loop je in de weg, je hebt je werk...'

'Dat is het niet,' zei Maggie snel. 'Maar terwijl jij zestien uur per dag werkte en vervolgens de avonden in Brooklyn doorbracht, heb ik slecht nieuws gekregen.'

'O, Maggie,' zei ik, en ik werd overspoeld door het besef dat ik zo in beslag werd genomen door mijn eigen leven dat ik helemaal niet meer in de gaten had gehad hoe het met haar ging.

'De Vietnamese adoptiemensen hebben mijn aanvraag afgewezen,' zei ze. 'Ik ben compleet onderuitgegaan op de thuissituatie.'

'O,' zei ik. 'Wat vind ik dat erg, Mag.'

'Het is niet jouw schuld – je hebt me nog gewaarschuwd. Ik ga me nu inschrijven bij een ander bureau en ik ga jouw advies opvolgen.'

'Echt waar?' Ik speurde koortsachtig mijn stoffige geheugen af naar wat voor advies ik haar dan kon hebben gegeven.

'Je zei dat ik het hier moest opknappen,' hielp Maggie me herinneren. 'Ik zou het fijn vinden als jij me daarbij zou helpen.'

'O,' zei ik. Ik werd meteen blij van de gedachte dat ik meer comfortabele meubels, wat zachte kussens en gezellige kleden naar Maggies kale loft kon brengen. 'Natuurlijk.'

'En ik denk dat jij hier weg moet,' zei Maggie.

Ik had het gevoel dat ik op de grond zou vallen. Mijn hele persoon, samen met mijn hart.

'Niet voor altijd,' zei Maggie haastig, 'maar blijkbaar had je gelijk. Het eerste bureau vond het een probleem dat jij hier woonde.'

'O,' zei ik terwijl ik me nog ongemakkelijker ging voelen.

'Als twee mensen samen een huis delen, moeten ze allebei worden nagetrokken,' zei Maggie.

'Maar ik ben niet...'

'Duh. Maar gezien mijn seksuele geaardheid, geloofden ze me niet helemaal. En blijkbaar gaan lesbische stellen die willen adopteren zelfs apart van elkaar wonen. De ene persoon dient dan de aanvraag in, en de ander adopteert het kind zodra het deel uitmaakt van het gezin. Op die manier gaat het blijkbaar veel makkelijker.'

'Dat wist ik niet,' zei ik.

'Ik ook niet, tot nu. Maar ik kan het me niet veroorloven om weer dezelfde fouten te maken. Ik zie nu in dat ik het echt slim moet aanpakken,' zei Maggie. 'Vind je het heel erg?'

'Nee,' verzekerde ik haar snel. 'Natuurlijk niet.'

'Je kunt altijd terugkomen,' zei Maggie. 'Later. Maar ik weet nog niet precies wanneer.'

'Zeker,' zei ik terwijl ik in gedachten koortsachtig naar alternatieven zocht. 'Natuurlijk.'

'Hé,' zei Maggie. 'Misschien kunnen we dit weekend naar New Jersey gaan om wat spullen te halen om het hier op te knappen. Heb jij iets waardoor het er hier, je weet wel, normaal uit zou zien?'

Tsja, dacht ik, meer dan genoeg. Maggies loft was er de afgelopen maanden steeds vreemder uit gaan zien. De vrouwen van ijzerdraad hingen nu aan het plafond om plaats te maken voor de betonnen blokken waarmee de vloer vol stond. Maar de ijzerdraadfiguren waren zo groot dat je er niet gewoon onderdoor kon lopen. Ze bungelden op ruim een meter boven de vloer, zodat je je kruipend en bukkend een weg door de ruimte moest banen als je geen ijzeren benen tegen je hoofd wilde krijgen.

'Ik heb een paar blauwe fluwelen leunstoelen die goed bij de ligstoel zouden staan,' zei ik terwijl ik mijn best deed om de twijfel niet in mijn stem te laten doorklinken. 'En een mooi Perzisch tapijt dat prachtig zou zijn op deze houten vloer. Misschien een salontafel...'

'Daarom wil ik de oude jij zo graag terug,' zei Maggie, die opgewonden in haar handen klapte. 'Ik heb jouw heldere blik nodig. Een heldere blik voor de wazige meid.'

'Dank je,' zei ik. 'Denk ik.'

'Kunnen we in New Jersey naar een winkelcentrum gaan?' vroeg Maggie.

Een winkelcentrum? Ze wilde er zeker een complete ervaring van maken. 'Ja, hoor.'

'Ga je een ham voor me braden? En een taart bakken?'

'Als ik nog weet hoe dat moet.'

De gedachte aan een weekend in New Jersey, terug in mijn oude huis, mijn oude leven, gaf me een onverwacht angstig gevoel. Ik voelde me net zo onzeker over weer de persoon zijn die ik vroeger was als ik me, nog niet zo lang geleden, had gevoeld over mijn nieuwe leven in New York. Ik wist zeker dat ik er nog niet aan toe was om terug te gaan. Maar het was Maggie die het vroeg. En voor Maggie deed ik alles.

Ik mat de bloem af in mijn favoriete blauw met groen gespikkelde mengkom.

'Wil je een kruimellaag of een korst?' vroeg ik aan Maggie.

Maggie, die aan de geboende grenenhouten tafel een glas wijn zat te drinken, tuurde naar het plafond, alsof ze advies wilde van de godin van de taarten.

'Ik vind het allebei lekker,' zei ze ten slotte. 'Wat voor jou het makkelijkst is.'

'Het is allebei makkelijk. Appeltje eitje.'

'Ik heb het gevoel dat er meer voor nodig is dan dat,' zei Maggie grijnzend.

'Ach, kom op,' zei ik. 'Het is echt niet moeilijk. Zal ik het je leren?'

Maggie keek zowel geïnteresseerd als doodsbang.

'Heus,' zei ik. 'We maken een kruimellaag. Die kan bijna niet mislukken.'

'Oké,' zei Maggie terwijl ze opstond en een van mijn oude schorten voorknoopte. 'Wat moet ik doen?'

'Goed, pak een kom,' zei ik tegen haar. 'Het moet een mooie kom zijn.'

'Waarom?'

'Omdat de hele ervaring dan aangenamer wordt. Pak maar een mooie.'

Terwijl ik verderging met de bodem, rommelde Maggie in een keukenkastje. Ze pakte kommen en zette ze weer weg tot ze omhoogkwam met een appelgroene mengkom die mijn moeder altijd voor pannenkoekenbeslag gebruikte toen ik nog een kind was.

'Perfect,' zei ik. 'Doe er nu bloem in.'

'Hoeveel?'

'Maakt niet uit. Je kunt het er met een koffiebeker in scheppen, als je wilt.'

Ik herinnerde me ineens dat ik dit precies zo had gedaan met Diana, toen ze vijf of zes was. Zij zat toen op haar knieën op een stoel naast de plek waar Maggie nu stond. Het beeld van Diana was zo levensecht dat ik het gevoel had dat ze daar echt zou verschijnen, als klein meisje dat de bloem langzaam in de kom goot, alsof het ketchup was. Ze had het zo spannend gevonden, net als Maggie, om iets zonder recept te maken, maar was steeds zelfverzekerder geworden en had uiteindelijk een perfecte kruimellaag gemengd.

'Dit kan je later ook met je kind doen,' zei ik met een glimlach terwijl ik een klein Aziatisch meisje met een kaarsrechte pony voor me zag, dat net als Diana op haar knieën op een stoel zat en Maggie hielp met de bloem.

Maggie keek me aan en grijnsde. 'Ik heb mezelf nooit als bakkende moeder voorgesteld. Ik was eigenlijk van plan om haar elke avond mee te nemen naar de sushibar.'

Ik wist dat ze voor een deel serieus was, en wie weet, misschien kreeg Maggie wel een kind dat rustig in een restaurant op rauwe vis zou gaan zitten kauwen. Mijn kind was er meer een van Cheerio's voor de tv geweest, maar dat was misschien omdat ik niet meer van haar had verlangd.

'Misschien krijg je wel een jongen,' zei ik plagend.

Maggie keek geschokt, alsof ze daar nooit bij had stilgestaan. Toen zei ze: 'Nou, dan neem ik hem ook mee naar de sushibar.'

'Misschien is dat wel een goed idee,' zei ik. 'Misschien heb ik het allemaal veel te gemakkelijk gemaakt voor Diana, waardoor het een enorme schok was toen ze naar school ging en ontdekte dat de wereld niet volledig om haar draaide.'

'Diana is een geweldige meid,' zei Maggie. 'Je mag trots zijn op hoe je haar hebt opgevoed. Dat zij zo'n leuke meid is geworden en dat het moederschap jou zoveel voldoening gaf, zijn wel belangrijke redenen waarom ik nu ook graag een kind wil.'

Dat raakte me. Ik voelde de tranen opwellen. 'Wow,' zei ik. 'En ik was nog wel bang dat jij vond dat ik mijn leven verspilde en beter iets belangrijks kon doen zoals kunst maken.'

'Diana is jouw kunstwerk,' zei Maggie. 'En nu begin je aan een hele nieuwe fase in je leven. En wat komt hierna?'

'Hierna,' zei ik, 'is het tijd voor de suiker.'

We hadden tijdens ons boodschappenrondje witte en bruine suiker gekocht en nu hield Maggie een kop omhoog ter goedkeuring.

'Zoveel als volgens jou nodig is,' zei ik met een glimlach. 'Jij mag het bepalen.'

'Dus jij denkt echt dat ik dit alleen kan?' vroeg ze terwijl ze de suiker met een onzeker lachje in de kom goot en mij niet helemaal aankeek.

Ik wist dat ze niet alleen op de kruimellaag doelde. We hadden niet meer openhartig over de baby gepraat sinds oudejaarsavond, toen ik tegen Maggie had gezegd dat ik haar misschien te oud vond om nog moeder te worden. Ik had sindsdien mijn best gedaan om haar te steunen, maar nu besefte ik dat ik echt in Maggies verlangen naar een baby was gaan geloven. Ze

had zoveel moeite voor me gedaan, had zichzelf en haar wereld voor me opengesteld op een manier die een paar jaar geleden onmogelijk was geweest voor haar. Het was me duidelijk
geworden dat ze meer dan klaar was voor een kind in haar leven.

Ik kon me echt niet indenken dat ik de energie had om nog
voor een baby te zorgen, om een peuter bij te benen, maar ik kon
me ook niet indenken dat mijn leven compleet was geweest als
ik nooit een kind had gekregen. Bij deze gedachten voelde ik me
blij voor Maggie, dat zij zich had gerealiseerd wat ze wilde voordat het te laat was, dat ze alles deed wat in haar macht lag – en
meer – om haar droom te laten uitkomen.

Ik stak mijn hand uit en gaf een kneepje in haar arm. 'De OW?'
vroeg ik.

'Uiteraard,' zei ze. Maar ze keek alsof ze niet zeker wist of ze
wilde horen wat ik ging zeggen.

'Dat denk ik,' stelde ik haar gerust.

Toen keek ze me aan. 'Denk je echt dat ik het in me heb om
een goede moeder te worden?'

'Ik weet het zeker,' zei ik. 'Je doet nu al dingen voor dit kind
waarvan ik niet wist dat je het kon.'

Maggie keek me vragend aan.

'Een legergroene broek aantrekken, bijvoorbeeld,' zei ik terwijl er een lach over mijn gezicht trok. Maggie was altijd een fel
tegenstander van dat soort kleuren geweest, in elk deel van het
leven, maar vandaag had ze bij J.C. Penney – J.C. Penney, moet
je nagaan! – een polyester legergroene broek gekocht en erbij
gezegd dat de adoptiemensen het vast prettig zouden vinden als
zij 'mamakleding' droeg.

Ik gebaarde naar de groene kom waarin ze met haar vingers de
suiker en bloem mengde.

'En bakken,' zei ik.

Ze keek fronsend naar het mengsel, dat wit en poederachtig
was. 'Dit ziet er niet uit als een kruimellaag.'

'Er moet bruine suiker in,' zei ik. 'En boter. En wat specerijen – kaneel, nootmuskaat – wat jij wilt.'

'O, ik wil specerijen,' zei Maggie grijnzend. 'Zoveel als maar kan. Dat is toch wel goed?'

'Ik laat het helemaal aan jou over.'

'Meen je het?' vroeg Maggie, ineens weer serieus. 'Ik bedoel, denk je echt dat ik mezelf kan blijven en tegelijkertijd een goede moeder kan zijn? Want ik voel me er niet prettig bij, bij al die veranderingen.'

Ik wilde bijna zeggen dat ja, natuurlijk, ze zichzelf kon blijven en een goede moeder kon zijn, dat de veranderingen slechts tijdelijk waren, slechts oppervlakkig, niet iets wat de kern van Maggies eigenheid zou ondermijnen.

Maar toen dacht ik, is dat wel zo? Op oudejaarsavond had ik gedacht dat ik alleen mijn haren verfde, alleen andere schoenen aantrok. En nu voelde het alsof niet alleen mijn leven, maar ook mijn wezen even radicaal was veranderd als mijn buitenkant.

Maar waren die veranderingen niet positief? En zouden de veranderingen in Maggie, die het moederschap vast en zeker teweeg zou brengen, niet net zo positief zijn, zij het minder voorspelbaar? Zeker, het was angstaanjagend om je leven op zijn kop te zetten. Maar ik herinnerde me dat Maggie zelf, lang geleden op de middelbare school, had gezegd dat angst en opwinding twee verschillende kanten van dezelfde emotie waren.

'Een van de slimste dingen die iemand mij ooit heeft verteld,' zei ik nu tegen Maggie, 'was dat je voordat je aan kinderen begint moet proberen te kijken hoe ze in je leven gaan passen. En dat wanneer de baby komt, je moet proberen te kijken hoe je jouw leven in dat van je kinderen gaat passen.'

Maggie knipperde met haar ogen. 'Ik weet niet of ik dat snap,' zei ze.

Ik wilde haar uitleggen hoe het idee voor mij had gewerkt, hoe het had gewerkt voor elke moeder – en flink wat van de vaders – die ik kende. Maar toen bedacht ik dat het net als leeftijd, als liefde, misschien een van die dingen was die je moest ervaren om het helemaal te kunnen begrijpen.

'Dat komt nog wel,' zei ik tegen Maggie. 'Dat komt vanzelf.'

Die nacht, toen ik in mijn oude bed op mijn eigen frisse witte lakens lag, klaarwakker vanwege het vreemd bekende gevoel en een stilte buiten waaraan ik niet meer gewend was, hoorde ik mijn telefoon overgaan. Niet de telefoon op mijn nachtkastje, maar mijn mobiel, beneden in mijn tas. Ik had geen problemen om in het maanlicht mijn weg te vinden door de gang en van de trap af naar de tas die ik gewoontegetrouw op het bankje in de hal had achtergelaten.

Ik verwachtte dat het Josh zou zijn. Ik had hem verteld dat Maggie en ik weggingen voor een meidenweekend – 'Mag ik mee?' had hij gegrapt – en ik dacht dat hij belde om te zeggen dat hij me miste.

Daarom schrok ik toen ik Diana's stem hoorde.

'Lieverd,' zei ik snel terwijl ik mijn hartslag voelde toenemen. 'Is alles goed?'

'Ja,' zei ze. 'En met jou?'

'Natuurlijk.' Ik keek om me heen. Zelfs in het donker kon ik haar als kind voor me zien, hinkelend door de kamers. 'Weet je waar ik nu ben? Thuis. In New Jersey. In ons huis.'

Ik wachtte tot Diana een verraste uitroep zou doen, of onverschillig iets zou brommen voordat ze aan een verhaal over haar nieuwste avonturen begon. Ik was geschokt toen ze, in plaats daarvan, begon te huilen.

'Lieverd!' zei ik geschrokken. 'Wat is er? Wat is er mis?'

'Ik mis het,' zei Diana. 'Ik heb het gevoel dat ik geen thuis meer heb.'

'Ach, lieverd! Natuurlijk heb je een thuis! Zelfs als ik het huis verkoop, zal je altijd een thuis hebben bij mij.'

'Dus dat is dat,' zei Diana, ineens met een harde toon in haar stem. 'Je gaat het huis verkopen.'

'Nee, nee, dat zeg ik niet. Ik bedoel, misschien ooit, maar...' Ik realiseerde me dat ik in de war was. 'Ik dacht dat je nog niet terug wilde komen.'

'Ik dacht dat jij niet wilde dat ik terugkwam.'

'O, nee. Natuurlijk wil ik dat je terugkomt,' zei ik, en ik probeerde de overtuiging die ik voelde door de telefoon over te brengen. 'Als dat is wat jij zelf wil. Ik zou het heerlijk vinden als je hier was, maar meer dan wat dan ook wil ik dat je gelukkig bent en blij met wat je doet.'

Het bleef toen zo lang stil dat ik dacht dat de verbinding was weggevallen, tot ik uiteindelijk aarzelend zei: 'Diana?'

'Nou, ik weet niet of ik nu terug wil komen,' zei ze. Ze klonk alsof ik haar uit haar mijmeringen had losgerukt. 'Ik heb hier nog veel werk te doen.'

Dit voelde meer als ons gebruikelijke moeder-dochtergesprek.

'Wat jij wilt,' zei ik tegen haar. 'Ik wil alleen dat je weet dat als je naar huis wilt komen, ik dat heel fijn zou vinden.'

Hoofdstuk 16

Toen ik op maandagochtend op kantoor kwam, was ik ervan overtuigd dat Teri er zou zijn. Maar ze was nog steeds thuis, hoewel ze genoeg was opgeknapt om naar werk te kijken dat ik naar haar opstuurde.

Toen ik het eerste pakketje klaar had om te versturen, voelde ik mijn mond droog worden en mijn hart tekeergaan, alsof ik griep kreeg. Maar mijn probleem was emotioneel, niet lichamelijk. Ik maakte me ineens, voor de eerste keer, zorgen over wat Teri zou vinden van al het werk dat ik had gedaan voor het klassiekersproject. Zolang zij niet in beeld was, was ik zeker geweest van mevrouw Whitneys steun en de kracht van de ideeën zelf. Maar nu werd ik bang dat Teri zich misschien enorm bedreigd zou voelen als ze zag hoe ver ik al was met het project.

Ik vroeg me af of ik haar alles moest opsturen wat ik had gedaan. Of ik misschien memo's en e-mails moest achterhouden en haar beter geleidelijk op de hoogte kon brengen. Goh, Teri, mevrouw Whitney was tevreden over onze presentatie. Ze vroeg of ik de ideeën verder wilde uitwerken. Mijn plannen voor de lijn waren een groot succes. En nu, oeps, lijkt het erop dat ik *jouw* baas word!

Dat laatste deel speelde zich alleen nog in mijn fantasie af, maar ik vroeg me wel af hoe Teri zou reageren als *zij* dat als het logische vervolg zag. En afgaande op haar manier van denken, was dat heel goed mogelijk.

Ik had Lindsays advies nodig, maar toen ik bij haar kwam, zat ze met een lijkbleek gezicht –wat, gezien hoe bleek Lindsay normaal al was, zeer veelzeggend was – stapels papier van de ene kant van haar bureau naar de andere kant te verplaatsen. Ze keek niet eens op toen ik hallo zei.

'Wat is er?' vroeg ik.

Ze pakte een stapel manuscripten en liet ze met een plof aan de andere kant van haar bureau vallen.

'Thad heeft het uitgemaakt,' zei ze, nog steeds zonder me aan te kijken.

'O, god!' zei ik. 'Wat erg voor je.'

Toen keek Lindsay me eindelijk aan. 'Vind je dat echt?' vroeg ze. 'Ik dacht dat je blij zou zijn.'

Ik voelde mijn wangen rood worden van het schuldgevoel: hoewel ik het erg vond dat Lindsay zo down was, was ik ergens ook blij dat ze uit die, in mijn ogen, niet zo fantastische relatie was. Thad leek zo overheersend, zo in staat om Lindsays eigen ik de grond in te boren. En zij wilde die eigenheid maar wat graag inruilen voor de zekerheid van een huwelijk – het soort zekerheid waarvan ik wist dat die niet altijd blijvend was.

Maar ik vond niet dat ik dat zo tegen haar kon zeggen. Ik was haar vriendin, niet haar moeder, zoals ze die avond in de club heel duidelijk had gemaakt. Hoe kon ik als theoretische leeftijdgenoot hier een betere kijk op hebben dan zij? Bovendien vond zij het feit dat ik er geen enkele behoefte aan had om te trouwen volkomen gestoord, dus ze zou elk advies van mij op romantisch gebied in de wind slaan.

'Dacht je dat?' vroeg ik. 'Waarom dat dan?'

'Kom op, zeg,' zei Lindsay. 'Je hebt Thad nooit gemogen.'

Ik had het blijkbaar niet zo goed verborgen kunnen houden als ik hoopte.

'Dit gaat niet om of ik Thad mag,' zei ik. 'Dit gaat om of hij echt de juiste man voor jou is. Maar wat is er gebeurd?'

'Toen Thad het hoorde van die jongen uit de club,' zei ze, 'werd hij woest en maakte hij het uit.'

Dat was niet logisch. 'Maar dat is anderhalve week geleden gebeurd,' zei ik. 'Hij was de stad uit. Hoe kan het dat hij er nu alsnog achter is gekomen?'

'Ik heb het hem verteld,' zei ze op ellendige toon. 'Toen hij thuiskwam.'

'Waarom heb je het hem in hemelsnaam verteld?' vroeg ik. 'Je was toch vrij om te gaan en staan waar jij wilde tot je die ring aan je vinger had?'

'Dat is precies wat ik ook tegen hem heb gezegd,' zei ze. 'Maar toen hij terugkwam uit Californië, bleek dat hij had verwacht dat ik de hele tijd thuis had zitten breien. Ik wilde hem laten inzien dat als hij die toezegging van mij verlangde, we ons zouden moeten verloven.'

Of misschien, bedacht ik, had ze Thad over die andere jongen verteld omdat ze deze reactie van hem wilde uitlokken. Misschien wist ze diep vanbinnen dat Thad niet de juiste man voor haar was, dat ze meer moest beleven voordat ze zich settelde.

'Misschien is dit wel het beste,' zei ik voorzichtig. 'Je hebt de leeftijd dat je moet uitgaan, plezier moet maken...'

'Ik wist dat je zoiets zou zeggen,' beet Lindsay me toe.

'Luister,' zei ik. 'Het gaat me om jou. Om jouw geluk. En ik denk dat je meer geluk zult vinden zonder Thad.'

'Mijn leven is voorbij,' zei ze, en ze verborg haar gezicht in haar handen en begon te snikken.

'Lindsay, kom op...' zei ik terwijl ik mijn hand op haar schouder legde.

'Dat jij hebt besloten je leven te kapot te maken,' zei ze toen ze me van zich af schudde, 'betekent nog niet dat je mijn leven ook kapot mag maken.'

Maakte ik mijn leven kapot? Zo zag ik het zelf niet, maar Lindsays woorden bleven in mijn oren weergalmen. Ik voelde me absoluut minder zeker op het werk, maakte me meer zorgen over wat er zou gebeuren als Teri terugkwam, zonder Lindsay en Thad aan mijn kant. En ik miste haar vriendschap, het plezier dat ze in mijn leven bracht. Nu ik elke avond de lange busrit naar mijn huis in New Jersey maakte, en als het ware naar mijn eigen verleden en toekomst reisde, kwamen er weer veel vragen bovendrijven die ik met zoveel moeite had weten te onderdrukken.

De vraag over Josh, bijvoorbeeld.

Hoewel ik hem alleen nog maar de waarheid wilde vertellen, loog ik juist steeds vaker. Mijn groeiende aantal leugentjes kwam voort uit één grote leugen: ik verzweeg het feit dat ik weer in New Jersey woonde, want hij had er geen idee van dat ik überhaupt een huis in New Jersey had. Dankzij het wonder van mobiele telefoons en betekenisloze kengetallen, kon ik me wat hem betreft overal ophouden – dus ik deed alsof ik moest overwerken of op Maggies loft moest bijkomen van het overwerken.

Het was niet zo dat ik hem niet wilde zien. Het was alleen dat ik nog meer in de war raakte dan ik al was als ik hem zag. Teruggaan naar New Jersey, me mijn huis weer eigen maken, elke minuut van elke dag opnieuw ontdekken wie ik al die jaren was geweest – en eraan herinnerd worden hoe lang ik die persoon was geweest – gaf me het gevoel dat ik niet meer naar Josh toe kon gaan en een rol kon spelen. Maar hoe kon ik dit enorme bedrog aan hem opbiechten? Ik wilde de waarheid vertellen, maar steeds als ik me voorstelde dat ik het deed, wist ik zeker dat ik hem zou kwijtraken. En een van de weinige dingen die ik wel zeker wist, was dat ik hem niet kwijt wilde.

'Ik mis je,' zei Josh.

Ik had mijn mobiel aan mijn oor en zat in de woonkamer van mijn huis in Homewood. Ik had de ramen opengezet om de warme lenteavond binnen te laten, maar had ook de open haard aangestoken, gewoon omdat het kon. De kleine Chinese lamp brandde; het enige andere licht kwam van de kaarsen die ik overal had neergezet. Alles stond weer op zijn plek, alle foto's van Diana in hun zilveren lijstjes op de schoorsteen, al mijn favoriete kussens en boeken, schalen en snuisterijen lagen en stonden precies zoals ik ze wilde hebben. Ik had nog niet besloten wat ik met het huis zou gaan doen, behalve dat ik er volop van wilde genieten zolang ik het nog had.

'Ik mis je heel erg,' zei hij, omdat hij blijkbaar dacht dat ik hem de eerste keer niet had gehoord.

Onwillekeurig slaakte ik een diepe zucht, met de kracht van alle gevoelens en gedachten die ik voor me hield.

'Ik mis jou ook,' zei ik uiteindelijk. 'Ik zie je snel.'

Maar ik merkte dat ik elke minuut die ik had in mijn huis wilde doorbrengen. Omdat Teri er nog steeds niet was, kon ik met mijn uren sjoemelen en 's morgens iets later op kantoor komen en 's middags snel de deur weer uit rennen om te genieten van alle dingen van thuis waarvan ik was vergeten dat ik ze zo fijn vond. Ik moest van mezelf elke morgen koffiedrinken op de zonnigste plek in de keuken. Dan zette ik mijn stoel scheef zodat ik de kersenboom in de tuin tot bloei kon zien komen. Als ik las, nestelde ik me op de brede vensterbank in plaats van dat ik lui op bed ging zitten. Ik ging in bad in de enorme badkuip die bij de ouderslaapkamer hoorde, het bad dat een van de belangrijkste redenen was geweest waarom ik dit huis wilde, maar dat ik amper had gebruikt.

En ik gebruikte al mijn favoriete spullen, alles wat ik in de loop der jaren had verzameld. De witte katoenen lakens met de geborduurde rand. De grove blauw gespikkelde mokken, en de crèmekleurige schalen. De zilveren servetringen met de gegraveerde *A*, en de gedeukte zilveren lepels die zo perfect gevormd waren voor grapefruit.

Ik legde mijn favoriete kelimtapijten en gehaakte kleden zo neer dat mijn voeten van de ene naar de andere konden glijden, zonder het hout aan te raken, als ik mijn vaste route door het huis aflegde. Als ik at, gebruikte ik de geslepen kristallen wijnglazen – van Gary's oma, maar hij leek ze te zijn vergeten – en stak ik alle goudkleurige kaarsen in de smeedijzeren kandelaar aan.

Ik waste de rode geborduurde beddensprei op de hand en hing hem aan de takken van de sering te drogen. Daarna streek ik hem helemaal stijf, tegelijk met de linnen servetten en handdoeken. Ik poetste de zilveren kandelaars en de koperen pannen, en boende de grenen vloeren op handen en knieën. Ik gebruikte Gary's vergeten tandenborstel om de voegen tussen de oude metrotegels in de badkamer schoon te maken.

Voor elke maaltijd bladerde ik door mijn dikke receptenboek. Ik verwende mezelf met al mijn lievelingsgerechten en vond het helemaal niet erg om al dat werk alleen voor mezelf te doen. Ik maakte oma Giovanes spaghettisaus en liet hem op het fornuis staan pruttelen tot het hele huis was doortrokken van de suikerzoete tomatengeur. Ik bakte een chocoladecake en een uientaart voor mezelf; ik maakte een cobb-salade en bakte zelfs de zelfgemaakte voorloper van kipnuggets, de lekkernij die ik als klein meisje altijd op mijn verjaardag wilde eten.

Maar de plek waar ik de meeste tijd doorbracht, was de tuin. Dit was altijd mijn favoriete tuinseizoen geweest, de tijd dat alles zo snel uit de grond omhoogschoot dat het leek of je het kon zien groeien. Ik ruimde de oude bladeren en dode stengels van het vorige jaar op, en groef de gele akelei uit die anders te veel plaats zou gaan innemen. Ik snoeide de rozen en legde bakstenen neer voor een nieuw paadje en plantte witte geraniums in alle bloembakken.

Ik moest ook beslissen of ik het huis opnieuw wilde verhuren, of in elk geval informatie gaan inwinnen over de verkoop. Maar voordat ik dat deed, wilde ik er een ongestoord weekend in mijn eentje doorbrengen. Bovendien, rationaliseerde ik het voor mezelf, was dit mijn kans om eens grondig op te ruimen, iets wat ik in het verleden altijd had uitgesteld, maar nu toch echt moest doen voor het geval het huis werd verkocht.

Ik ging alle boekenplanken af en bracht dozen vol boeken als donatie naar de bibliotheek en om te verkopen naar de universiteit.

Ik sorteerde alle ongedragen kleren op zolder en deed eindelijk alle basic kinderkleding van Diana, al mijn eigen kleding groter dan maat vierenveertig, en alles wat van Gary was geweest weg.

Ik gooide Gary's aantekeningen van de opleiding tandheelkunde, mijn aantekeningen van Russische literatuur en Diana's maatschappijleerproject uit groep zeven weg. Ten slotte stopte ik Diana's kindertekeningen in mooie mappen en bekeek ik de dozen uit mijn moeders huis, waaruit ik oude energierekeningen weggooide, maar een prijs voor schoonschrijfkunst die mijn moeder in 1933 had gewonnen inlijstte.

En toen, in de stoffigste hoek van een van de stoffigste dozen op zolder vond ik het: het manuscript van de roman waaraan ik was begonnen toen Diana een peuter was, de hoofdstukken waaraan ik maanden had gewerkt, voordat ik de moed verloor. Ik dacht dat ik het lang geleden had weggegooid, maar nu ging ik op de ruwe planken van de zoldervloer zitten en begon ik te lezen. En bleef ik lezen.

Ik stelde me voor dat ik dit manuscript bij Gentility Press onder ogen zou krijgen. Dan zou ik opgewonden zijn, dacht ik. Het verhaal voelde bekend, maar niet oudbakken, een huiselijke satire over de kleinburgerlijke moeder van een jong kind die het gevoel heeft dat ze meer uit het leven wil halen, maar niet weet hoe. Dat niet-weten-hoe was mijn struikelblok geweest, zag ik nu. Ik wist niet hoe ik verder moest gaan met de roman, omdat ik niet wist hoe ik meer uit mijn eigen leven kon halen. Ik kon geen enkele manier bedenken, niet voor mijn hoofdrolspeelster en niet voor mezelf. Ik dacht dat ik geen ideeën en energie meer had voor het boek. Maar in werkelijkheid wist ik gewoon niet hoe ik vooruit moest komen in mijn eigen leven.

Nu leek het zo voor de hand te liggen wat de vrouw in het verhaal moest doen, hoe ze moest falen, wat ze daarna moest proberen. Als ik een pen had gehad, was ik ter plekke, op de zoldervloer, begonnen met schrijven, maar in plaats daarvan ging ik beneden in de stoel naast de open haard zitten, met mijn laptop balancerend op mijn knieën, er niet meer aan denkend dat die onder het stof zat. Ik stopte pas toen ik doorkreeg dat het te donker was geworden om nog iets te zien.

Toen stond ik op om een haardvuur te maken, thee te zetten en pindakaas op een homp Italiaans brood te smeren. Daarna haastte ik me terug naar mijn stoel om verder te gaan met schrijven.

Ik zat daar nog toen ik buiten een autodeur hoorde dichtslaan en, tot mijn grote schrik, voetstappen op het trapje naar de voordeur en een sleutel in het slot hoorde.

Ik stond op. Mijn hart klopte in mijn keel. Volgekrabbelde blaadjes vielen van mijn schoot. Ik was net op tijd om mijn dochter Diana door de voordeur te zien komen.

'Hoi, mama,' zei ze. 'Ik ben thuis.'

Hoofdstuk 17

Hoe graag ik ook thuis bij Diana wilde blijven – na haar lange afwezigheid wilde ik niets liever – ik kon me niet ziek melden. Teri kwam eindelijk weer naar kantoor. Maar ik wilde ook niet dat Diana me in mijn werkkleding van jonge assistente zag. De avond ervoor, toen ik een oud joggingpak aanhad en onder het stof zat, toen haar ogen wazig zagen door de lange reis, had ik er voor haar als haar eigen oude moeder uitgezien. We waren samen op de bank gaan liggen, net als toen ze nog klein was, met haar hoofd op mijn schouder terwijl zij zachtjes praatte en ik over haar haren en rug streek. Hoewel ik het vreselijk vond om weg te gaan zonder ook maar een blik op mijn slapende dochter te werpen, kleedde ik me muisstil aan en bewaarde ik mijn uitgebreide make-uprituel voor in de bus. Het enige wat het feit dat ik bij Diana weg moest kon goedmaken, was dat ik tijdens de lange reis aan mijn roman kon werken.

Tegen de tijd dat ik op kantoor kwam, was ik kapot – van de lange avond, de opwinding over Diana's thuiskomst, de gespannen manier waarop ik het huis uit was geslopen. En op het moment dat ik uit de lift stapte, klonk de zoemtoon van mijn telefoon.

'Alice,' klonk Teri's stem toen ik buiten adem de hoorn oppakte. 'Kom direct naar mijn kantoor.'

Haar deur was dicht, maar toen ik naar binnen liep, zat ze met een dreigend gezicht achter haar bureau, met een aantal vellen papier voor haar neus.

'Iemand heeft deze kamer gebruikt,' zei ze zodra ze me zag.

Ik had languit op de vloer gewerkt en had de nietmachine en het paperclipbakje op exact dezelfde plek teruggezet. Ik had de telefoon niet eens gebruikt uit angst dat ik belastende vingerafdrukken zou achterlaten.

Maar nu kon ik alleen maar de waarheid vertellen. Als hoeder van het kantoor was mijn enige andere optie – doen alsof ik van niets wist – nog erger dan de waarheid.

'Ik heb hier gewerkt vanwege de rust,' zei ik tegen haar. 'Maar ik heb echt niet in de gaten gehad dat ik iets kapot...'

'Daar gaat het niet om,' onderbrak Teri me. 'Het gaat erom dat dit niet jouw kamer is.'

'Juist,' zei ik, en ik voelde mijn wangen branden. 'Natuurlijk.'

'Of was je dat vergeten?' vroeg Teri. Door de griep zag haar gezicht er nog scherper en hoekiger uit dan het was geweest. 'Misschien dacht je dat je terwijl je mijn ideeën pikte, ook wel mijn kamer en zelfs mijn baan kon inpikken.'

Voor het eerst in mijn leven begreep ik wat mensen bedoelden als ze zeiden dat ze hun oren niet konden geloven. Ik had mezelf voorbereid op Teri's terugkeer, had al verwacht dat ze de confrontatie zou aangaan omdat ik met de eer was gaan strijken voor de ideeën voor de klassiekers – iets waartoe ik volgens mij het volste recht had. Maar om nu te zeggen dat ik de ideeën van haar had gepikt...

'Je weet best dat ik de ideeën niet van jou heb gepikt,' zei ik op neutrale toon.

'Daar is niets van waar,' zei Teri. 'Je hebt niet alleen mijn ideeën gestolen, maar je hebt ze ook verdraaid op een manier die ik niet begrijp, en al helemaal niet goedkeur.'

Het enige wat ik kon doen was mijn hoofd schudden. De woorden bleven in mijn keel steken. 'Ik weet niet waar je het over hebt,' wist ik eindelijk uit te brengen.

'Dit is bespottelijk,' zei Teri terwijl ze een klap gaf op het bovenste vel papier, dat ik herkende als mijn meest recente memo. 'Abominabel. Ik snap niet hoe je erbij komt om... rotzooi!... te gebruiken om de beste boeken die ooit door vrouwen zijn geschreven te promoten.'

'Wat?' zei ik geschrokken. 'Echt, Teri, nee. Ik dacht dat jij net zo achter dat idee stond als ik.'

'Mijn idee was om de verkoop van de klassiekerslijn te doen toenemen,' zei Teri, 'niet om Jane Austen naast het maandverband in de schappen te zetten. Dat vind ik hier zo erg aan, Alice. Het is... moreel laakbaar om Jane Austen of Charlotte Brontë te pimpen als een stom meisjesboek.'

'Maar denk je niet dat alles wat mensen ertoe aanzet om Jane Austen en Charlotte Brontë te lezen goed is?' vroeg ik, me bewuster dan ooit van de blonde verf in mijn haren, de roze kleur op mijn lippen. 'Is niet alles wat de romans een jongere, spannendere uitstraling geeft beter? Het blijven toch dezelfde, geweldige boeken.'

Teri schudde haar hoofd en perste haar lippen in een harde lijn op elkaar. 'Ik zou je meteen willen ontslaan, maar op de een of andere manier ben je erin geslaagd mevrouw Whitney ervan te overtuigen dat dit een goed idee is. Ik weet niet wat je van plan bent, maar ik zal dit tot op de bodem uitzoeken.'

'Hoe bedoel je?' vroeg ik zwakjes, maar Teri was uitgepraat. Ze wees alleen maar naar de deur met een vinger die beniger was dan die van Magere Hein, en toen de stilte ondraaglijk werd, droop ik af.

Later die ochtend wilde ik met Lindsay praten over wat er was gebeurd, maar haar kamerdeur was dicht en haar assistente beweerde dat ze in een bespreking zat. Het leek erop dat Lindsay de rest van haar leven voor mij in bespreking zou blijven.

Rond drie uur belde Diana om te vragen wanneer ik naar huis kwam. Ik legde uit dat ik zou proberen om vijf uur weg te gaan, zodat ik om zes uur of halfzeven thuis zou zijn.

Dat was tot dusverre het enige lichtpuntje in mijn dag: mijn dochter vertellen wanneer ik thuis zou komen en weten dat zij daar op me zat te wachten.

Teri bleef de hele dag in haar kamer. Ze kwam niet eens naar buiten om tegen me te schreeuwen, dus een paar minuten voor vijf begon ik mijn spullen bij elkaar te zoeken. Ik kon niet wachten tot de klok vijf uur aangaf, zodat ik kon maken dat ik wegkwam. Als mijn timing goed was, zou ik mevrouw Whitney tegenkomen op weg naar haar trein naar huis – ze nam altijd die van 17:14 uur – en als ik Teri dan ook tegen het lijf liep, kon ze me niets maken.

Ik stond op het punt te vertrekken toen mijn telefoon ging. Toen ik Josh' stem aan de andere kant van de lijn hoorde, werd de grond onder mijn voeten vandaan geslagen. Ik had het hele weekend uitgekeken naar vanavond, het moment dat Josh en ik elkaar eindelijk weer zouden zien. Maar door de opwinding rond Diana's thuiskomst was ik het helemaal vergeten.

'Ik vroeg me af waar we elkaar treffen,' zei hij opgewekt.

'O,' zei ik. 'Josh. Het spijt me. Ik kan vanavond niet.'

Het bleef lang stil en toen zei hij: 'Je hebt het beloofd.'

'Ik weet het,' zei ik. 'Het spijt me enorm. Er is iets heel onverwachts tussengekomen.'

Toen ontplofte hij. 'Wat is er aan de hand, Alice? Ik heb je al een week niet gezien. Ik heb niet zoveel tijd meer, en jij verdwijnt gewoon.'

'Ik weet het, ik weet het. Ik zit gewoon vast.'

'Vast,' zei hij. 'Verzwijg je soms iets voor me?'

Nu was het mijn beurt om te aarzelen. Ik vond het vreselijk om tegen hem te liegen. Het voelde verkeerd na de intimiteit die we hadden gedeeld, de ontboezemingen die we hadden gedaan. Ik was het hem – Diana, *mijzelf* – verschuldigd om de waarheid te vertellen.

En dat zou ik ook doen. Maar nu nog even niet.

'Ik beloof het,' zei ik. 'We zullen elkaar de komende dagen een keer zien. Maar vanavond moet ik naar huis.'

'Naar huis?'

'Naar Maggie,' zei ik, met pijn in mijn hart om de grove leugen.

En toen, op het moment dat ik afscheid van hem nam, begon ik me af te vragen hoe ik het voor elkaar moest krijgen om met hem af te spreken, en wanneer, en wat ik tegen hem moest zeggen als het zover was. De waarheid? Of iets wat, op dat moment, makkelijker leek?

Toen ik thuis eindelijk de voordeur openmaakte, nadat ik de hele busrit naar huis weer had geschreven, herkende ik mijn huis bijna niet. Het leek alsof alles overhoop was gehaald. De hal was bezaaid met vieze kleren, wasmanden met schone, maar nog niet opgevouwen was waren omgekiept op de meubels, overal lagen boeken en tijdschriften. Vanuit de keuken kwam harde rapmuziek, samen met een lucht alsof er iets aanbrandde.

'Hoi, mam,' zei Diana.

Ze zat op een keukenkruk ijs rechtstreeks uit de bak te eten. Ze had blijkbaar boodschappen gedaan: er viel chips uit een zak op het aanrecht, naast een open pot guacamole. De andere boodschappentassen stonden, nog vol, voor de kast.

'Ik heb boodschappen voor je gedaan,' zei Diana trots.

'O, dank je.'

Ik stapte naar voren om mijn dochter een knuffel te geven, haar in me op te nemen op een manier die me gisteravond door de schok niet was gelukt. Ze zag er zowel ouder als dunner uit, haar huid was bruin, haar armen gespierd, en haar zandkleurige haar had blonde strepen.

'Ik rammel van de honger sinds ik thuis ben,' zei Diana toen ze de bak ijs weer pakte.

'Zal ik eten koken?' vroeg ik terwijl ik haar haren uit haar gezicht veegde. 'Ik kan groentelasagne maken.'

Altijd haar lievelingseten.

'Bedankt, mam,' zei Diana. 'Dat lijkt me lekker.'

Toen ging ze verder met ijs eten, een tijdschrift lezen en haar hoofd op de maat van de muziek bewegen en deed ze alsof ik er niet was. Eerst deed het pijn dat Diana na al die maanden niets had gezegd over hoeveel ik was afgevallen, of over mijn nieuwe blonde haar en hippe coupe.

Maar toen dacht ik: pfoe, ik hoef me niet meer druk te maken en kan gewoon weer mama zijn. Hoe meer ik erover nadacht, hoe prettiger ik het vond dat Diana zo gemakkelijk weer haar oude gedrag naar mij toe had aangenomen. Het was zo'n geweldige ommekeer geweest toen Gary aankondigde dat hij wegging en Diana naar Afrika was vertrokken voordat onze tranen waren gedroogd, dat ik het gevoel had gehad dat we nooit meer een normaal leven zouden hebben, zoals nu.

Ik neuriede terwijl ik de lasagne maakte en trok daarna door het huis om papieren op te stapelen, was op te vouwen, de inhoud van Diana's omgekiepte koffers te sorteren, en alles weer netjes te maken. Ik dacht aan mijn roman, kreeg een idee voor iets wat mijn personage kon doen en vroeg me af of ik vanavond tijd zou hebben om te schrijven, maar toen sprak ik mezelf bestraffend toe: het is Diana's eerste avond thuis. Je wilt bij haar zijn. En morgenavond moest ik natuurlijk naar Josh. Toen ik nadacht over wat ik Diana daarover moest vertellen, raakte ik in paniek, dus ik dwong mezelf om de tafel te dekken, kaarsen aan te steken, de borrelende lasagne uit de oven te halen en in negen keurige vierkanten te snijden.

Toen Diana aan tafel kwam, had ik de spatel al onder haar favoriete stuk geschoven.

'Het middelste stuk?' vroeg ik met een glimlach.

Diana zat de lasagne te bekijken en duwde ineens haar stoel van de tafel af.

'Dat kan ik niet eten,' zei ze.

Ik stond perplex. 'Waarom niet?'

'Het is walgelijk, mama, al die zuivel. Daar kan mijn hele dorp van eten.'

'Ik wilde dat ik je hele dorp te eten kon geven,' zei ik op neutrale toon terwijl ik bedacht dat ze haar eetlust had verpest met al dat ijs. 'Ik weet dat het erg veel is voor ons tweetjes. Wat overblijft kunnen we invriezen.'

'Het is gewoon...' zei Diana terwijl ze het huis rondkeek en haar lip omkrulde, 'al die *overdaad*. Ik meen het. Ik wilde dat we al die zooi konden verkopen en het geld konden geven aan mensen die het echt nodig hebben.'

'Tja,' verzuchtte ik. Ik wilde niet al te voorbarig zijn nu Diana zo zwak was. 'Misschien moeten we het huis inderdaad verkopen. Maar ik ben bang dat ik het geld zelf nodig heb.'

'Tsk,' zei Diana terwijl ze opstond. 'Dat is belachelijk. Het spijt me, mam. Misschien pak ik straks wat ontbijtgranen.'

Ik at de lasagne alleen aan de eettafel en knipperde de tranen weg terwijl ik naar de narcissen op de gazons en het groene waas in de bomen staarde. Ik was zo blij geweest dat Diana er was, had met veel plezier mijn hele avond – als het had gekund zelfs mijn hele *dag* – opgeofferd om er voor haar iets bijzonders van te maken. En zij vond het allemaal de normaalste zaak van de wereld en leek er ook nog van uit te gaan dat ik geen gevoelens had.

Het was mijn eigen schuld, dacht ik. Ik was altijd zo onbaatzuchtig geweest, was anderen zo graag in alles tegemoetgekomen, en had er nooit iets voor terugverlangd. Ik had haar *geleerd* om mij als voetveeg te gebruiken.

Wees niet zo streng voor jezelf, dacht ik, en voor Diana. Het zou vast beter gaan als ze goed was uitgerust en weer gewend was in Amerika. Toen ik na mijn zomer in Londen was thuisgekomen, had ik me zelfs al stuurloos gevoeld, herinnerde ik me. Tot het zover was, moest ik geduld hebben.

Laat die avond, toen ik in bed zat te schrijven, hoorde ik Diana rommelen in de keuken. Ik overwoog om op te staan en te vragen wat ze zocht, maar toen besloot ik dat het beter was om het haar zelf te laten doen. Het was tijd dat de verhoudingen tussen ons anders werden, in het belang van ons allebei. 's Morgens vond ik de lasagneschaal in de koelkast, onafgedekt, leeg, afgezien van een piepklein uitgedroogd stukje in de hoek. Omdat ik haar niet wakker wilde maken, sloop ik naar boven om even een blik te werpen in haar oude kamer, waar ze lag te snurken in haar witte meisjesbed.

Jarenlang kon ik, als ik bij haar ging kijken als ze sliep, de baby Diana nog zien in haar steeds ouder wordende gezicht. Maar nu zag ik geen spoor meer van de baby of peuter of zelfs het kind dat ze was geweest. Ik besefte met een schok dat ik in plaats daarvan mezelf zag – de jonge ik op wie ik nu weer probeerde te lijken, de jonge ik die ik ooit was geweest.

Hoofdstuk 18

'Waar ga je naartoe?' vroeg Diana.

Ik sprong in de lucht en slaakte een gilletje. Ik liep op mijn tenen door onze donkere achtertuin met een vuilniszak in mijn hand. Snel tilde ik de zak omhoog en bewoog hem op en neer.

'De vuilnis buitenzetten.'

'Je bent helemaal opgetut,' zei Diana.

Ze stond in haar pyjama in de opening van de keukendeur. Toen ze vlak nadat ik thuis was gekomen van het werk naar bed was gegaan – door de jetlag was haar biologische klok van slag – had ik een paar uur gewacht tot ik het veilig achtte om de deur uit te sluipen en naar Josh te gaan. Ik had hem al gebeld en gezegd dat ik eraan kwam. Als Diana 's morgens ontdekte dat ik weg was, zou ze aannemen dat ik al naar mijn werk was. Ik had er niet op gerekend dat ze me zo zou zien.

Ze kneep haar ogen tot spleetjes en boog zich naar me toe. 'Heb je nou *make-up* op?'

'O,' zei ik, met mijn hand voor mijn gezicht wapperend alsof ik was vergeten dat het er zat. 'Heb ik make-up op?'

Ik vond het niet leuk om tegen mijn dochter te liegen. Maar ik had nog minder zin om Diana de waarheid te vertellen: Och, lieverd, ik ben gewoon op weg naar mijn jonge lover. De seks is fantastisch, en hij is maar een paar jaar ouder dan jij!

'Ja, mam, je draagt make-up. En pumps. En een strakke broek. Wat probeer je te bereiken?'

'Ik probeer er goed uit te zien,' zei ik terwijl ik me lang maakte en het gevoel kreeg dat ik vooral mezelf moest overtuigen. 'Vind je niet dat ik er goed uitzie? Je hebt helemaal niets gezegd over hoeveel ik ben afgevallen.'

'Ik wilde niets zeggen,' zei Diana terwijl ze een gezicht trok alsof ze haar best deed om niet over te geven. 'Ik dacht dat je een eetstoornis had of zo.'

Die vervelende puberale opmerking maakte het in elk geval makkelijker om weg te gaan.

'Luister, ik ga,' zei ik.

'Wanneer kom je terug?'

Ik aarzelde. Josh zou natuurlijk verwachten dat ik bleef slapen. Ik *wilde* blijven slapen.

'Ik zie je morgen na mijn werk,' zei ik tegen haar. 'Ik heb afgesproken met Maggie.'

'Ik wil Maggie zien,' zei Diana. 'Ik kleed me aan en dan ga ik mee.'

'Nee!' riep ik.

En toen ik Diana's geschokte blik zag, zei ik snel: 'Vandaag heeft ze haar laatste inseminatie gehad. Ze moet plat op haar rug liggen. Ze wil niet eens dat ik kom.'

Dat deel was in elk geval waar. Maggies appartement kon er voor de adoptiemensen mee door en haar arts had het groene licht gegeven voor een laatste ronde bij de spermabank. Dit keer had ze plechtig beloofd dat ze het hele weekend met haar heupen in de lucht zou blijven liggen en zo min mogelijk zou bewegen om de kans dat het sperma in leven zou blijven zo groot mogelijk te maken.

'Maar je gaat er wel naartoe.'

'Ik ga haar alleen maar helpen,' vertelde ik, en ik besloot om het vooruitzicht nog onaantrekkelijker te maken. 'Ondersteken legen, wc-potten schoonmaken, dat soort dingen.'

'O,' zei Diana, met een blik alsof ze elk moment kon gaan huilen. 'Een andere keer, misschien.'

Ik werd meteen overspoeld door een schuldgevoel. Ik had nooit nee kunnen zeggen tegen mijn dochter. En ik vond het vreselijk om tegen haar te liegen.

'Ik hoef niet te gaan,' zei ik. 'Ik kan wel hier bij jou blijven.'

'Nee, nee, ga maar,' zei Diana terwijl ze achteruit weer naar binnen stapte. 'Ik wil toch niet met een stel oudjes opgescheept zitten.'

Ik had mezelf niet toegestaan me te herinneren hoe knap Josh was. Hoe sexy. Hoe lief. Ik had uit mijn gedachten gebannen hoe gek hij op me was. En ik op hem. Vooral dat laatste had ik heel ver weggeduwd.

Ik had niet gerekend op Josh' brede grijns toen hij de deur openmaakte, of op de druk van zijn lippen op mijn mondhoek, het gevoel van zijn hand op mijn heup, waardoor mijn tepels direct overeind sprongen. Ik had er niet op gerekend dat mijn hele lichaam zou smelten onder zijn blik, op hoe ik mezelf hoorde lachen en mijn best deed om hem te laten lachen, mijn best deed om hem naar mij te laten verlangen.

Hij vertelde me over zijn voorbereidingen voor Tokio, iets over zijn onderhuur, een misverstand over het appartement dat hij in Japan dacht te krijgen, en de hele tijd kon ik alleen maar denken: hoe kan ik hem ooit de waarheid vertellen?

Er was gewoon geen geschikt moment, geen makkelijke overgang. Ik wist niet hoe we van zijn 'Je wilt niet weten wat een piepkleine kamer in Tokio kost' op mijn 'Jee, dat is erger dan in New York. En weet je, ik ben eigenlijk een huisvrouw van vierenveertig!' moesten komen.

En ik was niet alleen een huisvrouw, hield ik mezelf voor. Zelfs niet alleen een moeder of de assistente van de ergste marketing director op aarde. Ik was nu ook schrijfster. Dat was in elk geval een belangrijk aspect in mijn leven dat ik met hem kon delen.

'Ik ben bezig met een roman,' vertelde ik hem.

Zijn gezicht begon te stralen en hij sloeg zijn armen om me heen. 'Dat is geweldig!' zei hij. 'Je moet me er alles over vertellen.'

'O, er is niet zoveel te vertellen,' zei ik. 'Ik ben er lang geleden aan begonnen en vond het pas geleden weer terug, en sindsdien werk ik er weer aan.'

'Waar was het?' vroeg hij, nog steeds breed lachend.

Ik keek hem verward aan. 'Hoe bedoel je?'

'Waar heb je je roman gevonden? Zat het in een koffer, of zo, of had je het ergens op Maggies loft neergelegd?'

'Het zat in een kist,' zei ik, in een poging geen onwaarheden te vertellen. 'Opgeborgen.'

'O,' zei hij. Hij keek alsof hij me meer wilde vragen, maar schudde toen een beetje met zijn hoofd en besloot, tot mijn opluchting, om een andere weg in te slaan.

'Mag ik het lezen?' vroeg hij, met zoveel passie alsof ik hem had verteld dat ik een lang verloren gewaand stuk van Shakespeare nieuw leven had ingeblazen. 'Ik zou het heel graag willen lezen.'

'Nee,' zei ik snel.

'Oké, oké,' zei Josh lachend. 'Ik begrijp het. Vertel me dan waar het over gaat. Wat is de titel? Ik wil alles weten.'

Ik was niet van plan geweest hem dit te vertellen. Maar toen hij het ene na het andere stukje informatie van me loskreeg, werd ik steeds enthousiaster. En alles wat ik hem vertelde, leidde tot meer vragen van hem. Wat was de eerste zin? Hoeveel hoofdstukken had ik af? Wat was het hoofdpersonage voor iemand? Hoe had ik zo snel zoveel kunnen schrijven? Kwam hij erin voor?

Ik kwam tot bloei door Josh' aandacht. Dit was wat hem zo anders maakte dan Gary, zoveel aantrekkelijker dan alle oudere mannen die ik kende. Het ging niet om zijn uiterlijk of zijn uithoudingsvermogen in bed – hoewel die er ook mochten zijn. Het was zijn bereidheid – nee, zijn *verlangen* – om minstens evenveel aandacht aan mij te schenken als aan zichzelf.

Ik wilde dat ik mijn hart bij hem kon uitstorten over Diana. Ik wilde Maggie niet lastigvallen met de perikelen van het ouderschap, niet nu ze juist optimistisch moest zijn. Maar Josh, zo had ik het gevoel, zou alles begrijpen wat ik hem vertelde. Ik vind het zo erg dat mijn dochter doet alsof het grootste plezier in mijn leven het doen van haar vuile was moet zijn, wilde ik hem vertellen. Maar het ergste is dat ik nu inzie dat ik haar zo heb gemaakt! Ik heb het ernaar gemaakt doordat het wassen van haar sokken veel te lang mijn grootste plezier *was*!

Ik probeer geduld te hebben, wilde ik tegen Josh zeggen. Ik ben nog steeds haar moeder; ik moet haar de tijd gunnen om een nieuwe manier te vinden om met mij om te gaan. Ik moet haar hierin begeleiden.

En in de tussentijd wil ik alleen maar hier bij jou zijn en je bespringen.

Alsof hij mijn gedachten kon lezen, leunde hij naar me toe om me zacht op mijn mond te kussen.

'Ik heb je gemist,' zei hij.

'Ik heb jou ook gemist.'

De waarheid. De hele echte waarheid.

'Ik wil je iets vertellen,' zei ik, en ik voelde me alsof ik vanaf een heel hoge duikplank naar beneden keek.

'Kan je het niet in bed vertellen?' vroeg hij. 'Als ik niet heel snel je kleren van je lijf scheur en naakt boven op je ga liggen, ga ik dood.'

Eén laatste keer, zei ik tegen mezelf. Ik ga één laatste keer met hem naar bed. En dan ga ik het hem echt vertellen.

Ik lag naakt en met gespreide armen en benen op het bed, zwaar ademend en helemaal bezweet. Aan de andere kant van de loft hoorde ik Josh rondlopen, twee glazen met ijs vullen, het water laten stromen zodat het koud werd, en met tinkelende glazen terug naar mij lopen. Ik voelde dat hij naast het bed stond en zag in gedachten hoe hij het glas water naar me uitstak, maar ik was niet in staat om mijn ogen open te doen, laat staan om het water aan te pakken.

'Dat was de beste seks van mijn hele leven.'

Hij lachte een beetje. 'Voor mij ook.'

'Ja,' zei ik. 'Maar ik leef al langer dan jij.'

Hij lachte weer. 'Maar dat betekent niet dat je meer seks hebt gehad.'

Ik wilde hem tegenspreken, maar bedacht toen dat hij waarschijnlijk gelijk had. Vóór Gary was er maar een handvol andere mannen geweest, en ik was snel na ons trouwen zwanger geraakt, en daarna had de miskraam ervoor gezorgd dat ik een aantal maanden geen seks kon hebben, zodat we na onze korte wittebroodsweken eigenlijk meteen op de wekelijkse vrijpartij waren overgegaan. Eén keer per week, en dat zo'n twintig jaar lang. Hoeveel keer was dat? Duizend. Dat leek niet erg veel, maar tijdens mijn hele huwelijk had ik van alles geprobeerd om het minder vaak te hoeven doen. Met Josh had ik het gevoel dat als we in een jaar duizend keer seks hadden, ik nog steeds naar meer zou verlangen.

Nu lag mijn hele lichaam nog te trillen en tintelden mijn opgezwollen lippen. Ik voelde het bed onder zijn gewicht inzakken toen hij ging zitten, en ik rolde naar hem toe en deed langzaam mijn ogen open. Hij was zo mooi, zijn huid was zo glad en strak, zijn spieren zo perfect gevormd, alsof hij die ochtend was geschapen. Ik kon de aandrang niet weerstaan om hem aan te raken, met mijn hand over zijn rug naar zijn middel en zijn heup te gaan. Ik wilde dit in mijn geheugen prenten, de herinnering zo sterk maken dat ze altijd in mijn gedachten zou blijven.

En toen verraste ik mezelf opnieuw door in tranen uit te barsten. Ik lag opgekruld op mijn zij, als een kind te snikken, en elke keer dat ik probeerde me te herpakken en mijn excuus aan te bieden, begon ik harder te huilen. Josh zette uiteindelijk de glazen water die hij nog steeds in zijn handen had neer, ging naast me liggen en nam me in zijn armen. Zijn geur, de druk van zijn vingers op mijn rug, het gewicht van zijn been over de mijne, maakten alleen dat ik me nog slechter ging voelen.

Ik wist nu iets wat ik nog niet wist toen ik een twintiger was: relaties als de onze kwamen bijna niet voor. Ik kon, met een beetje geluk, over een heel lange tijd, een andere man ontmoeten die beter bij mijn echte ik paste. Maar ik wist dat ik nooit meer iemand zou vinden die precies zo geweldig was als Josh.

En hoe zou het voor hem zijn? Zou het voor hem even moeilijk zijn om met een nieuwe partner een band te smeden zoals hij nu met mij had?

Mijn automatische reactie was: nee, het zou voor hem makkelijker zijn, hij was veel jonger, zijn leven was minder gecompliceerd, en bovendien, hij was een man, met een groter universum van vrouwen tot zijn beschikking. Als hij vierenveertig was, zou zijn leeftijd zelfs een voordeel zijn om meisjes van vijfentwintig aan te trekken.

Maar voor mij zouden er na Josh geen jongens van vijfentwintig meer komen. Zelfs Josh, die zo warm tegen me aan lag en wiens ademhaling ik voelde in het rijzen en dalen van zijn borstkas tegen de mijne, leek van voorbijgaande aard. Hij kon elk moment verdwijnen. Ik kon proberen om hem bij me te houden: blijven uitstellen om hem de verdomde waarheid te vertellen, hem zelfs volgen naar Tokio. Maar wat ik ook deed, de tijd zou blijven verstrijken, waardoor het alleen maar zekerder werd dat hij niet langer de mijne zou zijn.

Hoofdstuk 19

Mijn hart kromp ineen toen ik maandagochtend vroeg op het werk kwam en Teri al naast mijn bureau stond.

'Jij bent vroeg,' zei ik terwijl ik mijn best deed om onbezorgd te klinken. 'Is er vanmorgen een bespreking?'

'Kom mee naar mijn kamer,' zei Teri terwijl ze me de rug toekeerde. Haar haren waren pas geknipt en vormden een scherpe punt onder in haar nek. 'Ik moet met je praten.'

Ik volgde haar naar haar kamer en voelde dat mijn adem stokte in mijn keel. Ik zat amper toen Teri zei: 'Ik ben iets verontrustends tegengekomen.'

Ze schoof een vel papier over haar bureau mijn kant op: een kopie van mijn sollicitatieformulier voor de baan bij Gentility Press.

'Wat is het probleem?' vroeg ik.

'Zeg jij het maar,' zei Teri op kille toon. 'Het lijkt erop dat niet alles op dit formulier klopt.'

'Wat bedoel je?' Ik kon de woorden amper uit mijn mond krijgen.

'Het lijkt erop dat je niet echt een graad in Engelse literatuur hebt behaald aan Mount Holyoke, zoals je hebt beweerd.'

Ik liet mijn adem ontsnappen.

'Jawel, hoor,' zei ik.

Ik was mijn diploma dat weekend nog tegengekomen, toen ik

de belangrijke documenten in de kluis die Gary in het huis had laten plaatsen had doorgenomen.

'Ik heb zelf naar Mount Holyoke gebeld,' zei Teri. 'Ik heb ze gevraagd om al hun dossiers door te nemen, niet alleen die met afgestudeerden in de richting literatuur, maar voor alle richtingen, en jij zat er niet bij.' Ze liet een triomfantelijk lachje zien. 'Nergens te vinden.'

'Welke jaren?' wist ik fluisterend uit te brengen.

'Wat?'

'Welke jaren?' zei ik iets luider. Ineens wist ik wat ik moest doen. 'Welke jaren heb je laten nakijken?'

'Ja, ik heb gezien dat je heel slim de datum van afstuderen niet op je cv hebt vermeld, wat mijn werk iets moeilijker maakte,' zei Teri. 'Maar ik heb ze hun dossiers voor elk jaar teruggaand tot 1990 laten doornemen. En toen moet je volgens mijn schatting ongeveer tien jaar oud zijn geweest.'

'Dertig,' zei ik.

'Wat zeg je?'

'In 1990 werd ik dertig,' zei ik, terwijl ik zowel angst als opluchting voelde dat ik de waarheid kon vertellen.

Teri deed haar mond open en bleef me toen aangapen. 'Ik geloof je niet,' zei ze ten slotte.

'Het is echt zo. Ik ben in 1981 aan Mount Holyoke afgestudeerd.' Ik pakte de telefoon van Teri's bureau. 'Toe maar, bel ze,' zei ik. 'Ze zullen het meteen bevestigen.'

Teri deed haar mond dicht. 'Je hebt toch gelogen.'

'Waarover dan?'

'Je hebt jezelf voorgedaan als iemand die net van school kwam.'

'Hoe dan? In mijn cv of sollicitatieformulier staat niets wat zegt wanneer ik ben afgestudeerd of dat ik iets heb gedaan wat niet zo is.'

'Precies!' zei Teri met een klap van haar hand op het bureau. 'Wat je niet zegt, klopt niet. Als je in 1981 bent afgestudeerd aan Mount Holyoke, wat heb je dan de afgelopen pakweg twintig jaar gedaan? Je zal toch niet al die tijd hebben "rondgetrokken in Europa", zoals je het noemt.'

'Ik heb thuis een dochter grootgebracht. Ik heb thuis vloeren gedweild, me nuttig gemaakt als klassenmoeder en, wat nog meer, hammen gebraden. Of, zoals meerdere personeelsfunctionarissen het noemden toen ik ging solliciteren met alle data op mijn cv, "niets gedaan".'

Teri staarde me aan. 'Je hebt gelogen,' zei ze ten slotte.

'Ik heb niet gelogen. Ik ben moeder, Teri, net als jij. Maar toen ik na jaren van thuiszitten met mijn kind mijn carrière weer wilde oppakken, kreeg ik het deksel op mijn neus. Dus ik heb gewoon een stukje van mijn geschiedenis weggelaten – een stukje dat niet eens relevant was voor mijn beroep.'

Ik had kunnen weten dat Teri geen enkele sympathie zou tonen voor de moeite die het kostte om na jaren van moederen weer aan het werk te gaan.

'Andere moeders blijven ondanks alle opofferingen die ze zich moeten getroosten werken,' zei ze. 'Als je ervoor kiest om thuis te blijven, moet je ook bereid zijn de prijs te betalen.'

'Maar waarom moet die prijs een eeuwig bestaan in de marge zijn?' begon ik. 'Ik ben nu bereid om alles te geven voor mijn baan...'

'Je bent niet eerlijk,' onderbrak ze me. 'Je bent achterbaks. Dit is niet het enige probleem.'

Ik hapte naar lucht. 'Je doelt op het klassiekersproject.'

'Ja. Je hebt achter mijn rug om gehandeld. Geprobeerd mijn ideeën in te pikken.'

Ik deed mijn mond open. Deed hem weer dicht. En weer open – heel ver.

'Hoe durf je,' zei ik. 'Jij hebt vanaf het eerste moment ideeën van mij gepikt. En niet alleen mijn ideeën, ook mijn precieze woorden om indruk te maken op iedereen.'

'Dat is belachelijk,' zei ze. 'Ik heb geen idee waar je het over hebt.'

'Je weet heel goed waar ik het over heb. Je hebt het zelfs recht in mijn gezicht toegegeven – je weet wel, dat hele "jouw ideeën zijn mijn ideeën"-ding. Je noemde het alleen geen stelen.'

'Het maakt niet uit wat je zegt,' zei Teri. 'Je bent een leugenaar, en als uitkomt wat je hebt gedaan, zal niemand nog geloven wat je zegt.'

'Lindsay weet al dat jij mijn ideeën hebt gepikt,' zei ik. 'Zelfs Thad weet er gedeeltelijk van. En mevrouw Whitney kan het optelsommetje ongetwijfeld ook maken. Dat is waarschijnlijk de werkelijke reden dat je van me af wilt.'

Toen stond ik op. Ik was nog maar een moment geleden heel bang geweest dat Teri me zou ontslaan. Maar nu wist ik wat ik wilde doen – *moest* doen.

'Ik hou van dit bedrijf, eerlijk waar,' zei ik tegen haar. 'Ik hou zelfs van mijn baan. Maar ik kan niet meer voor jou werken. Ik neem ontslag.'

'Maar,' stamelde Teri, 'ik ontsla je.'

'Nu doe je het weer,' zei ik, en ik slaagde er zelfs in te glimlachen. 'Je probeert mijn ideeën te stelen.'

Ik wilde dat ik mevrouw Whitney kon spreken voor ik wegging, om ervoor te zorgen dat ze mijn versie van de waarheid hoorde, maar dat moest wachten tot een rustiger moment. Nu was de enige persoon die ik moest spreken Lindsay. Het hele bedrijf zou binnen een mum van tijd gonzen van de geruchten over mijn ware leeftijd, dat wist ik zeker, maar ik wilde dat Lindsay de waarheid uit mijn mond zou horen.

Lindsays assistente zat niet op haar plek – ze was vast op het damestoilet, waar ze het verhaal over mij zou horen – dus in plaats van te kloppen, maakte ik Lindsays deur open en stapte haar piepkleine kantoor binnen. Ze keek op en trok een gezicht: ze praatte nog steeds niet met me. Voordat ze iets kon zeggen over het feit dat ik zomaar binnendrong, hief ik mijn hand op.

'Ik kom alleen afscheid nemen,' zei ik. 'Ik heb ontslag genomen.'

Er gleed meteen een bezorgde blik over haar gezicht, en dat gaf me in elk geval de hoop dat mijn vriendin nog ergens aanwezig was.

'Wat is er gebeurd?' vroeg ze. 'Heeft ze weer geprobeerd met de eer van jouw werk te gaan strijken?'

'Nee. Ik bedoel, ja, dat was een deel van het probleem. Maar we hebben een aanvaring gehad omdat Teri erachter is gekomen dat ik... ik denk dat je kunt zeggen, een verkeerd beeld van mezelf heb gegeven op mijn cv. Dat ik niet helemaal eerlijk ben geweest over mijn achtergrond.'

'Heb je je ervaring overdreven?' vroeg Lindsay. 'Of de periode dat je ergens hebt gewerkt opgerekt? Want als het zoiets is, wil ik wel met Thad gaan praten...'

'Dat is het niet,' onderbrak ik haar. Ik haalde diep adem. 'Ik heb niet de waarheid verteld over mijn leeftijd, Lindsay. Tegen Gentility, tegen Teri, zelfs tegen jou.'

'Tegen mij? Volgens mij heb je nooit gezegd hoe oud je precies bent. Ik nam gewoon aan...'

'Dat is het probleem. Ik heb iedereen laten aannemen dat ik nog maar een paar jaar van school was en in de twintig was. Maar dat ben ik niet, Lindsay. Ik ben vierenveertig.'

Lindsays mond viel open, en ze zat me aan te gapen en met haar hoofd te schudden. 'Hoe kan dat?'

'Ik zie er jong uit voor mijn leeftijd. En mijn vriendin Maggie, de kunstenares die de omslagen voor de vergadering had getekend, heeft me geholpen met mijn haar, mijn make-up, een jeugdigere garderobe.' Ik lachte een beetje. 'Weet je niet meer hoe geschokt je was dat ik mijn bikinilijn niet had laten harsen?'

'Dus dat kwam gewoon doordat je oud en achterhaald was,' zei ze. 'Dat hele verhaal over reizen door Europa was ook een leugen.'

Ik wist niet wat meer pijn deed, dat Lindsay me oud vond of dat ze wat ik haar had verteld een leugen noemde.

'Het was niet mijn bedoeling om tegen je te liegen of je te kwetsen, Lindsay,' zei ik. 'Daarom wilde ik je spreken voordat ik wegging – niet alleen om je te vertellen wie ik werkelijk ben, maar ook om je uit te leggen waarom ik geen goed gevoel had over jouw relatie met Thad.'

'Waar heb je het over?'

'Ik ben meer dan twintig jaar getrouwd geweest, Lindsay. Ik was fulltime moeder; ik heb een dochter die bijna even oud is als jij. En toen mijn man me vorig jaar in de steek liet, wist ik niet wat ik moest doen.'

'Dus daarom besloot je de deur uit te gaan en iedereen voor de gek te houden?'

'Zo is het niet gegaan,' zei ik. 'Het is begonnen als geintje, en toen werd het steeds groter. Ik vind het nu vreselijk dat ik tegen zoveel mensen heb gelogen, zelfs tegen Teri. Het was hartstikke verkeerd.'

'Inderdaad,' zei Lindsay, en ze kruiste haar armen voor haar borst.

'Maar begrijp je dan niet,' zei ik, 'dat ik je daarom nu de waarheid wil vertellen? Ik denk dat een van de redenen waarom ik jou als vriendin wilde, is dat je me doet denken aan mezelf op jouw leeftijd. Ik was net als jij, wilde ook zo graag beginnen met het volwassen deel van mijn leven. Maar nu besef ik dat ik heel veel leuke dingen van het jong zijn heb gemist. Nee, meer dan dat – ik heb mijn huwelijk en mijn kind gebruikt als uitvlucht voor het moeilijkste deel van de weg naar volwassenheid.'

'Dat jij verknipt bent,' zei Lindsay, 'geeft je nog niet het recht om aan te nemen dat ik dat ook zou doen.'

'Nee,' zei ik. 'Natuurlijk niet. Maar ik heb de ervaring die me het gevoel gaf dat jij niet zoveel haast moest maken om te trouwen, dat je niet zomaar moest zeggen dat je je carrière zou opgeven voor kinderen...'

Lindsay sprong overeind alsof ik in brand was gevlogen. Alsof zij in brand was gevlogen.

'Jij weet helemaal niets over mij,' zei ze. 'Mijn generatie is niet zoals jij. Wij houden van mannen. Wij willen van onze kinderen genieten.'

'Ik hield van mijn man,' zei ik verbluft. 'Ik wilde ook van mijn dochter genieten. Ik *genoot* van haar. Maar dat betekent niet dat ik alleen maar blij ben dat ik mijn jaren als twintiger en dertiger thuis heb gezeten met een kind. Ik wilde dat ik toen langer was blijven werken, meer van de wereld had gezien...'

'En ik wilde dat je wegging,' zei Lindsay.

Ik stopte met praten.

'Ik meen het,' zei Lindsay. 'Ik wil dat je vertrekt.'

'Ik dacht dat je de waarheid zou willen horen,' zei ik.

Lindsay wees naar de deur.

Dus voor de tweede keer die ochtend vertrok ik.

Ik belde Maggie en Josh vanaf de straat om ze, met een wisselende hoeveelheid details, te vertellen wat er was gebeurd. Ze wilden me allebei zien, maar ik had enkel nog puf om mezelf naar de bushalte te slepen en naar huis te gaan. Ik beloofde Josh dat ik hem de volgende dag zou opzoeken, en nam mezelf heilig voor om hem de waarheid te vertellen. De hele waarheid – ongeacht de rampzalige consequenties van de onthullingen van vandaag. En ik sprak met Maggie af dat ik haar later in de week zou zien, als ze naar eigen zeggen mobieler was na de inseminatie. Ik vermoedde dat ik haar steun dan ook harder nodig zou hebben.

Diana sliep nog toen ik thuiskwam, en dat was een opluchting. Ik rolde me op in een hoek van de bank, sloeg het enige kleed dat Maggie niet had meegenomen om me heen en viel prompt in slaap.

Ik was helemaal van de wereld tot ik een hand aan mijn schouder voelde schudden en mijn ogen opendeed om Diana met een bezorgde blik op haar gezicht over me heen gebogen te zien staan.

'Ben je ziek?' vroeg ze.

'Nee,' zei ik. 'Ik ben vroeg naar huis gegaan.'

Ik verwachtte dat Diana zou vragen waarom ik vroeg naar huis was gegaan, en dan zou ik vertellen dat ik ontslag had genomen, maar niet het hele verhaal achter mijn vertrek. En dan zou zij met me meevoelen, een kop thee voor me zetten, en dan gingen we in de woonkamer in de zon zitten en zou ik het fijn vinden om thuis te zijn bij mijn dochter.

Maar in plaats daarvan zei ze: 'O, mooi. Weet je waar ik ontzettend veel zin in heb? Jouw pannenkoeken.'

Het maakte niet uit dat ik afgelopen weekend nog had aangeboden ze voor haar te maken en dat zij toen had gesnauwd dat ze daar veel te dik van werd. Het maakte niet uit dat ik alleen de mix in een kom hoefde te doen en die moest mengen met water, iets wat zij ook best zelf had kunnen doen.

Hoewel ik wist dat het belachelijk was, voelde een deel van me zich dankbaar dat mijn grote meid mij nog steeds nodig had als haar mammie – om precies te zijn, mij nog steeds *wilde* als haar mammie. Ik hees me van de bank, slikte mijn wrok om haar gebrek aan interesse in mij in, en liep naar de keuken, met Diana in mijn kielzog. Ze ging aan de grenenhouten tafel de krant zitten doorbladeren terwijl ik een verse pot koffie zette en het pannenkoekenbeslag mixte in mijn moeders groene kom, en de bakplaat die ik in haar kindertijd had gekocht verhitte, met de vier perfecte zilverkleurige cirkels die in het oppervlak waren uitgesleten op de plek waar ik altijd de pannenkoeken had gebakken.

Ik had toen Diana opgroeide vrijwel elke dag pannenkoeken voor haar gebakken, eerst van zelfgemaakt beslag, later van het kant-en-klare spul. Ik had chocoladestukjes of bosbessen door het beslag gemengd, er slagroom op geschept of pannenkoeken in de vorm van de letters van haar naam gemaakt, waar we op dat moment maar zin in hadden. Hoeveel pannenkoeken waren dat? Vier per dag met een gemiddelde van zes dagen per week en dat, zeg, vijftien jaar lang – dat waren bijna twintigduizend pannenkoeken. Twintigduizend en vier, met die van vandaag erbij.

'Weet je nog, al die ochtenden?' zei ik nu tegen haar, terwijl ze op dezelfde stoel zat als waar ze altijd had gezeten. 'Dat ik vroeger pannenkoeken voor je bakte? Als ik er chocoladestukjes of bosbessen in deed, moesten het precies vijf stukjes per pannenkoek zijn. Je telde het zelfs na.'

Diana glimlachte, maar ze keek niet op. Ik voelde irritatie opkomen, maar dat duwde ik weg.

'Wat zijn je plannen voor vandaag?' vroeg ik.

'Ik ga naar papa,' zei ze met een enorme gaap. 'Mag ik de auto meenemen?'

'Tuurlijk,' zei ik. 'Wanneer denk je dat je thuiskomt?'

'Weet ik niet,' zei ze. 'Ik blijf daar slapen. Misschien ben ik morgen voor het avondeten thuis, of ik blijf nog een paar dagen. Ik zie wel hoe het loopt, goed?'

'Natuurlijk,' zei ik terwijl ik de pannenkoeken omdraaide. 'Alleen, als je de auto meeneemt...'

Diana maakte een knallend geluid met de krant en keek me aan. 'Moeder, je moet ophouden met me als een kind te behandelen, oké? Als ik hier bij je blijf wonen en we het samen leuk willen hebben, moet je me gaan behandelen als een gewone volwassene, want dat ben ik.'

Ik ademde diep in en keek naar de stoom die langs de randen van de pannenkoeken omhoog kringelde, legde ze op het bord en zette ze voor Diana op tafel. Pas toen zei ik weer iets.

'Je hebt gelijk,' zei ik, verrast over hoe afgemeten mijn stem klonk. 'En dan moet jij mij ook als een gewone volwassene behandelen. Niet als de mama die geen andere functie heeft dan pannenkoeken bakken.'

Diana knipperde met haar ogen en knoeide met de siroop uit de fles die ze omgekeerd boven haar bord hield. 'Nou, je hoefde geen pannenkoeken te bakken als je daar geen zin in had.'

'Ik wilde het wel,' verzekerde ik haar. 'Ik zeg niet dat ik je moeder niet wil zijn of dat ik niets voor je wil doen. Ik zeg dat je je ervan bewust moet zijn dat ik ook een mens ben, en dat als ik midden op de ochtend thuis ben terwijl ik niet ziek ben, daar een reden voor is.'

Diana zette de siroopfles met een klap op tafel, maar het was te laat, de pannenkoeken verzopen in een kleverige brij.

'Wat is de reden?' vroeg ze.

Toen begon ik te huilen. Niet alleen door de confrontatie met mijn dochter, maar door de impact van wat er die ochtend allemaal was gebeurd.

'Ik ben mijn baan kwijt, nou goed?' wist ik uit te brengen.

'Hoe bedoel je, kwijt?'

'Ik ben opgestapt. Maar als ik dat niet had gedaan, hadden ze me wel ontslagen.'

Diana zei niets, maar ineens hoorde ik haar stoel naar achteren schuiven en stond ze naast me, met haar hand op mijn schouder. Eerst voorzichtig, maar toen trok ze me tegen zich aan.

'Maak je niet druk,' zei ze. 'Je vindt wel een andere baan.'

'Nee, hoor,' snikte ik. 'Het was al moeilijk om deze baan te krijgen, en nu neemt niemand me nog aan.'

'Kom op, mam, zei Diana, terwijl ze op mijn rug klopte alsof ik het kind was. 'Je zei dat het zo goed ging. Je had allemaal goede ideeën en iedereen vond ze geweldig. Het was alleen dat je baas een trut was.'

Ik schudde mijn hoofd tegen haar schouder. 'Je kent niet het hele verhaal,' zei ik.

'Nou, vertel het me dan!' viel ze uit, en ze stapte naar achteren en hield me op een armlengte afstand. 'Ik vraag misschien niet naar dingen, maar jij vertelt ze me ook niet! Ik wil heel graag het hele verhaal horen.'

Ik keek haar in de ogen en probeerde in te schatten in hoeverre ze wat zij het hele verhaal noemde wilde horen, en in hoeverre ik bereid was het haar te vertellen. Misschien had ze gelijk en moest ik haar meer vertellen, maar moest zij mij ook meer vragen. Misschien zou ik dat ook doen, in de nabije toekomst.

Maar vandaag niet, dacht ik, toen ik weer voor me zag hoe

Lindsay die ochtend had gereageerd en ik me voorstelde hoe Josh morgen zou reageren. Mijn baan verliezen, een vriendin, zelfs een geliefde – dat waren grote klappen, maar ik wist dat ik er uiteindelijk wel bovenop zou komen. Maar als ik mijn dochter kwijtraakte, kon ik me net zo goed in een hoek van de bank oprollen en doodgaan.

Hoofdstuk 20

Toen ik vanaf de metro de hoek omging naar de straat van Josh, kon ik letterlijk mijn ogen niet geloven. Daar stond Josh – of in elk geval iemand die sprekend op Josh leek – voor het gebouw tegen een glimmende rode Mustang cabriolet geleund. De kap van de wagen was omlaag. Zijn gezicht begon te stralen toen hij me zag en hij zwaaide triomfantelijk met de sleutels.

'Wat is dit?' vroeg ik.

'Een verrassing. Ik dacht dat je wel iets leuks in je leven kon gebruiken.'

'Jee,' zei ik, 'wat *lief*. Maar hoe kom je aan die auto?'

'Die heb ik geleend,' zei hij. 'Van mijn maat Russ, de jongen van de band waar we toen naartoe zijn geweest. Maar dat moet je hem niet aanrekenen.'

Ik lachte. 'Ik begrijp het niet,' zei ik terwijl ik de auto bestudeerde. De zwarte bekleding glom en de chromen details blonken alsof ze gisteren waren gemaakt. 'Waar gaan we naartoe?'

'Jersey,' zei hij met een grijns.

'New Jersey?' vroeg ik terwijl ik mijn schrik probeerde te verbergen. 'Waarom wil je nou daar naartoe?'

'Niet alleen ik,' zei hij. '*Wij*. Kom op, vind je deze auto niet iets voor een jongen in een nummer van Bruce Springsteen? Deze auto wil dolgraag naar Jersey.'

'Nou, maar ik misschien niet,' zei ik stijfjes.

Josh keek me verbaasd aan. 'Toe nou, schatje,' zei hij terwijl hij de deur aan de passagierskant openmaakte. 'Ik had niet gedacht dat jij een snob was.'

'Nee, het is alleen...' zei ik, bang dat hij me zou zien als een New Yorker die neerkeek op New Jersey, het soort mensen waar ik altijd een hekel aan had gehad. 'Ik moet echt met je praten.'

'Over je werk,' zei hij terwijl hij me in de auto duwde. 'Dat weet ik. Ik heb een plan.'

'En ook over andere dingen,' riep ik toen hij naar de bestuurderskant liep. 'Ik wil ook over andere dingen praten.'

Hij zat inmiddels achter het stuur, maakte zijn gordel vast en pakte de sleutel. 'We kunnen alles bespreken als we er zijn.'

'Als we *waar* zijn?' vroeg ik. Ik begon nu echt in paniek te raken.

Voor het eerst aarzelde hij. 'Nou, ik had bedacht dat we eenmaal in New Jersey naar een leuk plekje konden uitkijken. Ben jij wel eens in New Jersey geweest?'

'Ja,' gaf ik toe. 'Ik ben in New Jersey opgegroeid.'

'Cool,' zei hij met een brede lach. 'Dan kan jij de weg wijzen.'

Hij draaide de sleutel om en de Mustang kwam brullend tot leven. Brullend was het juiste woord: de motor maakte zoveel lawaai en de wind gierde zo hard om mijn hoofd dat het onmogelijk was om een gesprek te voeren. Ik begeleidde Josh met mijn handen, wees de weg naar de Williamsburgbrug, naar Manhattan aan de overkant en toen door de drukke straten van Chinatown en Soho naar de Hollandtunnel.

'Is dit niet fantastisch?' jubelde Josh toen we over de brug vlogen.

'Fantastisch,' schreeuwde ik terug, hopend dat er niet te veel vuil tussen mijn tanden was blijven steken.

In Manhattan, toen hij even niet zat te schakelen, pakte Josh mijn hand. Hij lachte en knikte naar me te midden van het lawaai van claxons en de geur van uitlaatgassen. Het werd steeds moeilijker om terug te lachen nu de gedachte aan het gesprek dat we zouden voeren zodra we op de plaats van bestemming waren niet meer uit mijn hoofd wilde.

'Misschien moeten we hier stoppen,' zei ik toen het lawaai en verkeer op West Broadway even stilvielen, en ik wees naar de cafés langs de straat. 'Dit is een perfecte plek om te praten.'

Hij schudde vastberaden zijn hoofd. 'Ik wil met dit schatje de grote weg op. Naar een volledig nieuwe plek rijden.'

'Ik ben al in New Jersey geweest,' hielp ik hem herinneren. 'Heel vaak.'

Maar hij liet zich niet op andere gedachten brengen. 'Dan gaan we naar Pennsylvania,' schreeuwde hij, naar een hogere versnelling schakelend toen hij door een oranje stoplicht op Canal Street schoot. 'Of helemaal naar Californië!'

Ik zou het niet redden tot aan Californië, niet in deze auto. Toen we door de Hollandtunnel raasden, waar ik werd overspoeld door rook en lawaai en ik me voorstelde dat de rivier recht boven mijn hoofd stroomde, begon ik te twijfelen of ik Hoboken zelfs maar zou halen. Ik kon alleen maar denken dat ik hier te oud voor was. Elke twijfel die ik ooit had gehad over mijn vermogen om Josh bij te kunnen houden, kwam weer naar boven. Ik wist dat dit leuk zou moeten zijn. Ik twijfelde er niet aan dat Josh zijn uiterste best had gedaan om er voor mij een prachtige ervaring van te maken. Maar ik vond het vreselijk. En ik kon het geen minuut langer dan noodzakelijk was laten doorgaan.

'Welke kant op?' schreeuwde Josh toen we de tunnel uit schoten.

'Van de weg af!' schreeuwde ik.

'Waar?' Hij keek verward om zich heen. Er waren alleen tankstations en pakhuizen en snelwegen naar het westen.

Ik wist dat Hoboken rechtsaf was. Maar we konden langs die straat nergens parkeren om ook maar iets van een gesprek te voeren. Linksaf was Jersey City, mij even onbekend als Calcutta.

'Oké, rij maar door,' zei ik, naar voren wijzend.

Deze route had ik in mijn slaap kunnen rijden, en soms had ik dat ook bijna gedaan. Het zag eruit zoals iedereen zich New Jersey voorstelde: de bochtige wegen en vlakke woestenij, de zwarte metalen torens en groepjes lelijke gebouwen. Ik kende elke afslag en geheime sluipweg, en ik wees Josh over de Pulaski Skyway naar Route 280, langs de gebouwen van Newark en de snelwegen die nergens naartoe liepen.

Toen we eindelijk de groene heuvels zagen die de buitenwijken achter de snelweg verbergen, waaronder Homewood, leek Josh zich te ontspannen.

'Het is hier mooi,' schreeuwde hij.

Ik knikte en bereidde me voor op wat ik moest doen.

'Is alles goed?' vroeg hij.

Ik knikte weer, maar wees naar het bord voor de volgende afslag.

'We gaan er hier af,' zei ik.

Hij keek verrast. 'Hier?'

Hij moest hebben gedacht dat ik naar de wc wilde, of dringend water of zakdoeken nodig had, toen ik hem door de straten leidde en koortsachtig nadacht waar we konden gaan zitten zonder te worden lastiggevallen, waar we konden parkeren zonder dat mijn kennissen uit Homewood ons zouden zien, waar we konden praten zonder het moeilijker te maken dan het toch al was. Een parkeerplaats leek te wreed, een afgelegen weg te romantisch, en het idee van een anonieme straat – waar de thuisblijfmoeders ons van achter de gordijnen zouden bekijken en de joggers ons openlijk zouden aanstaren – gaf me een ellendig gevoel.

Uiteindelijk dirigeerde ik hem naar de oprit van een veel te chic restaurant, waar Gary en ik een paar keer hadden gegeten op onze trouwdag. Het stond boven op een klip die uitzicht bood op Manhattan. Maar voordat je bij het restaurant kwam, was er een openbare parkeerplaats met parkeervakken langs een promenade met een schitterend uitzicht op de stad. Mijn vriendin Lori en ik waren hiernaartoe gegaan op de dag dat de torens van het World Trade Center werden geraakt, en hadden hier samen met honderden vreemden vol afschuw toegekeken hoe de torens in rokende zuilen waren veranderd.

Ik kon in gedachten de torens nog aan de horizon zien, een voelbare afwezigheid in het verder schitterende vergezicht op de stad waar Josh en ik nog maar kort daarvoor waren geweest.

'Dit is schitterend,' zei Josh.

'Ik zal je enorm gaan missen,' flapte ik eruit. Ik weet het aan de ontbrekende torens, de herinnering aan de pijn die ik was vergeten toen ik deze plek uitkoos vanwege de privacy, de schoonheid, de rust.

Om onverklaarbare reden moest hij glimlachen. 'Daar wilde ik met je over praten. Misschien is het helemaal niet zo erg wat er met je werk is gebeurd. Want nu ben je vrij. Vrij om met mij mee te gaan naar Japan.'

'O, Josh,' zei ik, ontzet over de richting die dit gesprek op ging. Dit was zo anders dan ik in gedachten had gehad. 'Ik kan niet met je meegaan naar Japan.'

'Waarom niet? Je bent nu niet meer gebonden aan een baan. Schrijven kan je overal.'

'Dat is het niet, Josh.'

Dit was het. Zonder twijfel. Dit was het moment dat ik hem moest vertellen hoe oud ik was.

'Ik heb je niet alles over mezelf verteld,' begon ik.

'Dat idee kreeg ik al,' zei hij terwijl hij zich omdraaide om me recht aan te kijken. 'Ik bedoel – ben je getrouwd, Alice?'

'Nee!' zei ik, geschrokken van de conclusie die hij had getrokken. Nee, ik zou niet geschrokken moeten zijn; het was een logische conclusie. En hij zat er niet heel ver naast.

'Nee,' zei ik nu rustiger, maar vastberaden dat ik alles moest opbiechten. 'Maar ik ben wel getrouwd geweest. Ik was al een jaar gescheiden toen ik jou leerde kennen.'

'O,' zei hij opgelucht. 'Ik begon te denken dat het dat wel moest zijn, omdat je dagen achter elkaar verdween en me nooit mee wilde nemen naar je appartement.' Hij lachte een beetje. 'Ik begon te denken dat je echt ergens een man had zitten, en een stuk of vijf kinderen.'

'Maar één kind,' zei ik.

Hij keek me weer verbluft aan. 'Maar hoe kan dat? De hele tijd in de stad heb ik geen kind gezien. Tenzij hij bij zijn vader was of zo, of bij familie, maar ik snap het niet...'

Ik legde mijn vinger op zijn lippen. 'Mijn dochter is tweeëntwintig.'

Hij trok zijn hoofd weg en keek me vragend aan, alsof dit zo'n raadsel was met een voor de hand liggend antwoord – de chirurg was de moeder van de patiënt! Er zat nu niets anders op dan hem alles vertellen.

'En ik ben geen negenentwintig, Josh. Ik ben vierenveertig.'

Op dat moment leek alles te stoppen. De bomen stopten met wuiven in de wind, de skyline van de stad verdween uit het zicht. Zelfs het vliegtuig dat in de strakblauwe lucht overvloog, leek geen geluid meer te maken.

Ten slotte schudde Josh met zijn hoofd alsof hij een verontrustend beeld probeerde kwijt te raken.

'Dat kan niet.'

'Het kan wel,' zei ik. 'Het kan en het is waar.'

'Jezus, Alice,' barstte hij uit. 'Het was vanaf het begin al één grote leugen!'

Toen duwde hij het autoportier open en beende hij over de parkeerplaats naar het gras en de bomenrij verderop. Ik wachtte even, in de overtuiging dat hij wel terug zou komen, maar hij bleef doorlopen en verdween snel uit het zicht, tot ik uiteindelijk de auto uit sprong en achter hem aan rende.

'Josh,' riep ik. 'Stop!'

Hij bleef staan, maar draaide zich niet om.

'Ik heb nooit gelogen,' hijgde ik toen ik eindelijk naast hem stond. 'Ik heb alleen de waarheid niet verteld.'

'Maar die eerste avond in het café, op oudejaarsavond,' zei hij toen hij zich omdraaide en me aankeek. 'Je hebt vanaf het begin gedaan alsof je jong was.'

Was dat zo? Ik had ervoor gezorgd dat ik er jong *uitzag*, maar verder was het vooral aanname. Een aanname die ik had aangemoedigd.

'Het was als lolletje bedoeld,' zei ik, en mijn hart kromp ineen bij de herinnering.

'Lollig voor jou. Het kon je niks schelen hoe ik me zou voelen.'

'Ik heb het gedaan voordat jij er was,' zei ik. 'Of in elk geval voordat ik kon bedenken dat we iets met elkaar zouden krijgen. Het laatste wat ik verwachtte was dat ik verliefd op je zou worden.'

Josh keek naar me op. Hij keek me indringend aan.

'Wat zei je?' vroeg hij.

Ik voelde mijn wangen heet worden. Ik was niet van plan geweest om dat te zeggen. Wist niet eens dat ik het dacht. Maar waarom zou ik het nog verbergen nu ik al het andere had gezegd?

'Dat is ook waar,' zei ik. 'Ik ben verliefd op je geworden, ook al zouden we ons niet binden. Ik wilde het niet, maar het is gebeurd. Het spijt me.'

Josh stond me met open mond aan te staren. Toen spreidde hij ineens zijn armen, wierp hij zijn handen in de lucht en riep hij: 'Maar dat is geweldig! Ik hou ook van jou! Ik mocht het eerder niet van je zeggen, maar het is waar. Ik hou van je, Alice. Ik hou van je!'

Ik schudde mijn hoofd en deed een stap naar achteren, meer verbluft door zijn reactie dan ik zou zijn geweest als hij me had verteld dat hij me nooit meer wilde zien.

'Maar je kent me niet,' zei ik. 'Niet de echte ik.'

Hij streek met zijn handen over mijn armen, die ik stijf langs mijn lichaam hield. 'Je bent hier,' zei hij. 'Dit ben jij, toch? Je houdt van me, en ik hou van jou. Meer hoef ik niet te weten.'

'O, kom op, Josh,' riep ik. 'Zo simpel is het niet. Misschien in een ideale wereld waar leeftijd er niets toe doet, maar leeftijd doet er *wel* iets toe. Het feit dat we van elkaar houden is niet genoeg om een relatie te doen slagen.'

Hij kruiste zijn armen voor zijn borst en stak zijn kin in de lucht. Hij zag er niet meer boos uit, hij zag er niet gekwetst uit, maar hij nam een houding aan die ik had leren herkennen als vastberaden.

'Waarom niet?' vroeg hij terwijl hij met zijn kin naar me wees. 'Voor mij is het genoeg.'

'Nou, om te beginnen, kan ik niet mijn spullen pakken en met je meegaan naar Japan. Ik heb mijn huis, ik heb mijn dochter, ik heb hier een leven waar jij helemaal geen weet van hebt.'

'Dan blijf ik hier,' zei hij. 'Er zijn andere opleidingen voor game-ontwerpers, of ik ga een tijdje werken...'

Ik greep hem bij zijn onderarm. 'Dat sta ik niet toe,' zei ik. 'Ik weet hoe graag je dit wilt. Je mag het niet opgeven voor mij.'

'Dan vliegen we op en neer,' zei hij. 'Dan hebben we een langeafstandsrelatie tot we weer op dezelfde plek kunnen wonen.'

'En dan?' barstte ik uit. 'Wat voor toekomst hebben we, Josh? Jij bent jong. Je zult op den duur willen trouwen, een gezin stichten...'

'Dan gaan we trouwen.' Hij grijnsde.

Ik wilde daar niet over nadenken, stond al met mijn hoofd nee te schudden. 'Ik kan geen kinderen meer krijgen, Josh. Ik heb het jarenlang geprobeerd na de geboorte van mijn dochter. Het lukt gewoon niet bij mij.'

'Dan gaan we adopteren!' zei hij en hij wilde me omhelzen.

Maar ik was sneller en stapte weer weg.

'Nee,' zei ik. 'Ik wil op dit punt in mijn leven geen baby, Josh. En dat is een groot verschil tussen ons. Die optie is voor mij van tafel, want zo wil ik het. Maar jij hebt nog een heel leven voor je.'

'Dat is niet belangrijk,' zei hij, en hij probeerde weer dichter bij me te komen. 'Ik geef niks om kinderen. Ik wil alleen jou.'

Ik hield mijn handen op om hem tegen te houden, om duidelijk te maken dat ik het meende.

'Ik wil niet dat jij op dit punt in je leven die beslissing neemt,' zei ik. 'Over vijf of tien of twintig jaar kan je zomaar van gedachten veranderen. En je moet jezelf die vrijheid gunnen.'

Josh was zo lang stil dat ik me ongemakkelijk begon te voelen, en toen zei hij, zo zacht dat ik het bijna niet hoorde: 'Ik dacht dat je van me hield.'

Ik wist wat ik daarop moest zeggen, maar ik wilde het moment uitstellen, genieten van wat het laatste moment van mijn jeugd was, dat wist ik ineens zeker, van mijn echte jeugd en onschuld. Dit allemaal, de kleding, de make-up, het doen alsof ik jong was, de baan, zelfs deze relatie, was geen doelbewuste zet van een volwassen vrouw geweest, maar een meisjesachtig spelletje.

En door jonger te worden, was ik op de een of andere manier volwassen geworden. Ik was mijn echte volwassen ik geworden. De persoon die nu de hand van Josh vastpakte.

'Ik hou van je,' zei ik tegen hem. 'En dat is waarom ik afscheid van je moet nemen.'

Hoofdstuk 21

'**D**at is zo romantisch!' zei Maggie, en ze sloeg haar handen ook echt voor haar hart ineen. 'Net als een van die oude films met Bette Davis, of *Afscheid van de wapenen.*'

'Ik heb *Afscheid van de wapenen* nooit gelezen,' zei ik somber.

'Ik ook niet,' zei Maggie, 'maar het is dat "We houden van elkaar, maar kunnen nooit samen zijn"-ding. Je weet wel wat ik bedoel.'

'Ik kan niet geloven dat je hier zo zoetsappig over doet,' zei ik. 'Ik had verwacht dat je zou zeggen dat ik het goed had gedaan, dat het tijd was om niet langer met mijn toyboy te spelen en verder te gaan met mijn volwassen leven.'

'Ja,' zei Maggie. 'Dat had ik kunnen zeggen, maar dat was voordat ik doorhad dat het echte *liefde* was.'

Ze begon hard met haar ogen te knipperen en nam snel een slok van haar wijn. We zaten op een terrasje in de buurt van haar loft. Het was een warme, glinsterende dag en eerst dacht ik dat Maggie last had van de zon die in haar ogen scheen. Maar toen keek ik beter.

'Zit je te... huilen?' vroeg ik ontzet. Maggie haatte het om te huilen. In de loop der jaren had ik haar haar arm zien breken, het huis uitgezet worden door haar ouders, geliefdes verliezen, op kunstzinnig vlak afgekraakt worden door critici – en ze had nooit een traan gelaten. En nu schoot ze vol om iets wat *ik* voelde.

'Nee, het is gewoon...' Ze veegde over haar ogen, maar smeerde daardoor alleen haar mascara uit. 'Oké, ik huil. Nou goed? Ik weet niet wat me mankeert. Ik ben de laatste tijd gewoon een beetje emotioneel.'

Mijn hart ging sneller kloppen. 'Je bent zwanger!' riep ik uit.

'Wat? Nee. Zeker weten van niet.'

'Hoe weet je dat? De inseminatie is nog maar een week geleden.'

'Ik heb geen test gedaan of zo, maar ik weet gewoon zeker dat ik het niet ben. Ik voel het niet. Ik denk dat ik iets onder de leden heb. Ik ben hartstikke moe en emotioneel. Ik moest gisteravond huilen om een reclamefilmpje voor een mobiele telefoon.'

Dat klonk als zwanger. En hoe meer ik naar Maggie keek, hoe zwangerder ze eruitzag, zelfs nu al. Haar vormen waren zachter, haar huid oogde rozer, zelfs haar haren bleven niet overeind staan, maar krulden zacht om haar gezicht.

'Heb je al iets gehoord van het adoptiebureau?' vroeg ik.

'Ja,' zei ze, en ze veerde op en pakte mijn hand. 'Dat is *mijn* nieuws. Ik wilde je het niet aan de telefoon vertellen. Ik sta officieel op de wachtlijst voor een kind.'

'O, Maggie, dat is geweldig! Hebben ze enig idee wanneer er een baby beschikbaar is?'

'Dat is de grote vraag,' zei Maggie, die helemaal straalde. 'Het kan jaren duren, maar het kan ook morgen gebeuren. Maar ik word zeker moeder.'

'Ik ben zo blij voor je,' zei ik terwijl ik opstond om haar te omhelzen. 'Ik kan niet wachten tot ik jou met je kind zie.'

Voor het eerst die vreselijke week voelde ik blijdschap om Maggies goede nieuws en had ik zin om met haar aan de toekomst te beginnen. Toen ik weer in mijn stoel zat, keek ik het café rond en toen naar de drukke stoep. Het verbaasde me hoeveel baby's er ineens waren verschenen, gezellig tegen de borst van hun nu weer dunne, jonge moeders.

'Sinds wanneer is dit een buurt voor gezinnen?' vroeg ik aan Maggie.

Ze keek om zich heen. 'Gek, hè? Ik heb hier jarenlang geen kind gezien, en nu lijken ze ineens overal te zijn. Ik dacht dat het aan mij lag, dat ik het pas kon zien nu ik zelf ook een kind krijg.'

'Zo te zien ben je niet de enige,' zei ik. 'Wat leuk.'

'En jij?' zei Maggie. 'Waarom wil je niet eens *nadenken* over nog een baby, als je zo gek bent op die jongen? We kunnen samen naar China gaan, de meisjes opvoeden als beste vriendinnen. Hé, het volgende appartement dat vrijkomt in mijn gebouw, kan ik aan jou en Josh en de baby verhuren, dan zijn we samen jonge ouders.'

'En Diana dan?' vroeg ik terwijl ik moest lachen om Maggies commune-idee, een idee dat mij als jonge moeder wel had aangesproken en dat Maggie, op dat punt in ons leven, ongelooflijk alledaags had gevonden.

'Nou,' zei Maggie, 'zij kan er ook nog wel ergens bij.'

'Ze kan vast goed opschieten met Josh als stiefvader. Ze hebben waarschijnlijk dezelfde muzieksmaak. En ze kunnen samen computerspelletjes doen.'

'Gary's mondhygiënistevriendinnetje is anders niet veel ouder dan Josh,' stelde Maggie.

'Zij is in de dertig,' zei ik. 'En jij weet ook wel dat het voor mannen anders is.'

'Dat zou niet zo moeten zijn.' Maggie fronste.

'Natuurlijk niet. Maar het is wel zo. En een man kan op elke leeftijd nog kinderen krijgen.'

'Dat kan jij ook, binnen het redelijke,' zei Maggie. 'Als je adopteert.'

'Maar ik heb dat allemaal al gehad. Ik heb die hele levensfase al gedaan,' zei ik. 'Ik kan niet opnieuw beginnen en mijn eigen leven opschorten voor mijn kind.'

'Je hoeft nu geen thuisblijfmoeder te zijn,' zei Maggie. 'Je zou kunnen blijven werken, net als ik ga doen.'

Ik zuchtte. Het was nooit zo simpel; je had nooit zoveel controle over wat er gebeurde. Maar dat kon je gewoon niet goed uitleggen aan iemand die zelf nooit kinderen had gehad.

'Misschien,' zei ik. 'Ik kan het wiegje met mijn voet laten schommelen terwijl ik op mijn laptop zit te typen.'

'Exact!' riep Maggie, alsof dit een eurekamoment was. 'Ik ben van plan om mijn kind naast me in het atelier te laten werken. Ze krijgt haar eigen schildersezel en penselen en dan mag ze haar gang gaan.'

'Leuk,' zei ik. 'En als ze op de muren schildert?'

'Dat lijkt me geweldig! Als je kinderen hun gang laat gaan, kunnen ze echt creatieve personen worden. Ik ben van plan om haar advies te geven, maar in principe mag mijn dochter haar eigen keuzes maken.'

Precies! Veel aanstaande moeders hadden die theorie, hielp ik me herinneren; ikzelf ook. Maar zodra ze met een echt, levend, met waskrijt krabbelend, met melk knoeiend, boeken verscheurend kind te maken kregen, veranderden ze meestal van gedachten. Maggie moest die ontwikkeling zelf meemaken – of zelf bepalen dat ze de consequenties wilde aanvaarden.

'Het gaat iets beter met Diana,' zei ik, omdat ik het tijd vond om van onderwerp te veranderen. 'Ze doet beter haar best om thuis haar steentje bij te dragen, en ze gedraagt zich niet meer als een puber.'

'Dat is mooi. Heb je haar verteld wat er is gebeurd met Josh?'

Ik schudde heftig mijn hoofd. 'Ze weet niet dat er een Josh was, en dat zal ze ook nooit te weten komen. Ik zie geen enkele reden om haar over hem en die vertoning met mijn leeftijd te vertellen.'

'Waarom niet?' zei Maggie. 'Ik denk dat ze er wel om zou kunnen lachen.'

'Nee,' zei ik stellig. 'Er zijn dingen die je niet aan je kinderen vertelt. Je praat niet over je seksleven. Je zadelt ze niet op met je emotionele problemen. En ik ga haar al helemaal niet vertellen dat ik een dubbelleven leidde waarin ik deed alsof zij helemaal niet bestond.'

'Als je het zo stelt, snap ik het wel,' zei Maggie.

'Het maakt nu ook niet meer uit,' zei ik. 'Ik ben terug bij af, en ik moet gewoon verder met mijn leven alsof die stomme toestand nooit is gebeurd.'

Het duurde even voor ik doorhad dat Maggie me aanstaarde met een ongelovige blik op haar roze gezicht.

'Doe niet zo belachelijk,' zei ze. 'Je bent helemaal niet terug bij af. Je schrijft nu toch een boek?'

'Klopt,' stemde ik in. Zonder werk of vriendje had ik genoeg tijd en energie om te schrijven. Ik schreef elke dag tot 's avonds laat bladzijden vol. 'Maar het is een boek waar ik al eerder aan was begonnen.'

'Maar nu heb je het vertrouwen en de ervaring om het af te maken,' zei ze. 'En de contacten om het te laten uitgeven.'

'Bedoel je Gentility Press?' bromde ik. 'Ik betwijfel of ze daar nog iets van mij willen horen.'

'Joh, je moet je niet zo snel laten ontmoedigen. Jij bent altijd heel standvastig geweest als je iets wilde hebben. Ik weet nog hoe lang je hebt geprobeerd om nog een baby te krijgen na Diana. Dat vond ik enorm inspirerend.'

'Ahh,' zei ik. Ik realiseerde me voor het eerst dat mijn standvastigheid toen ik probeerde zwanger te raken iets was wat ik in mijn professionele leven zou kunnen gebruiken. 'Dank je.'

'Ik denk dat mevrouw Whitney best wel eens jouw kant van het verhaal zou willen horen,' zei Maggie. 'En ik weet zeker dat Josh ook graag weer iets van je zou willen horen.'

Daar kon ik het absoluut niet mee eens zijn. 'We waren toch uit elkaar gegaan als hij volgende week naar Tokio ging,' zei ik tegen haar. 'Ik heb het alleen gemakkelijker gemaakt voor hem.'

'En voor jezelf?' vroeg Maggie.

'Hoe bedoel je?'

'Heb je het gemakkelijker gemaakt voor jezelf? Ik dacht dat je jezelf vanaf nu op de eerste plaats zou zetten. Maar misschien doe je dat ook. Misschien heb je het met hem uitgemaakt, omdat je bang was dat hij, wanneer hij de echte jou leerde kennen, niet meer van je zou houden.'

'Ai,' zei ik.

'De OW, meisje.'

Ineens snoof ze de warme voorjaarslucht op, krulde haar lip op en veranderde haar gezicht van roze in een onflatteuze groene tint.

'Lieve hemel,' zei ze. 'Wat is dat voor smerige lucht?'

Ik snoof. 'Volgens mij is het gebraden kip.'

Ze kreunde en keek alsof ze moest overgeven. 'Zeg dat niet,' zei ze. 'Ik weet niet wat me mankeert, maar van alleen het woord moet ik al kokhalzen.'

'Welk woord?' vroeg ik verbaasd. 'Kip...?'

Ze sprong op van haar stoel en rende het restaurant in, ik nam aan naar het damestoilet.

Als ze er niet zo halsoverkop vandoor was gegaan, had ik haar ook de waarheid over iets verteld. Maar ze zou er snel genoeg zelf achter komen. Je kon er uiteindelijk niet meer omheen. De OW, meisje, die krijg je terug.

Ik had zoveel tijd om te schrijven dat ik na het weekend genoeg bladzijden had om naar mevrouw Whitney te sturen, via het e-mailadres waarvan ik wist dat ze de berichten persoonlijk las, met een brief waarin ik uitlegde waarom ik werkelijk was weggegaan bij Gentility. Ik verweet Teri of iemand anders niets, alleen mezelf. Ik zei dat het verkeerd was geweest om iedereen te misleiden. Maar ik vertelde ook dat ik een groot bewonderaar was van haar en haar uitgeverij, dat ik had geprobeerd er een baan te krijgen als mijn ik van middelbare leeftijd, en was afgewezen, en dat ik geloofde dat mijn daden slechts een poging waren geweest om een creatieve oplossing te vinden voor het probleem van leeftijdsdiscriminatie dat de hele Amerikaanse werkvloer beheerste.

Ik kwam in de verleiding om, toen ik op de verzendknop had gedrukt, de rest van mijn tijd te gaan bidden voor een positieve uitkomst, maar ik wist dat als ik niet verderging met mijn werk, ik uiteindelijk obsessief aan het poetsen en koken en tuinieren zou slaan en de vooruitgang die ik op dat vlak met Diana had geboekt teniet zou doen.

Diana hielp in huis. Af en toe. Met de Franse slag. Maar toch. Mijn deel van de afspraak was dat ik me met mijn laptop terugtrok in de tuin of mijn slaapkamer en verder werkte aan mijn boek terwijl ik haar de boel liet overnemen.

De dagen kropen voorbij en ik dacht voortdurend aan Josh. Nu ruimt hij het appartement op. Nu pakt hij waarschijnlijk zijn koffer in. Nu zal hij naar zijn ouders gaan, waar hij de laatste paar dagen voor zijn vertrek zou doorbrengen, zo wist ik. Ik kende zijn vertrekdatum en het tijdstip, de luchtvaartmaatschappij en zelfs zijn vluchtnummer al weken uit mijn hoofd.

Hij was zo onophoudelijk in mijn gedachten dat ik de middag dat ik thuiskwam van de supermarkt en door Diana bij de voordeur werd opgewacht omdat ik een telefoontje had gemist, meteen dacht dat het van Josh was geweest. Ik wist dat hij de volgende dag zou vertrekken. Misschien had hij gewoon met me willen praten voor hij ging. Misschien zou ik hem zelfs terugbellen, om afscheid te nemen. Misschien...

Diana praatte verder en doorbrak mijn mijmeringen. Het was niet Josh geweest die had gebeld, zo bleek. Diana zei iets over Lindsay.

'Wacht even,' zei ik. 'Lindsay? Dat kan niet kloppen.'

Diana glimlachte. 'O, het klopt wel. Lindsay, de redacteur met wie je hebt samengewerkt.'

Ik voelde de hitte naar mijn wangen stijgen, de boodschappentas uit mijn handen glippen. 'Moet ik haar terugbellen?'

'Ze stond net op het punt om weg te gaan. Maar ze vroeg me of ik wilde zeggen dat ze je boek wil kopen.'

Diana nam me die avond mee uit eten om het te vieren. Toen ik tegenwierp dat ze dat niet kon betalen, knipoogde ze en zei: 'Pap heeft me geld gegeven.'

Na het eten bestelde ze een fles dure champagne en hief ze haar glas naar me.

'Op mijn moeder,' zei ze. 'De jongst uitziende vrouw hier.'

Ik voelde dat ik bloosde. 'Afgezien van jou,' stelde ik.

'Ja, maar ik *ben* jong,' zei Diana. 'Maar jij, jij bent in de veertig, maar iedereen zou geloven dat je, ik weet het niet, zevenentwintig of achtentwintig was – zeker onder de dertig.'

Mijn wangen gloeiden nu helemaal, maar Diana zat zo onschuldig te lachen dat ik dacht dat ze waarschijnlijk reageerde op hoe ik er in het kaarslicht uitzag.

'Het komt natuurlijk doordat het hier zo donker is,' zei ik om mezelf aan het lachen te maken.

'Dat weet ik niet, hoor,' zei Diana. 'Zelfs in, eh, het tl-licht dat ze in kantoren vaak hebben, of in een sportzaal, zouden mensen denken dat je veel jonger bent.'

Ik verstijfde. Ik was er gloeiend bij.

'Lindsay,' zei ik ademloos.

'Inderdaad, mam,' zei Diana terwijl ze haar lachen probeerde in te houden. 'Serieus: Krav Maga-lessen?'

'Heeft ze daarover verteld?'

Diana knikte. 'Martini-bars? Een vriendje dat Josh heet en computerspellen ontwerpt?'

Toen schoot mijn hand, onbedoeld, naar voren en sloeg ik mijn champagneglas om.

'O, mijn god. Ze heeft je alles verteld.'

'Ze kon niet geloven dat je het me niet zelf had verteld! Waarom heb je het me niet verteld?'

Ik probeerde te glimlachen, maar kreeg maar één mondhoek omhoog. Heel even. 'Uit schaamte?' zei ik. 'Bang dat je me erom zou haten?'

'Ik zou je nooit kunnen haten!' riep Diana, terwijl ze naar me toe schoof op het bankje. 'Je bent mijn moeder! Ik vind dit het geweldigste dat je ooit hebt gedaan!'

'Eerlijk?'

'Moet je dat nog vragen? Het is inspirerend! Ik wil ook iets geks gaan doen.'

'Niet te gek, hoop ik.'

'Laat het los, mam. Ik bedoel, probeer iets anders, neem eens wat risico's. Ik heb ook zitten denken. Ik weet dat ik nog maar één semester te gaan heb om mijn studie kunstgeschiedenis af te ronden, maar na mijn tijd in Afrika denk ik dat ik verpleegster wil worden.'

'Dat is fantastisch,' zei ik tegen haar. 'Dat moet je doen.'

'Vind je dat echt? Het zou betekenen dat ik bijna helemaal opnieuw moet beginnen, natuurkunde- en wiskundelessen moet volgen en heel veel naar school moet.'

'Maar als dat is wat je wilt, is het de moeite waard.'

'Dus jij vindt het niet erg om die extra jaren voor de verpleegstersopleiding te betalen? Ik kan meteen terug naar NYU, maar veel van mijn studiepunten tellen niet voor de verpleegstersopleiding.'

'Diana,' zei ik voorzichtig. 'Daar moet je met je vader over praten. Ik kan je natuurlijk helpen, maar van de alimentatie die ik krijg, kan ik niet mezelf onderhouden en alle onkosten voor jouw opleiding betalen. Het voorschot dat ik voor het boek krijg, is waarschijnlijk net genoeg om verder te kunnen gaan met schrijven. Tenzij...'

Opnieuw aarzelde ik, omdat ik niet zeker wist of ik bereid was deze stap te nemen.

'Tenzij wat?' drong Diana aan.

'Tenzij ik het huis verkoop,' zei ik. 'En ik weet zeker dat je dat niet zou willen.'

'Waarom niet?' vroeg Diana, met een oprecht verbaasde blik.

'Het is het huis waar je bent opgegroeid,' zei ik. 'Je zei altijd dat ik dat huis nooit mocht verkopen, dat je er met je eigen kinderen wilde komen voor de feestdagen, dat je er misschien zelf een keer zou gaan wonen.'

'Dat is niet meer belangrijk,' zei Diana. 'In het najaar zit ik weer op school, en als ik mijn diploma heb, hoop ik dat ik terug kan naar Afrika, of Zuid-Azië of zoiets.'

Mijn enige kind was van plan om haar leven aan de andere kant van de wereld te gaan leiden. Dan was er geen reden voor mij om in New Jersey te blijven zitten.

'Ik dacht dat jij juist zei dat je dat huis nooit kwijt wilde,' zei Diana.

'Dat dacht ik wel,' gaf ik toe. 'En ik ben dol op dat huis. Maar als jij er niet meer bent, zal het niet meer als thuis voelen. Ik bedoel, niet het thuis van de persoon die ik ben geworden.'

'Vanwege die jongen?' vroeg Diana. 'Denk je dat je bij hem zou intrekken als je het huis verkocht?'

Ik schudde mijn hoofd. 'Het is uit.'

'Wat is er dan gebeurd? Lindsay zei dat jullie smoorverliefd op elkaar waren.'

'O, ik weet het niet...' begon ik, weer op zoek naar een uitvlucht.

En toen had ik er genoeg van. Ik had genoeg van mezelf, dat ik bleef ontwijken, bleef ontkennen, bleef liegen terwijl de waarheid overal om me heen was, zo helder als mijn omgevallen champagneglas.

'Ik was,' zei ik tegen mijn dochter. 'Ik was... ik bedoel, ik ben verliefd op hem. Maar ik heb het uitgemaakt omdat hij zoveel jonger is dan ik. We willen verschillende dingen in het leven, het zou nooit kunnen werken.'

'Wat voor verschillende dingen wil jij?' vroeg Diana me met een stalen gezicht.

Ik probeerde na te denken. Er was Japan. Maar Josh ging alleen naar Japan omdat hij zijn droom wilde volgen in plaats van te doen wat er van hem werd verwacht. En dat wilde ik nu zelf ook. Hij had waarschijnlijk meer met snelle cabriolets dan ik, maar verder, over het algemeen, leken we allebei precies hetzelfde te willen.

'Ik denk niet aan nu,' zei ik tegen Diana. 'Nu denken we vrijwel overal hetzelfde over – ik bedoel, over belangrijke dingen. Maar hij zal op den duur kinderen willen, een huis, al die normale, volwassen dingen, en dat heb ik allemaal al gedaan. En dan gaat het mis.'

Diana schudde haar hoofd en kneep haar ogen tot spleetjes op die manier waarmee ze me altijd duidelijk maakte dat ik iets stoms had gezegd.

'Toch snap ik het niet,' zei ze. 'Je houdt van hem, jullie kunnen goed met elkaar opschieten, maar je hebt het uitgemaakt omdat jullie het over een jaar of tien misschien ergens niet over eens kunnen worden?'

'Over het belangrijkste dat er is,' zei ik. 'Kinderen. Ik wil niet dat hij dat opgeeft voor mij. En ik wil geen relatie aangaan die hem dwingt iets groots op te offeren of waarin ik over vijf of tien jaar alleen en met een gebroken hart achterblijf.'

'O, dus dan blijf je nu maar alleen en met een gebroken hart achter,' zei Diana. 'Mam, dit slaat nergens op. Ik bedoel, het klinkt heel nobel, maar je moet wel of niet een relatie met hem hebben om wat er nu gebeurt, niet om wat je *denkt* dat er over tien jaar kan gebeuren! Wie weet? Misschien ontmoet je iemand anders, een oude vent met volwassen kinderen. Of misschien verander je van gedachten en wil je toch nog een kind. Of misschien stort zijn vliegtuig morgen neer...'

Ik kreunde. 'Dat had je niet moeten zeggen.'

'Ik meende het niet echt,' zei ze geschrokken. 'Het was gewoon een manier om te zeggen dat het leven onvoorspelbaar is.'

'Ik weet het, ik weet het,' stelde ik haar gerust. 'Het is alleen dat hij morgen naar Japan vliegt.'

'Dus dit is je laatste kans om erachter te komen of het iets kan worden.'

Toen ik erover nadacht – over alles: dat zijn vliegtuig neerstortte, dat ik me naar hem toe haastte om hem nog één laatste keer te zien, of om de sprong te wagen naar een onbekende toekomst – wist ik zeker wat ik moest doen. Ik moest de kans grijpen om een relatie met Josh te beginnen. Hoe klein de kans van slagen ook was, het was altijd beter dan wat ik nu had: de absolute en ondraaglijke zekerheid dat we nooit meer samen zouden zijn.

Hoofdstuk 22

Als Josh nog in Brooklyn was geweest, was ik meteen vanaf mijn etentje met Diana naar hem toe gegaan. Maar ik wist dat hij ergens in de binnenlanden van Connecticut bij zijn familie was, en dat hij de eerste trein van de dag naar Newark Airport zou nemen.

Toen ik thuiskwam, ging ik meteen naar bed en stelde ik mijn wekker in op vijf uur. Ik was van plan om meteen te gaan slapen, maar ik had een bericht van Maggie, die me vroeg haar terug te bellen, hoe laat ik ook thuiskwam.

Ik wist wat ze me wilde vertellen zodra ik haar bericht hoorde; ik had het twee weken geleden al geweten, op het terras. En inderdaad, zodra ze de telefoon opnam zei ze, zonder ook maar hallo te zeggen, omdat ze wist dat alleen ik haar om middernacht zou bellen: 'Ik ben zwanger.'

'Dat is geweldig!' riep ik.

'Weet je,' zei Maggie. 'Dat is precies hoe ik me voel.'

'Wanneer?' vroeg ik.

Ze grinnikte. 'Dat is een van de mooie dingen van inseminatie: je hoeft niet te raden naar de datum. Negenentwintig januari.'

'Ik ben zo blij voor je.'

'Er is meer,' zei Maggie. 'Het adoptiebureau belde. Ze hebben een baby voor me. Nou ja, niet echt een baby: ze is bijna twee. Maar ik kan haar in september ophalen.'

O, mijn god. Niet één kind, maar twee. 'Wat ga je doen?' vroeg ik aan Maggie. Ze had ervan gedroomd om de enige moeder van een enig kind te worden, niet van een heel nest vol.

'Ik heb ja gezegd, zeker weten,' zei Maggie toen. 'Ik durfde niet te hopen op twee kinderen, gezien de moeite die het kostte om er één te krijgen. Maar ik ben dolblij.'

'Ik zal je helpen,' zei ik. 'En Diana ook. Ze wil in het najaar weer gaan studeren. En Maggie, Gentility wil mijn roman.'

'Woepie!,' riep Maggie. 'Dat is *jouw* kindje! Ben je nu rijk?'

'Gentility kennende, zal ik een bescheiden voorschot krijgen. Ik heb Lindsay zelf niet gesproken. Diana heeft het telefoontje beantwoord.'

'O-oh.'

'Zeker o-oh. Lindsay heeft flink uit de school geklapt. Diana weet alles.'

'Zelfs over de jongen?'

'Juist over de jongen. Ze vindt dat ik morgen naar het vliegveld moet gaan om hem te spreken.'

'Dat vind ik ook,' zei Maggie.

'Ik ook,' zei ik instemmend. 'Dus ik moet nu gaan slapen, zodat ik er morgenochtend niet uitzie als iemand van honderddrie.'

Maar ik kon niet slapen, niet lang in elk geval. Ik had de wekker op vijf uur gezet, maar ik stond op voordat hij ging. Ik douchte en kleedde me aan en maakte me zorgvuldig op. Ik was verschrikkelijk zenuwachtig, maar ik wilde niet uren voordat hij er was op het vliegveld rondhangen, dus ik dwong mezelf om te wachten.

Maar terwijl ik wachtte, schoten er allerlei rampzalige scenario's door mijn hoofd. Stel dat hij had besloten om al eerder naar Tokio te gaan, of vanaf een vliegveld dichter bij huis, nu hij dacht dat ik er toch niet zou zijn? Stel dat zijn familie hem kwam uitzwaaien? Stel dat hij zo boos op me was dat hij weigerde met me te praten?

Die dingen konden allemaal gebeuren, samen met een heleboel andere vervelende mogelijkheden waar ik niet eens aan had gedacht, maar ik kon me er niet door laten weerhouden. Dit was mijn laatste kans.

Om even niet te denken aan wat er met Josh kon gebeuren, belde ik Lindsay vanuit de auto. Ze vond mijn boek geweldig, vertelde ze meteen, en het speet haar verschrikkelijk dat ze boos op me was vanwege Thad. Ik had gelijk gehad over hem, hij was een grote klootzak – blijkbaar had hij tijdens zijn zakenreis naar Californië met een stuk of drie andere vrouwen geslapen. Terwijl zij niet eens had *overwogen* om seks te hebben met die engerd uit de club!

Ze begon nu te denken dat ik gelijk had over alles – dat dit het moment was dat ze de wereld moest zien, avontuurlijke dingen moest doen. Mijn dochter mocht blij zijn met zo'n wijze moeder als ik.

'Zo ziet zij dat niet,' lachte ik. 'Bovendien besef ik nu dat wat mij is overkomen toen ik een twintiger was, weinig te maken heeft met wat er met jou of mijn dochter zal gebeuren.'

'Maar we kunnen iets leren van jouw ervaringen; alleen willen we dat niet,' zei Lindsay. 'We zien al die ellende die jullie door-maken – leven met hufterige echtgenoten en vervelende kinde-ren, je carrière kwijtraken, cellulitis – en we geloven dat ons dat niet zal overkomen. Omdat wij *anders* zijn.'

'Ik denk dat wij hetzelfde moeten doen met jullie,' zei ik tegen haar. 'Wij voelen ons zo bedreigd door hoe mooi en mager en sexy jullie zijn, dat we wel moeten geloven dat jullie onvolwassen en tot niets in staat zijn om ons beter te voelen.'

'Maar toen ik dacht dat je even oud was als ik,' zei Lindsay, 'vond ik dat we heel veel met elkaar gemeen hadden.'

'We hebben veel met elkaar gemeen,' zei ik. 'Het enige echte verschil is de leeftijd.'

Het bleek dat mevrouw Whitney begreep waarom ik de leef-tijdskwestie op het werk had omzeild. Maar wat nog belangrijker was, ze vond mijn boek geweldig. Ze dacht dat het zowel jon-gere als oudere vrouwen zou aanspreken, en ze wist dat Lindsay de aangewezen persoon was om de redactie te doen.

'Dat betekent toch niet dat Thad en Teri er ook bij betrokken worden?' vroeg ik geschrokken.

Lindsay lachte. 'Een van de vrouwen met wie Thad in Californië had geslapen, was een auteur en ze dreigde hem aan te klagen wegens aanranding. Hij is weg. En toen mevrouw Whitney na jouw vertrek toch wilde doorgaan met je ideeën voor de klassiekers, is Teri opgestapt. Ze blijft nu thuis bij haar kinderen.'

'Jezus,' zei ik. 'Misschien kan ik wel weer bij Gentility komen werken.'

'Waag het niet,' zei Lindsay. 'Je moet dat boek afmaken.'

Ik zag borden naar het vliegveld en beloofde Lindsay dat we elkaar snel weer zouden spreken. Toen hing ik op en zocht ik de route naar het parkeerterrein dat het dichtst bij Josh' vliegmaatschappij lag. Ik dacht dat hij rond dezelfde tijd zou moeten aankomen en hoopte hem in de rij te zien staan. Dan zou ik wachten tot hij naar de gate kon en met hem gaan praten. Het was niet mijn bedoeling om zijn vertrek tegen te houden; ik wilde hem alleen zien, met hem praten, voordat hij vertrok.

Maar hij stond niet in de rij. Hij was niet in de boekwinkel. Hij zat geen cappuccino te drinken of een donut te eten.

Ik wist dat zijn vlucht pas over twee uur zou vertrekken. Misschien was hij nog onderweg naar het vliegveld, reed zijn trein om de een of andere reden langzamer dan mijn auto. Ik zou bij de deur gaan staan en wachten tot hij er was.

Maar stel dat hij al binnen was? Dat hij al langs de beveiliging en paspoortcontrole was en binnen zat te wachten tot zijn vlucht vertrok? Stel dat hij in feite al weg was?

Hij was niet weg, zei ik streng tegen mezelf. Zijn vlucht ging pas om elf uur nog wat. En tot die tijd moest hij hier in de buurt zijn.

Ik had gehoopt dat ik hem niet zou hoeven bellen. Ik wilde hem niet de kans geven om me aan de telefoon af te wijzen voordat ik ook maar dicht genoeg in zijn buurt was om zijn gezicht te kunnen zien, zijn arm aan te raken.

Maar nu was het mijn enige hoop. Ik koos zijn nummer en hij nam meteen op.

'Goddank,' zei ik. 'Waar ben je?'

'Ik ben op het vliegveld. Waar ben jij?'

'Ik ben ook op het vliegveld.' Ik keek om me heen. 'Ik zie je nergens.'

Hij lachte. 'Ik haat het dat je me aan het lachen krijgt. Ik ben al langs de beveiliging.'

De moed zonk me in de schoenen. 'Ik moet met je praten.'

Hij zei een hele tijd niets, en toen: 'Jij hebt het twee weken geleden uitgemaakt, Alice. Je zei dat je me nooit meer wilde zien. Wat wil je nu zeggen, nu ik op het punt sta in het vliegtuig te stappen, dat nog enig verschil kan maken?'

'Ik wil het uitleggen,' zei ik. 'Ik wil je de waarheid vertellen. Voordat je vertrekt en ik nooit meer de kans krijg.'

Hij aarzelde. 'Ik dacht dat je me de waarheid al had verteld.'

'Dat is zo,' beloofde ik hem. 'Maar er is meer.'

Terwijl ik op hem stond te wachten, starend naar de open ruimte tussen de beveiligingspoortjes, probeerde ik te bedenken wat ik kon zeggen, wat ik kon doen om dit voor ons allebei gemakkelijker te maken. Maar toen besefte ik dat als er een simpele manier was om met deze relatie om te gaan, ik die allang zou hebben gevonden.

Toen zag ik zijn gezicht, ernstig toen hij naar de uitgang liep en opklarend toen hij mij zag. Hij probeerde weer een sombere blik op te zetten, maar het lukte hem niet.

Hij liep op me af en nam me in zijn armen. Ik omhelsde hem stevig om hem te laten weten hoe ik me voelde voordat mijn woorden alles zouden verpesten. Toen we eindelijk afstand van elkaar namen, lachte hij een beetje en zei: 'Nou, wat is die andere waarheid die je me moet vertellen? Je bent een huurmoordenaar voor de maffia? Een Arabische spion?'

'Zo erg is het niet,' verzekerde ik hem. 'Ik besef nu gewoon dat ik het niet had moeten uitmaken met je. Het was niet zo dat ik jou probeerde te beschermen, ik probeerde mezelf te beschermen.'

'Waartegen, Alice? Je weet hoeveel ik van je hou, hoe graag ik bij je wil zijn. Ik heb gezegd dat je leeftijd me niets kan schelen, de rest ook niet...'

Ik legde mijn vinger op zijn lippen om hem te laten zwijgen. 'Ik probeerde mezelf te beschermen tegen het verdriet dat ik zou hebben als ik je kwijtraakte.'

Hij schudde zijn hoofd alsof hij het niet begreep. 'Maar je raakte me niet kwijt. Het was juist het tegenovergestelde.'

'Als ik je *ooit* kwijtraakte,' zei ik. 'Als ik jou nu dumpte, zou jij mij later niet meer kunnen dumpen.'

Josh keek me alleen maar aan. Ten slotte zei hij: 'Dat is echt idioot.'

'Ik weet het,' zei ik. 'Ik weet het. Ik schaam me om het je te vertellen. Maar ik moest je zien en ik wilde niet liegen over het waarom. Ik wil nergens meer over liegen, nooit meer.'

'Je hebt me die dag echt gekwetst,' zei hij, 'daar in het park.'

'Het spijt me,' zei ik, en ik deed een stap naar voren om mijn armen om hem heen te slaan. 'Denk je dat je het me kunt vergeven?'

Hij trok zich los. 'Ik weet het niet,' zei hij, en hij weigerde me recht aan te kijken. 'Ik weet niet of ik je nog kan vertrouwen.'

'Je kunt me vertrouwen,' zei ik. 'Vanaf nu zal ik altijd eerlijk zijn.'

Hij slaakte een diepe zucht en keek omhoog, door het lange raam waarachter de vliegtuigen opgesteld stonden. 'Maar ik ga nu weg,' zei hij. 'We zijn niet eens samen.'

Er kwam iets in me op dat ik voor de eerste keer als serieuze mogelijkheid zag. 'Misschien kan ik ook naar Japan gaan,' zei ik impulsief. 'Niet nu meteen, maar als jij gesetteld bent. Voor een tijdje, bedoel ik. Ik heb met mijn dochter over de verkoop van het huis gesproken. En zij gaat in het najaar studeren.'

Maar Josh stond al met zijn hoofd te schudden. 'Ik weet het

niet,' zei hij weer. 'Ik heb tijd nodig om erover na te denken. Om over alles na te denken.'

Ik liet mijn hoofd hangen. 'Dus dat was het dan,' zei ik. 'Jij gaat weg en we zullen niet meer samen zijn.'

'Ik weet het niet, Alice!' riep hij, en hij wierp gefrustreerd zijn handen in de lucht. 'Als we ooit weer samen zullen zijn, dan moet jij alles wat er gebeurt gewoon over je heen laten komen en niet alvast proberen te beïnvloeden wat er daarna gebeurt.'

Toen pakte hij zijn tas en begon hij achteruit weg te lopen. Ik stapte instinctief naar hem toe, maar hij hield beide handen op om me tegen te houden. Ik bleef staan. Ik dacht dat hij ook zou blijven staan, weer naar me toe zou lopen, me in zijn armen zou nemen en me in elk geval zou laten voelen dat hij nog steeds van me hield.

In plaats daarvan draaide hij zich om en liep hij weg. Toen hij zijn tas op de band van de beveiliging legde, riep ik zijn naam. Er was niemand anders, en ik wist dat hij me kon horen, maar hij draaide zich niet om. In plaats daarvan liep hij door het metalen poortje, hield hij zijn armen op alsof hij werd gearresteerd en liet hij de agent met de metaaldetector over zijn lichaam gaan. Daarna liep hij de gang in, naar zijn toekomst, zonder ook maar één keer over zijn schouder te kijken.

En ik deed het enige wat ik, gezien de omstandigheden, kon doen: ik liet het gebeuren.

Hoofdstuk 23

De volgende oudejaarsavond was het Maggie die thuis wilde blijven, terwijl ik vond dat we uit moesten gaan. De vorige oudejaarsavond was het begin van een nieuw leven geweest voor mij, en ik voelde een soort overtuiging dat ik de feestdag weer moest vieren. Josh had me gemaild dat nieuwjaar in Japan het belangrijkste feest van het jaar was, met veel rituelen die symbool stonden voor een nieuw begin voor het komende jaar. Dat leek me mooi. Kom me opzoeken, drong Josh aan. Dan kunnen we dit samen beleven. En dan kunnen we zien wat voor nieuwe start wij samen willen maken.

Ik kwam in de verleiding. De hele zomer had ik niets van Josh gehoord. Maar toen begon hij e-mails te sturen. Eerst alleen om me te laten weten waar hij was en dat het goed ging met hem. Daarna begonnen we, langzaamaan, te schrijven over wat er tussen ons was gebeurd en wat we daarvan vonden. En toen gingen we verder met wat we elk van ons huidige leven vonden. Het was deels de bescherming van de e-mail die me een vrijer gevoel gaf, alsof Josh en ik alleen als geesten leefden en geen fysiek bestaan leidden. En het was voor een deel ook het gevoel dat hij me fysiek door en door kende – op seksueel vlak, ja, maar ook als mens, zonder enige opsmuk. Het had geen zin meer om dingen voor hem verborgen te houden.

Ik hield van hem, hij hield van mij, dat stond vast. Maar konden we weer verliefd op elkaar worden? Ik wist dat we die vraag niet konden beantwoorden als we elkaar niet opnieuw zouden leren kennen, in levenden lijve, als wie we werkelijk waren, met dezelfde diepgang en passie die onze virtuele band nu kenmerkte. En dat vereiste tijd, en nabijheid, en moest daarom wachten en zou misschien nooit gebeuren.

Intussen was het gaan sneeuwen, de dikke witte vlokken die het de hele zachte decembermaand en lenteachtige kerstdagen hadden laten afweten, vielen nu in groten getale omlaag. Er was een dun laagje voorspeld, maar dit, zag ik terwijl ik in Lower East Side van achter mijn computer door het raam naar buiten keek – ik had mijn huis verkocht en was in een appartement bij Maggie in het gebouw gaan wonen – begon meer op een sneeuwstorm te lijken.

Het was dus maar goed dat Maggie erop had gestaan dat we de feestdag thuis zouden vieren. Haar reden daarvoor was niet de sneeuwstorm geweest, maar haar zwangerschap en het feit dat ze niet weg wilde bij Edie, haar bijna tweejarige dochter die nog maar drie maanden geleden uit China was overgekomen. Diana had aangeboden om op te passen, maar Maggie had nee gezegd; Diana moest met haar vrienden op stap gaan. Bovendien vond Maggie dat ze Edie al vaak genoeg alleen liet als ze moest werken – ze had haar atelier en de enorme beeldhouwwerken naar een ruimte op een andere verdieping verhuisd – en ze wilde dat het meisje zich helemaal thuis voelde voordat de baby kwam.

De waarheid was dat Maggie het noodzakelijker vond dat ze thuis was bij Edie dan andersom. Edie voelde zich net zo op haar gemak bij Maggie als bij Diana, die regelmatig oppaste en de meeste tijd op Maggies loft doorbracht. Het was Maggie die van elk moment met haar dochtertje genoot.

Ik hoorde een sleutel omdraaien in het slot en draaide me om. Diana kwam binnen, nadat ze het grootste deel van de dag boven bij Maggie was geweest.

'Ik moest van Maggie vragen hoe het met het eten staat,' zei

Diana. 'Ze wil weten of je iets nodig hebt en of ze kan helpen. En ik moest vertellen dat ze rammelt van de honger.'

Door de zwangerschap had Maggie een flinke eetlust gekregen, en haar eeuwig jongensachtige figuur was zo enorm uitgedijd dat ze inmiddels op haar gebeeldhouwde vruchtbaarheidsgodinnen leek.

'Zeg maar dat ik over een halfuur naar boven kom,' zei ik. 'Ze kan alvast de tafel dekken, als ze wil.'

Diana rolde met haar ogen. 'Dat hebben we geprobeerd,' zei ze. 'Alles stond klaar, maar Edie gooide roet in het eten. Ze rende rond met een botermes in haar handen.'

Ik lachte. Edie was een schatje, maar we hadden onze handen vol aan haar. Het kostte mij, Maggie en Diana veel energie om de peuter bij te houden. Van huis gaan – en nog erger, thuiskomen en de vijf trappen weer op klimmen – was een soort militaire operatie waarvoor ten minste drie gezonde volwassenen nodig waren.

'Was ik ook zo?' vroeg Diana aan me. 'Ik bedoel, ik ben gek op Edie, maar het is zoveel werk! Ik weet niet hoe we het moeten redden als de baby er is.'

'Misschien wil Maggie toch naar een buitenwijk verhuizen,' zei ik.

Maggie had kort overwogen om mijn huis in de voorstad te kopen toen ze net wist dat ze een compleet gezin zou krijgen. Maar toen hadden we samen besloten dat het huis, hoe leuk het ook was, te veel lading had en dat het voor onszelf en onze vriendschap beter zou zijn om het niet te doen.

'Ze zweert nog steeds van niet, maar we zullen zien,' zei Diana, die het appartement weer uit liep. 'Schiet jij eerst maar eens op met het eten. Toen ik naar beneden ging, zag ik dat ze het ijs al wilde pakken.'

Ik had zitten schrijven. Dat deed ik nu elke dag, zelfs op zondag, zelfs met Kerstmis, zelfs op oudejaarsdag. Mijn eerste boek zou voor Moederdag verschijnen, en ik begon nu aan iets nieuws, waarvoor ik al een contract met Gentility had. Met een diepe zucht – ik legde mijn werk altijd met veel tegenzin opzij – sloeg ik het bestand op en ging ik naar het eten kijken.

Ik huurde dit appartement vanaf begin september, vlak voordat Maggie naar China ging om Edie op te halen, nog een tijd van het jaar die goed was voor een nieuw begin. Ik had al mijn lievelings-spullen uit het huis meegenomen, omdat ik het toch niet aankon om, zoals ik wel had gewild, alles weg te doen. Het appartement zag er warm en knus uit, vol kelimtapijten en geweven vloerkle-den, met mijn geborduurde sprei op het bed en mijn koperen pan-nen aan de muur in de piepkleine keuken. Het voelde als mijn thuis, meer zelfs dan het huis de laatste maanden had gedaan. Het enige waarvan ik het uiteindelijk echt erg vond dat ik het moest achterlaten, was mijn geliefde tuin. Maar nu bedacht ik met een tevreden gevoel dat dit precies de plek was waar ik wilde zijn.

Ik haalde de pan spaghettisaus, die ik volgens het geheime re-cept van mijn oma had gemaakt, uit de oven en bracht een reus-achtige pan water aan de kook. Het was beter om de pasta hier te koken, waar het kokende water geen gevaar kon vormen voor Edie. Ik verdeelde olie en gehakte knoflook over het Italiaanse brood waarvoor ik helemaal naar een van de weinige overgeble-ven authentieke bakkers in Little Italy was gelopen, en wikkelde het daarna in aluminiumfolie en legde het in de oven. Ik haalde de salade uit de koelkast en mengde de vinaigrette.

Nu hoefde ik alleen nog te wachten.

Ik liep terug naar het raam en keek naar de besneeuwde stad. Zo rustig, zo mooi, met al het vuil onder de verse witte laag. Het was bijna alsof ik buiten de stad was, maar zonder het geïso-leerde gevoel waarvan ik me nu realiseerde dat het me benauwde toen Diana te oud was geworden om elk moment van de dag aan me te hangen. Ik was toen zo eenzaam geweest, besefte ik nu, zelfs al voordat Gary wegging, zelfs voordat Diana wegging, zo eenzaam terwijl ik in mijn eentje had zitten wachten tot een van hen me aandacht schonk.

Ik ging weer achter mijn bureau zitten om de computer uit te zetten, maar ik besloot om nog één keer te kijken of ik e-mails had. Er waren twee nieuwe berichten. Het eerste was een korte nieuwjaarswens van Lindsay, die een baan had gekregen bij de Franse vestiging van een grote uitgeverij en naar Parijs was verhuisd. Mijn boek was nu in handen van een nog jongere redacteur die toch ontzettend scherpzinnig was – weer een teken dat je mensen nooit enkel op basis van leeftijd moest beoordelen. Met een tevreden glimlach bij het beeld dat Lindsay aan de Seine champagne dronk met haar nieuwe Franse vriend, die ze al 'de ware' noemde, tikte ik een nieuwjaarswens terug naar haar.

Het tweede bericht was een brief van Josh. Het was in Japan vroeg in de ochtend van nieuwjaarsdag – ik was inmiddels gewend om de tijd om te rekenen; in Tokio liepen ze dertien uur voor – waardoor Josh en ik nu in verschillende jaren leefden.

'Dit is mijn *nengajo* voor jou,' schreef hij,

'...mijn nieuwjaarskaart. Iedereen verstuurt die hier. Er waren gisteravond geen feesten. Oudejaarsavond is hier een plechtige gebeurtenis waarbij sobanoedels worden gegeten en de tempelklokken worden geluid – 108 keer om de 108 aardse begeertes die lijden veroorzaken te verdrijven. Op dit moment kan ik slechts aan één begeerte denken, en dat is jou zien. Er is de komende dagen geen plek om naartoe te gaan en niets anders te doen dan gedroogde inktvis (een delicatesse) eten en naar de tempel gaan en aan jou denken.

Ik heb uiteraard gelezen over de Japanse nieuwjaarstradities, en ik denk dat deze jou wel zal interesseren: Hatsu-Yume, wat Eerste Droom betekent. Het idee is dat de eerste droom die je in januari hebt, aangeeft wat voor jaar je zal krijgen. En vannacht en vanmorgen heb ik alleen maar over jou gedroomd. Denk je dat die droom zal uitkomen?'

Ik typte een kort antwoord: Ja.

We waren klaar met eten en hadden onze stoelen naar achteren geschoven, genietend van het voldane gevoel. Edie was op mijn schoot in slaap gevallen, en haar warme lijfje, zwaar van het slapen, gaf me het gevoel dat ik zelf ook zo in slaap kon vallen.

'Ik leg haar wel in bed,' zei Diana. Maar ze verroerde zich niet.

'Wacht,' zei Maggie. 'Ik wil niet dat ze wakker wordt.'

'Ja, laat haar maar liggen,' zei ik.

Ik genoot van het gevoel dat ik onder dit lieve meisje vastzat, de absolute overgave. Dit was iets wat ik niet genoeg had gewaardeerd toen ik een klein kind had, tot de tijd voorbij was. Hoeveel tijd werd je gedwongen om alleen maar te zitten, het kind vast te houden terwijl ze at of sliep, van dichtbij te kijken hoe ze speelde? Zoveel uren in een aangename wereld van alleen jullie tweeën, net als in de eerste dagen van de liefde.

'Ik kan zo in slaap vallen,' zei Maggie. 'Ik weet dat de baby me midden in de nacht wakker zal maken en dat ik dan niet meer kan slapen. Vanmorgen was ik net weer ingedommeld toen Edie wakker werd en mama, mama begon te roepen.' Het klonk alsof ze klaagde, maar ze had een brede lach op haar gezicht.

'Nou,' zei Diana terwijl ze ging verzitten. 'Ik heb met mijn vrienden afgesproken in een club.'

'En ik moet naar bed,' zei Maggie.

'Wacht, wacht!' zei ik. 'Het is nog lang geen middernacht.'

'Ik red het niet tot middernacht,' zei Maggie.

'Ik ook niet,' zei Diana.

'Laten we dan in elk geval onze wensen vertellen,' zei ik. 'Onze wensen voor het nieuwe jaar.'

Maggie rolde met haar ogen. 'Heb jij je lesje niet geleerd?'

'Nee,' zei ik. 'Ik denk zelfs dat het uiteindelijk best goed heeft uitgepakt. Toe, Diana, jij vond dit altijd zo leuk. Wat wil jij dat er dit jaar gebeurt?'

'Ik wil...' Diana keek omhoog naar Maggies plafond. 'Ik wil neuken.'

Maggie barstte in lachen uit, maar ik wist dat ik, ondanks dat ik mijn best deed, een geschokte blik op mijn gezicht had.

'Kom op, mam, ga nou niet preuts doen. Ik weet alles over jou en je jonge toyboy.'

'Ik ben niet preuts,' zei ik, maar ik hoorde de schooljufachtige toon in mijn stem. 'Het is gewoon dat ik je alleen maar hoor praten over verpleegster worden en naar Afrika gaan en dat je een verschil wil maken in de wereld.'

'Dat wil ik ook allemaal,' zei Diana, 'maar ik wil ook wat actie. Nee, ik lieg. Wat is wil, is echt verliefd op iemand worden. In de zevende hemel verkeren, met mijn hoofd in de wolken lopen – dat is wat ik dit jaar wil.'

Nu ze het zei, realiseerde ik me dat het goed klonk. Ik had het het afgelopen jaar zelf gehad, zonder dat ik het had gewenst, en het *was* goed geweest. Beter dan goed. Ik wilde dat mijn dochter net zo gelukkig werd.

'Oké,' zei Maggie, 'als het dan echt moet, wens ik een gezonde baby en een gemakkelijke bevalling.' Ze legde haar hand op haar buik. 'Au, hij schopt me.'

'Hij?' vroeg Diana. 'Wil je ons iets vertellen?'

'Nee,' zei Maggie, die alle zwangerschapstesten had laten doen, maar absoluut niet het geslacht van de baby wilde weten. 'Ik weet het nog steeds niet. Maar op het moment denk ik dat het een "hij" is.'

Ze legde haar hand weer op haar buik. 'Oei,' zei ze. 'Hij gaat vanavond flink tekeer.'

'O, mijn god,' zei ik, gealarmeerd. 'Je denkt toch niet dat het zover is, hè?'

Ik zou Maggie steunen tijdens de bevalling, en ik wist uit ervaring – Diana was op Thanksgiving geboren – dat feestdagen, als er weinig personeel was in de ziekenhuizen, een enge tijd waren om te bevallen. En dan waren er nog de extra complicaties dat Diana uitging en niet op Edie kon passen, en dat het onmogelijk was om op oudejaarsavond een taxi te krijgen, laat staan in een sneeuwstorm.

'Nee,' zei Maggie. 'Ik denk het niet. Volgens de dokter zit de baby nog vlak onder mijn kin. Ik ben alleen moe.'

Ze duwde zichzelf overeind en rekte zich uit. Haar buik en borsten zagen er reusachtig groot uit onder haar paarse fluwelen stretchcoltrui die bij haar ligstoel paste.

'Ik leg Edie in bed,' zei Diana, die ook opstond.

'Wacht!' zei ik. 'Jullie hebben mijn wens nog niet gehoord.'

Ze keken me allebei aan.

'Wat wens je, mam?' vroeg Diana ten slotte.

Maar ik moest ze de Ongezouten Waarheid vertellen: 'Daar ben ik nog niet uit.'

Nadat Edie in haar bedje was gelegd, nadat Diana en ik alles hadden opgeruimd en Maggie naar bed hadden gestuurd, nadat Diana naar haar vrienden was gegaan, besloot ik een stukje te gaan lopen. Het sneeuwde nog steeds. De poedersneeuw op de stoepen en straten was zo licht dat het een laagje suiker leek dat de wereld zoeter maakte.

Door de sneeuw bleven de meeste mensen binnen, dus het leek buiten helemaal geen feestdag, maar juist rustiger dan de meeste avonden. Ik was van plan geweest om naar het restaurant te lopen waar Maggie en ik vorig jaar champagne hadden gedronken, maar het was buiten zo mooi dat ik besloot verder te lopen. Ik droeg een ribfluwelen broek en wandelschoenen, een oud ski-jack en Maggies jagerspet met luipaardprint. Zo banjerde ik langs de rand van Little Italy en de noordzijde van Chinatown naar Soho, waar de stoepen waren schoongemaakt en de restaurants vol mensen zaten.

Ik overwoog om iets te gaan drinken, maar bleef toch doorlopen. Ik liep in zuidelijke richting en dacht aan hoe ik die avond Maggies veterschoenen had geleend omdat mijn pumps ondraaglijk veel pijn deden.

Toen herinnerde ik me Madame Aurora. Zou ze er nog zijn? Zou je nog nieuwjaarswensen kunnen doen? Ik probeerde me te concentreren, te bedenken wat ik zou wensen, hoe ik Diana's vraag zou beantwoorden, wat ik Madame Aurora zou vertellen nadat ik haar had betaald.

Het eerste waar ik in Maggies loft aan had gedacht, was dat ik wenste dat ik Josh weer had, dat we net als eerst verliefd konden zijn, beter dan eerst, voor altijd. Maar vrijwel meteen vroeg ik me af of ik dat wel echt wilde, of hij dat wel echt wilde.

Maar wat wilde ik dan, voor mijzelf: succes voor mijn boeken? Ja, dat wenste ik. Maar nu ik echt aan het schrijven was, zag ik dat als iets wat binnen mijn bereik lag, niet als iets wat ik moest wensen als ik de kaarsjes op een taart uitblies of een vallende ster zag.

Wat dan? Geluk voor Diana? Voor Maggie? Ja, ja. Maar was dat echt mijn wens voor het nieuwe jaar?

Toen ik in de buurt van Madame Aurora's straat kwam, vroeg ik me af of ik bij de zigeunervrouw naar binnen zou gaan. Wie weet, misschien was er toch iets gebeurd toen ik daar naar binnen was gelopen en mijn wens hardop had uitgesproken. Iets had er op de een of andere manier voor gezorgd dat hij was uitgekomen.

Ik huiverde, ondanks mezelf. Ik wilde dat niet geloven. Ik wilde er niet eens aan denken dat ik mezelf weer in die positie zou plaatsen. Ik zou een andere straat nemen. Ik wilde de winkel van de waarzegster niet eens zien, ik wilde niet binnen het krachtveld komen.

Maar toen ik Madame Aurora's straat had bereikt, moest ik de afslag wel nemen. Ik moest het gewoon weten, moest het gewoon zien, moest mezelf weer laten voelen wat ik een jaar geleden had gevoeld, voordat er iets was gebeurd. Ik moest proberen vast te stellen hoeveel van de macht om te veranderen vanuit mij was gekomen, en hoeveel ervan magie was geweest. Ik ging langzamer lopen toen ik de winkel naderde. Mijn hart klopte in mijn keel.

En toen bleef ik staan en kon ik niet geloven wat ik zag. Er was geen Madame Aurora. Waar haar winkel was geweest, zat nu een schoenenwinkel, de etalage vol pumps en laarzen en zilverkleurige sneakers. Ik keek om me heen; misschien was het de verkeerde straat, het verkeerde adres. Maar nee, hier was het, al het andere klopte. Maar de winkel van Madame Aurora was net zo volledig verdwenen als de koets van Assepoester.

Ik wankelde zonder iets te zien weg en liep als vanzelf voorwaarts, zonder me ergens op te concentreren of te kijken waar ik naartoe liep, tot ik in Tribeca bleek te zijn beland, vlak bij de steiger van de veerboot naar New Jersey. Toen ik hier vorig jaar op oudejaarsavond was aangekomen, was het stampvol mensen geweest, maar nu kuierden er slechts een paar achterblijvers naar de steiger, waar de boot met lonkende lichten lag te wachten.

Tja, waarom niet? Er stond een volle maan, het was gestopt met sneeuwen, en het Vrijheidsbeeld gloeide beeldschoon in de verte. Het kon de boottocht worden waar ik vorig jaar van had gedroomd, maar die ik toen niet echt had gekregen.

Ik betaalde, ging aan boord en liep meteen naar het bovendek. Er waren daarbuiten twee andere mensen, maar het kostte me geen moeite het plekje helemaal vooraan te bemachtigen, precies waar ik vorig jaar had gestaan. Terwijl ik me vasthield toen de motoren brullend tot leven kwamen, dacht ik dat dit – deze vaartocht, dit uitzicht – misschien tot de wens zou leiden waar ik al de hele avond naar zocht.

De boot voer weg van de steiger en ik verwachtte dat hij, net als vorig jaar, een draai van honderdtachtig graden zou maken zodra we van de oever los waren. Ik hield de reling vast en tuurde naar New Jersey, naar de reusachtige klok op de steiger daar, de torenflats en de duisternis erachter. Dat was mijn verleden, dacht ik, en de boot zal zich nu omdraaien en dan vaar ik achteruit, met uitzicht op mijn toekomst, de gebouwen van New York, mijn nieuwe thuis.

Maar de boot draaide dit keer niet, en ik voer, opnieuw, recht op New Jersey af. Ik hield verbijsterd mijn adem in, en de gedachte kwam in me op dat dit misschien een teken was dat ik nooit zou kunnen ontsnappen, dat New Jersey mijn onontkoombare lot was. Maar toen keek ik over mijn schouder achterom naar de kleiner wordende wolkenkrabbers en realiseerde ik me dat ik door alleen maar mijn hoofd te draaien al een andere kijk op de dingen kon krijgen. Als ik zo stond, als ik een klein stukje bijdraaide, kon ik zowel New Jersey als New York zien, zowel mijn verleden als mijn toekomst, en dat tegelijkertijd.

En toen kwam mijn wens, ongevraagd en onmogelijk, in me op: ik wens, dacht ik, dat mijn leven altijd zo zal blijven als het nu, op dit moment, is.

Dankwoord

Ik ben zo blij dat ik twee van de slimste en meest genereuze vrouwen in het uitgeversvak in mijn team heb, mijn agente Deborah Schneider en mijn redacteur Amy Pierpont. Ik wil ook Louise Burke, Megan McKeever, Hillary Schupf, Anne Dowling, en Danielle Rehfeld, eveneens van Downtown Press, bedanken, en Cathy Gleason en Britt Carlson van Gelfman Schneider. Voor een belangrijke plotwending waar iedereen in trapt, bedank ik de inspirerende Leslie Rexach. Ik heb het geluk om goede vrienden te hebben die ook slimme schrijvers en ondersteunende collega's zijn: Rita DiMatteo, Alice Elliott Dark, Benilde Little, en Christina Baker Kline. Bedankt, Virginia Center for the Creative Arts en de Geraldine Dodge Foundation voor de twee meest hemelse weken van mijn schrijversleven, waarin ik het grootste deel van de eerste ruwe versie van dit boek uit mijn mouw heb geschud. Voor inzichten in het leven aan de 'goede' kant van de veertig bedank ik mijn lieve achternichtjes, Kimberly en Katie Kavanagh, en mijn eigen geweldige – vooruit, fantastische – kinderen, Rory, Joe en Owen Satran. En een dankjewel, zoals altijd, voor Dick.

Een persoonlijk gesprek met de auteur

WAAR KWAM HET IDEE VOOR *YOUNGER* VANDAAN?

Ik wilde schrijven over wat ik als de oorlog tussen jongere en oudere vrouwen zie, en ik kwam op het idee om die strijd te laten woeden in één persoon, mijn hoofdpersonage Alice. Mijn eerste idee voor het boek was nogal zwaar: ik zag Alice als rijke, oppervlakkige vrouw die op het punt staat om zelfmoord te plegen, maar besluit het laatste uur van haar leven de *Vogue* te lezen – daarin vindt ze een plastisch chirurg die wonderen kan verrichten en waar ze naartoe gaat om zich te laten transformeren tot iemand die er jong uitziet. Maar ik vond het niet leuk om te schrijven over een vrouw die zoiets zou doen, hoe bevrijd ze aan het einde van het boek ook zou zijn. Daarna heb ik lang nagedacht over hoe de waarzegster, Madame Aurora, Alice op magische wijze in een jongere vrouw kon veranderen. En toen besefte ik uiteindelijk dat Alice ook gewoon kon doen alsof ze jonger was, dat haar bewuste verjonging veel krachtiger zou zijn dan een verjonging door magie of chirurgie ooit kon zijn.

LATEN WE NOG EVEN TERUGGAAN NAAR DIE OORLOG TUSSEN JONGERE EN OUDERE VROUWEN – WAAR GAAT DIE OVER?

Ik denk dat alle vrouwen onder een enorme druk staan, opgelegd door tijd en leeftijd, om alle losse onderdelen in hun leven – relaties, kinderen, huis, carrière – soepel te laten werken. Jongere vrouwen lijken te moeten geloven dat het voor hen anders zal zijn dan voor de generatie voor hen, dat zij gemakkelijker een balans zullen vinden tussen werk en het moederschap, bijvoorbeeld, en dat hun huwelijk even geil zal blijven als hun lichaam. En oudere vrouwen willen hen natuurlijk, tot op zekere hoogte, zien falen, om te bewijzen dat ze het echt niet beter hadden kunnen doen, hoe ze het ook hadden geprobeerd. En uiteraard strijden beide groepen tegen dezelfde waarheid: dat er in de levens van de meeste vrouwen aanzienlijk meer compromissen moeten worden gesloten dan in de levens van mannen.

WAT VOOR COMPROMISSEN?
Het belangrijkste is natuurlijk de relatief kleine tijdsspanne waarin vrouwen hun kinderen kunnen krijgen. Jonge vrouwen van nu zijn zich daar meer van bewust dan vrouwen die nu in de veertig of vijftig zijn dat waren; ze weten dat ze op hun vijfendertigste echt die kinderen moeten hebben, waardoor er weinig tijd overblijft om aan te klooien. Maar oudere vrouwen weten hoe moeilijk het is om een carrière op de rails te houden als er kinderen zijn, of om voor een paar jaar uit de carrièretrein te stappen en er daarna weer in te springen. Ze weten dat je leven volledig wijden aan hetzij kinderen of een carrière kan betekenen dat je het andere moet opofferen, en dat proberen om het beide te doen, vaak betekent dat je voortdurend compromissen moet sluiten.

HOE WAS DAT IN UW LEVEN ALS AUTEUR?
Ik heb drie kinderen en ik heb altijd gewerkt, maar mijn grootste opoffering toen de kinderen nog klein waren, was dat ik tien jaar geen fictie heb geschreven. Ik had alleen tijd om puur voor het geld te schrijven – tijdschriftartikelen en non-fictie – en moeder te zijn. Toen mijn jongste kind vijf werd en naar school ging, was ik zo ver dat ik weer langere dagen kon gaan werken en de helft van mijn tijd kon besteden aan het schrijven van wat mijn eerste roman zou worden, *The Man I Should Have Married*. Het kostte

veel tijd om dat boek te schrijven, vooral omdat ik geen idee had waarmee ik bezig was en ik niet betaald kreeg voor die duizenden uren – en niet wist of het boek ooit verkocht zou worden. Maar omdat mijn carrière op non-fictiegebied goed liep en mijn kinderen minder afhankelijk van me waren en de overweldigende jaren van zwangerschappen en baby's achter me lagen, kon ik dat professionele risico nemen.

IN HOEVERRE LIJKT U OP ALICE, DE HOOFDPERSOON IN *YOUNGER*?

Ik hou van mijn huis; ik heb ontdekt dat veel schrijvers veel creatieve energie in hun huis stoppen, misschien omdat ze er zoveel tijd doorbrengen. En ik heb een dochter, mijn oudste kind, die even oud is als Alice' dochter. Hoewel ik niet net als Alice fulltime moeder ben geweest, herken ik het gevoel om rond je veertigste je dromen na te willen jagen voordat het te laat is. Voor Alice begon er jonger uitzien enkel als manier om haar oude baan als redacteur terug te krijgen. In mijn leven ging het om het schrijven van fictie, iets wat ik als jonge twintiger had gedaan en daarna jarenlang had opgegeven.

WAAROM HEEFT U ALICE' VRIENDIN MAGGIE LESBISCH GEMAAKT?

Aanvankelijk was ze niet lesbisch, maar ik zag haar altijd als iemand die van niemand afhankelijk was, die nooit wilde trouwen of kinderen krijgen, en door haar lesbisch te laten zijn kon ik dat alles goed verklaren. Maggie is ook het tegenovergestelde van Alice, omdat ze nooit heeft geprobeerd op wat voor manier dan ook aan conventies te voldoen. En het feit dat die twee door de jaren heen beste vriendinnen zijn gebleven, is een bewijs van Alice' standvastigheid, maar ook van haar bereidheid om buiten vaste kaders te denken.

WAT LEERT ALICE VAN HET JONGER ZIJN?

Ze leert dat ze is wie ze is, ongeacht haar leeftijd. Jonger zijn maakt je niet vanzelf dapperder of wilder of onafhankelijker. In dezelfde lijn beseft ze dat als ze die aspecten van zichzelf wil veranderen, ze daar heel hard aan moet werken, en dat heeft ze altijd opzijgeschoven omdat ze het de eerste keer te moeilijk vond. Van deze tweede kans op jeugdigheid wordt ze pas echt volwassen.

ZOU U OP DEZELFDE MANIER ALS ALICE JONGER WILLEN ZIJN ALS U DE KANS KREEG?

Welke vrouw zou er niet vijftien of twintig jaar jonger uit willen zien als ze de kans kreeg? Het geheim is om je zuurverdiende ervaring en leven te behouden en het respect van ouderen te krijgen terwijl je ook profiteert van de voordelen van er als een jonge meid uitzien – en zo werkt het meestal niet, zoals Alice ontdekte toen Teri haar niet serieus nam op het werk. Ik zou dolgraag de keuze willen hebben om er jonger uit te zien als het me uitkomt, maar ik hoef niet zo'n gezicht of lichaam te hebben. Ik heb wel vriendinnen die dat hebben, vrouwen van in de veertig met kinderen op de middelbare school die kunnen doorgaan voor iemand van in de twintig. Dat is geweldig. Maar ik denk niet dat ik terug wil naar dat levensstadium waarin je niets begrijpt van de liefde en je jezelf voortdurend moet bewijzen. Dat is voor niemand leuk.

GELOOFT U IN EEN GOEDE AFLOOP?

Ik weet dat het niet erg cool is, maar ik geloof in een goede afloop. Ik moet geloven dat er in elk geval de kans is dat iets goed afloopt, zowel in een verhaal als in het echte leven. Al mijn boeken hebben een sprookjesachtige kant, een weerspiegeling van mijn vroegste liefde voor lezen en een onderliggende wens voor hoe dingen in het echte leven moeten lopen. Ik blijf geloven in magie, in hoop, in verandering, in ware liefde. En elk van die dingen, of ze allemaal samen, kan leiden tot een goede afloop.

Lees ook van Karakter Uitgevers B.V.

RACHEL GIBSON

Verkeerd verbonden

Als Daisy Lee Monroe terugkeert naar haar geboorteplaats in Texas, ziet ze dat er weinig is veranderd: haar familie is nog steeds knettergek en haar ex-vriend Jackson is nog steeds zo sexy dat het pijn doet. Daisy heeft Jackson iets te vertellen, maar hij probeert haar op alle mogelijke manieren te ontlopen. Toch geeft Daisy niet zo snel op, en zoenen lijkt Jackson de enige manier om haar de mond te snoeren. Maar zijn ze zo niet al eerder in problemen geraakt...? Is hij sterk genoeg om haar te weerstaan of is hij sterk genoeg Daisy weer in zijn leven toe te laten?

ISBN 978 90 452 0407 9
Ook verkrijgbaar als e-book:
ISBN 978 90 452 0417 8

RACHEL GIBSON

Hals over kop

Alleenstaande moeder Natalie Cooper denkt dat ze de jackpot heeft gewonnen als ex-Navy SEAL Blake Junger zijn intrek neemt in de leegstaande villa in haar straat. Maar Blake worstelt nog met de nachtmerries van zijn militaire verleden en is pas net ontslagen uit de ontwenningskliniek voor zijn alcoholverslaving. Een nieuwe relatie is verreweg het laatste punt op zijn to-dolijstje...

Wanneer Blake zich realiseert dat hij verliefd is op Natalie, neemt hij een gevaarlijke privéklus aan, waarvoor hij minimaal een half jaar naar het buitenland moet. Natalie is woedend en niet bereid om Blake te vergeven als hij terugkeert. Haar terugwinnen zal niet makkelijk zijn, maar Blake houdt wel van een uitdaging....

ISBN 978 90 452 0448 2
Ook verkrijgbaar als e-book:
ISBN 978 90 452 0458 1